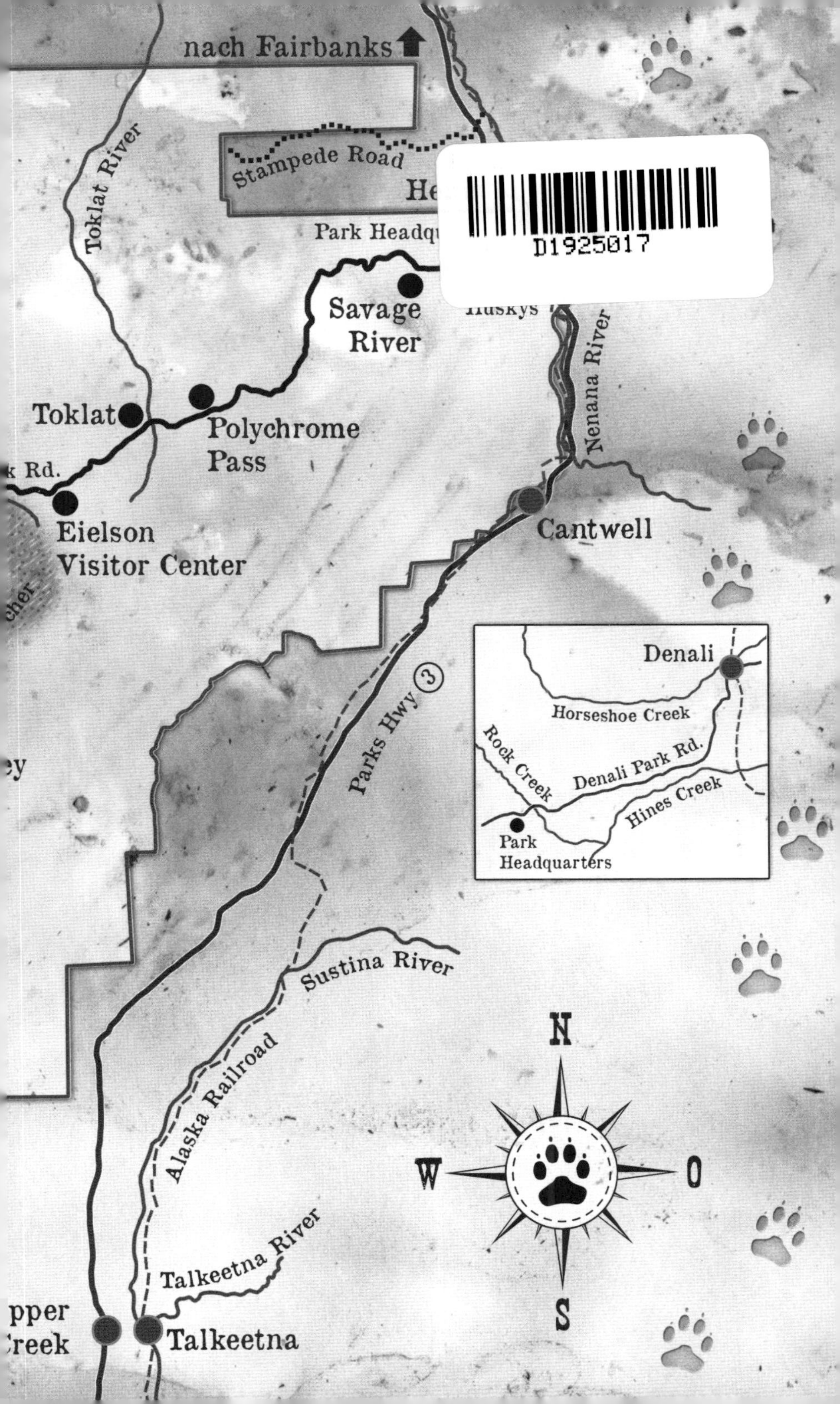
nach Fairbanks
Toklat River
Stampede Road
He
Park Headqu
Savage River
Huskys
Nenana River
Toklat
Polychrome Pass
Rd.
Eielson Visitor Center
Cantwell
Parks Hwy 3
Denali
Horseshoe Creek
Rock Creek
Denali Park Rd.
Hines Creek
Park Headquarters
Sustina River
Alaska Railroad
Talkeetna River
Talkeetna
pper
Creek
N
W
O
S

Alaska Wilderness
Die Wölfe vom Rock Creek

1

Julie fütterte gerade ihre Huskys, als ein junger Ranger vom Verwaltungsgebäude herunterkam und rief: »Der Super will dich sprechen, Julie! Sofort!«

Wenn Superintendent John W. Green nach einem verlangte, konnte man sicher sein, dass es um etwas Wichtiges ging. Der Chef des Denali National Park in Alaska rief einen nur persönlich ins Büro, wenn er Lob oder Tadel zu verteilen hatte oder einen besonders wichtigen Auftrag bereithielt. Julie war Praktikantin und erst seit ein paar Monaten im Park, hatte bisher aber gute Arbeit geleistet und hoffte, dass er sie auf Erkundungsfahrt schicken würde.

»Mach keine Dummheiten, solange ich weg bin«, verabschiedete sie sich von Chuck, ihrem Leithund, einem erfahrenen Husky mit einem weißen Fleck auf der schwarzen Stirn. »Und streite dich nicht mit Skipper, das gibt nur Ärger!« Skipper war der Leithund des Denali-Teams, ebenso erfahren wie Chuck und wenn es darauf ankam, sogar ein wenig ehrgeiziger. Sie drehte sich noch mal zu den Hundezwingern um und lief zum Verwaltungsgebäude.

Der Superintendent saß hinter seinem Schreibtisch und deutete auf den Besucherstuhl, als sie an die offene Tür klopfte und eintrat. Er war ein hochgewachsener Mann mit sorgfältig gescheiteltem Haar und buschigen Brauen über stahlblauen Augen. Seine maßgeschneiderte Uniform saß makellos. Ein vorbildlicher Ranger, der schon seit einigen Jahren im Denali National Park seinen Dienst tat. »Was wissen Sie über Wölfe, Julie?«, fragte er.

Julie war seine überraschenden Fragen schon gewöhnt und wunderte sich nicht. »Wölfe werden zu Unrecht verteufelt«, antwortete sie, »daran sind die Märchen und Legenden schuld. Bei den Indianern hatten Wölfe ein großes Ansehen, und das vollkommen zu Recht. Sie greifen Menschen nur in den Zeiten höchster Not an, in besonders strengen Wintern, wenn sie nichts anderes mehr zu fressen haben. Sie leben in Rudeln zusammen, sind wesentlich straffer organisiert als die Menschen und gehorchen ihrem Anführer, dem Alphawolf, bedingungslos. Sie sind aber auch rührend um ihre Jungen besorgt, die meist im Mai geboren werden und schon früh lernen, sich in der Wildnis zu behaupten. Wölfe jagen vor allem Karibus und Elche und verständigen sich durch eine ausgeprägte Körpersprache. Bei uns in Denali gibt es ungefähr sechzig Wölfe, die sich auf neun Rudel verteilen … nein, es sind acht Rudel.«

»Sehr gut!«, lobte der Superintendent. »Ich merke schon, Sie haben Ihre Hausaufgaben gemacht. Würden Sie gern mal Wölfe aus der Nähe sehen?«

»Natürlich, Sir. Wenn es sich mit meiner Arbeit vereinbaren lässt?«

»Das tut es, Julie. Wie Sie wissen, haben wir vor einigen Wochen mit unserem neuen Wolf Monitoring Program begonnen. Biologen der University of Alaska in Fairbanks legen ausgesuchten Wölfen ein Funkhalsband an, das uns täglich übermittelt, wo sich die Tiere gerade aufhalten. Dazu müssen die Wölfe mit Betäubungspfeilen sediert und gründlich untersucht werden. Heute wird ein Mitarbeiter der Universität ein weiteres Tier mit einem Sender versehen. Gewöhnlich begleiten eine Rangerin oder ein Ranger den Biologen auf seinem Flug. Heute werden Sie diese Begleitung sein. Melden Sie sich bei Dr. John Blake am Hubschrauberlandeplatz. Nehmen Sie ein Lunchpaket mit.«

»Jetzt gleich?«

»Start in …« Er blickte auf die Uhr. »… zehn Minuten, Julie.«

Julie bedankte sich und rannte in die kleine Blockhütte zurück, die sie mit Carol Schneider teilte. Die Rangerin war sieben Jahre älter als sie und für ihre Ausbildung verantwortlich, eine sportliche Frau mit dunklen Haaren, die sie wie immer während der Dienstzeit zu einem Knoten gebunden hatte. Vor einigen Jahren war sie Fünfte beim Iditarod gewesen, dem legendären Hundeschlittenrennen zwischen Anchorage und Nome, das über tausend Meilen durch die Wildnis führte. Nur einer von vielen Gründen für Julie, um zu ihr aufzublicken.

Carol war gerade dabei, ihre Schmutzwäsche zu sortieren, nicht gerade ihre Lieblingsbeschäftigung. »Du hast großes Glück, weißt du das?«, empfing sie ihre Mitbewohnerin und warf eine Bluse auf den Haufen mit der weißen Wäsche. »Normalerweise können Praktikantinnen froh sein, wenn sie mal einen Wolf aus der Ferne sehen dürfen. Ich kann mich nicht erinnern, dass der Super einem Grünschnabel jemals erlaubt hat, mit einem der Biologen mitzufliegen.« Sie stopfte ihre Wäsche in einen Plastikbeutel. »Ich hoffe, dir wird nicht schlecht vom Fliegen. Kenny war Kampfpilot und ist ein echter Draufgänger.«

»Ich werd's überleben«, erwiderte Julie. Sie schlüpfte in ihren Anorak, schnappte sich ihren Feldstecher und ließ sich in der Küche ein Chicken Salad Sandwich in Zellophan packen und ihre Thermosflasche mit heißem Tee füllen. Fünf Minuten später meldete sie sich bei Dr. John Blake, dem Biologen der University of Alaska, Fairbanks. »UAF« stand auf seinem Anorak.

Aus irgendeinem Grund hatte sie einen bärtigen Professor erwartet, ungefähr zwanzig Jahre älter und mit einem mitleidigen Lächeln, weil er sie für ein unbedarftes Greenhorn hielt. Doch Blake war höchstens vier oder fünf Jahre älter als sie und die Stoppeln auf seinem Kinn konnte man kaum als Bart bezeichnen. Sein Lächeln erinnerte sie an einen Schauspieler, den sie in einer Wiederholung von »Sex and the City« gesehen hatte. »Doktor Blake?«

»Nennen Sie mich John«, sagte er. Sein Lächeln war wirklich sehr sexy. »Und Sie müssen Ranger Wilson sein. Der Super hält große Stücke auf Sie.«

»Julie«, verbesserte sie.

»Und dieser Teufelskerl«, er zeigte auf den Hubschrauberpiloten, »ist Kenny Longmire.« Sie winkte dem rothaarigen Mann am Steuerknüppel zu. »Er hat etliche Kampfeinsätze in Afghanistan geflogen, und ich muss ihn öfter daran erinnern, dass wir hier nicht am Hindukusch sind. Aber keine Angst, wenn es einen Piloten gibt, der sein Metier beherrscht, dann ist es Kenny.«

»Das will ich doch hoffen, John.«

John wurde ernst und nahm sein Gewehr von der Schulter. »Also, die Sache läuft folgendermaßen ab: Eine Super Cub ist bereits in der Luft und sucht nach den Wölfen am Rock Creek. Das Rudel interessiert uns und Ihre Vorgesetzten im Nationalpark am meisten. Sobald der Pilot der Super Cub die Wölfe entdeckt hat, starten wir mit dem Chopper. Sie sitzen neben Kenny. Ich sitze auf der Rückbank, damit ich besser auf die Wölfe zielen kann.« Er hielt das Gewehr hoch. »Damit schieße ich den Betäubungspfeil ab. Wenn der Wolf zusammenbricht, gehen wir runter und untersuchen ihn. Lassen Sie uns einsteigen, Julie. Wenn uns die Super Cub ruft, muss es sehr schnell gehen.«

Kaum waren sie eingestiegen und hatten sich angeschnallt, als die Meldung kam. »Ich hab das Rudel«, meldete sich der andere Pilot, »direkt am Flussufer.« Er gab die Koordinaten durch. »Beeilt euch, bevor sie in das Wäldchen abhauen!«

Das brauchte man Kenny nicht zweimal zu sagen. Er hatte den Hubschrauber, eine Bell 206 JetRanger, längst gestartet und hob vom Boden ab. Noch während des Steigflugs ließ er die Nase nach vorn kippen und ging auf Kurs. »So ein Baby hätte ich gern am Hindukusch gehabt«, rief der Pilot begeistert, »damit hätte ich die Taliban im Alleingang vertrieben. Gegen die schwerfälligen Armeehubschrauber ist das Ding ein wahres Schmuckstück!«

Julie war schon öfter in einem Hubschrauber mitgeflogen, aber noch nie mit einem Piloten wie Kenny Longmire. Er flog schnell und wagemutig und freute sich wie ein Junge, wenn er in einen tiefen Einschnitt zwischen den Bergen hinabstechen und dicht über die Ufer des vereisten Rock

Creek hinweggleiten konnte. Gleichzeitig flog er so sicher, dass sie keine Angst empfand.

Wie Kenny und John hatte auch Julie die Kopfhörer aufgesetzt. Sie hörte den Funkverkehr zwischen »Chopper 1« und »Super Cub 1« mit, konnte sich aber auch mit den Männern über das Mikrofon des Headsets austauschen. Vor der Glaskuppel des Hubschraubers flog ihr die Landschaft wie auf einer Kinoleinwand entgegen: ausgedehnte Wälder, die sich dunkel von den verschneiten Bergen und Tälern abhoben, das schimmernde Eis des Flusses, scharfkantige Felsen. Es war eine scheinbar unberührte Wildnis, die sie immer wieder staunen ließ, obwohl sie fast die Hälfte ihres Lebens in Alaska verbracht hatte und es kaum einen Tag gab, an dem sie nicht in der Natur unterwegs war.

Jetzt im Januar ging die Sonne ungefähr um zehn auf und um drei wieder unter, ihnen blieben also fünf Stunden, um ihre Arbeit zu erledigen, mehr als genug, wenn man glauben konnte, was Kenny erzählte: »Letztes Mal haben wir keine zwei Stunden für die Affäre gebraucht. Sie hätten John sehen sollen … gleich mit dem ersten Pfeil hat er den Wolf getroffen. Der rannte noch fünf Minuten weiter und brach am Waldrand zusammen, ich sofort runter, und eine knappe Stunde später waren wir schon wieder in der Luft. Das machen wir heute genauso. Stimmt's, John?« Er drehte sich zu dem Biologen um. »Es sei denn, die University of Alaska will ein Vermögen für den Hubschrauber ausgeben.«

»Wenn du mich nahe genug an den Wolf ranbringst, kann gar nichts passieren«, sagte John. »Oder willst du wegen des bisschen Nebels umkehren?«

Kenny blickte nach unten, wo sich dünne Nebelschwaden gebildet hatten und die Sicht erschwerten. »Das nennst du Nebel? Du hättest am Hindukusch dabei sein müssen, da war Nebel, und zu allem Unglück ballerten noch die Taliban mit ihren Raketen auf mich.« Es klang beinahe so, als sehnte er sich nach den Gefahren des Kriegs zurück. »Ohne meine Stunts wäre ich da niemals rausgekommen.«

Julie wurde bei solchen Reden ein wenig mulmig zumute. Sie beruhigte sich aber gleich wieder, als sein meckerndes Lachen aus den Lautsprechern drang. Bei Kenny wusste man anscheinend nie, ob er etwas ernst meinte oder die anderen nur auf den Arm nehmen wollte. »Keine Bange, Miss«, beruhigte er Julie. »Gegen die Einsätze in Afghanistan ist das hier der reinste Kinderzirkus. Jede dieser neuen Looping-Achterbahnen ist tausend Mal schlimmer.«

Über das Headset hörte sie den Piloten der Super Cub: »Chopper 1, hier Super Cub 1. Ihr seid jetzt genau unter mir. Die Wölfe sind etwas weiter nördlich, in der Senke zwischen dem Bach und dem Waldrand. Seht ihr sie?«

Kenny flog eine scharfe Linkskurve und blickte nach unten. »Ich hab sie, Super Cub. Sieben Wölfe am Bachufer.« Er blickte nach hinten. »Siehst du sie, John? Unsere Seite, auf zehn Uhr. Wenn wir uns beeilen, erwischen wir sie vor dem Waldrand.« Er steuerte nach rechts. »Welchen willst du haben?«

»Banu natürlich, den Anführer mit dem dunklen Fell.« Er schob einen Betäubungspfeil in sein Gewehr und entsicherte es. »Es kann losgehen, Kenny!«

Julie unterdrückte mühsam einen Schrei, als der Pilot

den Bug des Hubschraubers nach unten drückte und in den Sturzflug überging. Ihr Magen rumorte, und sie hatte für einen Moment das Gefühl, wie ein Stein vom Himmel zu fallen. Der Boden kam rasend schnell auf sie zu. Sie hielt sich mit beiden Händen an ihrem Sitz fest und schloss die Augen, war nahe daran, sich zu übergeben. Als sie die Augen wieder öffnete, bekam sie gerade noch mit, wie Kenny den Chopper in eine steile Rechtskurve drängte und gleich darauf nach links steuerte. Dabei grinste er wie ein Junge, der zum ersten Mal Achterbahn fährt.

John öffnete das Fenster auf seiner Seite und verzog das Gesicht, als eisiger Wind ins Innere des Hubschraubers schoss. Er zerrte an ihren Anoraks, wirbelte einige Papiere in der Ablage auf und riss Julies Pferdeschwanz auseinander, sodass ihre Haare flatterten. Sie ärgerte sich, dass sie nicht daran gedacht hatte, ihre Kapuze über den Kopf zu ziehen, war aber viel zu sehr damit beschäftigt, sich festzuhalten, um es jetzt noch nachzuholen.

Aus zusammengekniffenen Augen beobachtete sie, wie John sich mit dem Gewehr nach draußen lehnte. Er wirkte eher nüchtern, war ganz auf die vor ihm liegende Aufgabe konzentriert. »Tiefer, Kenny, tiefer!«, rief er ständig.

»Schon dabei«, erwiderte der Pilot. Er hatte das Rudel jetzt genau im Visier, drückte den Chopper noch weiter nach unten und fluchte ungeniert, als ihm einige Nebelschwaden die Sicht nahmen und ihn zwangen, rasch nach rechts auszuweichen und über die Bäume am anderen Bachufer zu rasen. Erst als sich der Nebel wieder lichtete, konnte er erneut auf direkten Kurs gehen.

»Festhalten!«, rief er und lenkte den Hubschrauber so scharf nach links, dass er auf der Seite lag, und Julie nur noch den verhangenen Himmel über sich sah. Im nächsten Augenblick kippte er zurück nach rechts, und sie hatte plötzlich das Bachufer und die Wölfe im Blick. Sieben stattliche Tiere, die wohl gemerkt hatten, dass sie verfolgt wurden, und in weiten Sprüngen über den Schnee setzten. Selbst aus der Ferne war deutlich zu erkennen, wie kraftvoll, beinahe elegant sie sich bewegten. Noch nie war Julie Wölfen so nahe gewesen.

»Willst du mich umbringen?«, rief John von hinten. Er hatte bei dem waghalsigen Manöver beinahe sein Gewehr fallen lassen. Noch während er sich beschwerte, steuerte Kenny den Hubschrauber nach rechts und wähnte sich wohl wieder am Hindukusch, so steil und rasant raste er auf das Wolfsrudel zu.

Unter ihm stoben die Tiere fächerförmig auseinander. Er blieb dem Anführer auf den Fersen, war bereits so dicht über ihm, dass Julie glaubte, ihn berühren zu können. Sie war so fasziniert von dem Schauspiel, dass sie sogar ihre Angst vergaß und sich weit nach vorn beugte, um besser sehen zu können.

Banu hetzte in weiten Sprüngen über die verschneite Lichtung, wollte so schnell wie möglich den Wald erreichen. Dort wäre er sicher vor seinen Verfolgern. »Noch etwas tiefer, Kenny!«, kam es von hinten. »Halt ihn vom Wald weg! Unter den Bäumen nutzt mir der Bursche nichts, da finden wir ihn nie!«

»Bin ich vielleicht ein Viehtreiber?«, maulte Kenny. Tatsächlich hatte eine Zeitung den Piloten mal »Cowboy der Lüfte« genannt, und er machte diesem Namen alle Ehre, indem er den Hubschrauber leicht nach rechts lenkte und den Wolf auf diese Weise davon abhielt, zu schnell den Wald zu erreichen. Er ließ sich etwa dreißig Fuß zurückfallen, die ideale Entfernung für einen Schuss, stellte die Maschine seitwärts und rief: »Jetzt oder nie, Doktor John!«

Julie hörte, wie John abdrückte, und beobachtete durch das Fenster, dass der Betäubungspfeil in den Rücken des Tieres drang. »Mist!«, fluchte John. »Ich glaube, ich habe ihn nicht richtig erwischt.« Er nahm das Gewehr herein, entschied sich aber dagegen, einen zweiten Betäubungspfeil in die Waffe zu schieben, weil der Wolf sonst zu viel von dem Medikament abbekommen würde. »Bleib an ihm dran, Kenny! Es kann etwas dauern, bis er zusammenbricht.«

John schloss das Fenster und schob seine Kapuze in den Nacken. Sein Gesicht war von der Kälte gerötet. Er legte das Gewehr beiseite und lehnte sich nach vorn, blickte zwischen Kenny und Julie hindurch auf den fliehenden Wolf. »Normalerweise wirkt das Betäubungsmittel nach fünf, spätestens zehn Minuten«, erklärte er. »Ich hoffe, er verkriecht sich nicht unter den Bäumen.«

Doch genau das tat Banu. In einem verzweifelten Zickzack, dem selbst Kenny nicht folgen konnte, entkam er dem Hubschrauber und verschwand im Wald. Auch dicht über den Bäumen bekamen sie den Wolf nicht mehr zu sehen.

Kenny rief die Super Cub. »Wir haben ihn verloren, Kollege. Sieht so aus, als hätte der Bursche nur die halbe Dröhnung erwischt. Hast du ihn im Visier?«

»Ich sehe ihn«, kam die ermutigende Antwort. »Bleib auf Kurs, dann hast du ihn genau vor dir. Ein kräftiges Tier, dieser Banu. Und verdammt flink auf den Beinen. So einen schnellen Wolf hab ich lange nicht mehr gesehen.«

»Mit einer Spritze im Hintern wärst du auch schnell! Bleib dran!«

Julie blickte durch das Seitenfenster nach oben und sah die Super Cub weit über ihrem Hubschrauber nach Norden fliegen. Ihre Angst war längst verflogen. Kenny hatte seine Maschine im Griff, war nicht umsonst in Afghanistan für seine Flugkünste ausgezeichnet worden. Und dort waren die Hubschrauber wesentlich größer und schwerer zu fliegen gewesen. »Da ist er!«, rief er.

Jetzt sah auch Julie den Wolf. Er hetzte über eine Lichtung und verschwand erneut im Wald. Hier standen die Bäume aber so spärlich, dass man Banu zwischen ihnen gut erkennen konnte. Er war langsamer geworden, verlor anscheinend die Orientierung, schaffte es auf eine weitere Lichtung und brach dort im Schnee zusammen.

»Wir haben ihn«, informierte Kenny den Piloten der Super Cub. »Du kannst nach Hause fliegen.« Er lachte. »Falls deine alte Mühle das schafft!«

»Die fliegt eleganter als dein komischer Floh«, kam die Antwort.

Kenny landete ein paar Schritte von dem bewusstlosen Wolf entfernt, setzte die Kufen des Hubschraubers so sanft in den Schnee, dass Julie kaum etwas merkte. Sie stieg aus, duckte sich unter den Rotoren und folgte John, der mit einem kleinen Koffer zu Banu rannte. Er zog den Betäubungspfeil aus dem Rücken des Tieres und betrachtete es sorgenvoll. »Ich hatte recht«, sagte er, »der arme Kerl hat nicht die ganze Ladung erwischt. Wir müssen uns beeilen.«

John untersuchte den Wolf, entnahm ihm ein wenig Blut und notierte etwas auf seinem PC. Banus Ohren kennzeichnete er mit Erkennungsmarken. Zum Schluss kam das Wichtigste. Der junge Wissenschaftler aktivierte das Funkhalsband, zeigte es Julie, die es neugierig betrachtete, und band es dem Wolf um den Hals. »Und schon hast du's überstanden«, tröstete er Banu.

Julie strich dem Wolf über das Fell und wunderte sich, wie dick und fest es war. Das Fell ihrer Huskys war wesentlich dünner. Sie streichelte den Wolf wie ein zahmes Haustier. Dabei spürte sie eine Narbe, die er sich wahrscheinlich auf der Jagd zugezogen hatte. Er war ein kräftiges Tier mit langen Läufen und einer buschigen Rute, sein Fell war dunkler als bei den anderen Wölfen des Rudels und sein halb geöffnetes Maul entblößte kräftige Reißzähne.

»Manchmal frage ich mich, warum Wölfe einen so schlechten Ruf haben«, sagte John, »ich habe selten schönere Tiere gesehen. Und die Farmer und Rancher, die am liebsten alle Wölfe umbringen würden, sollten sich lieber an streunende Kojoten oder Hunde halten, die werden ihren Viehherden genauso gefährlich. Ehrlich gesagt, verstehe ich überhaupt nicht, wie man einen Wolf töten kann. Wölfe sind menschenscheu. Die Chance, von einem tollwütigen Hund angefallen oder einem Elch zu Tode getrampelt zu werden, ist wesentlich größer.« Er streichelte den Wolf ebenfalls, berührte zufällig ihre Hand und zog sie rasch zurück.

»Wir müssen wieder los«, forderte er sie auf. »Er wird langsam munter.«

Gemeinsam liefen sie zum Hubschrauber und stiegen ein. Als sie bereits vom Boden abhoben, blickte Julie nach draußen und beobachtete, wie Banu sich regte und langsam auf die Beine kam, noch etwas benommen stehen blieb und dann davonlief.

2

Während der folgenden Tage ertappte Julie sich mehrmals dabei, wie sie an John dachte. Obwohl sie nur ein paar Worte mit dem Biologen gewechselt hatte, war sie sehr beeindruckt von seiner ruhigen Art und seinem leisen Lächeln. Sie hätte sich gern länger mit ihm unterhalten, auch um mehr über die Wölfe im Denali National Park und sein Monitoring Program zu erfahren. Insgeheim hoffte sie sogar darauf, vom Superintendent für weitere Flüge abgestellt zu werden, doch der Ausflug war als einmalige Belohnung gedacht gewesen und sie kümmerte sich am nächsten Morgen wieder um die Huskys.

»Schmeckt das Rührei nicht?«, fragte Carol. Sie saßen in der gemeinsamen Küche ihrer Hütte beim Frühstück. Draußen war es noch dunkel und sie hatten eine kleine Lampe brennen. »Man könnte fast meinen, du bist ernsthaft verliebt.« Sie lächelte verhalten. »Sag bloß, das mit Josh ist was Ernstes …«

Julie hatte Josh erst vor ein paar Wochen kennengelernt, einen jungen Mann, wie man ihm nicht alle Tage begegnete: attraktiv, sportlich, liebevoll, ein »Prinz«, wie ihre Tante sagen würde. Er war lediglich etwas eingebildet und glaubte felsenfest, das Iditarod gewinnen zu können. Auf einem Ausflug, den Carol und sie zum Mount McKinley geführt hatten, waren sie sich nähergekommen und noch vor ein paar Tagen hätte sie Carols Frage mit einem schelmischen Lächeln beantwortet und gesagt: »Wer weiß? Vielleicht?«

Nicht, dass sie ihn nicht mehr mochte, aber John hatte ihr auf irgendeine Weise den Kopf verdreht. Er selbst hatte es wahrscheinlich gar nicht gemerkt. Kaum ließ sie ihre Gedanken schweifen, tauchte sein Gesicht auf. Sie rief sich insgeheim zur Ordnung: Reiß dich zusammen, Julie! Lass ihn in Ruhe! Wie viele Lover willst du denn noch haben? Wenn der Super merkt, dass du gleich jeden Kerl anhimmelst, kannst du dir die dauerhafte Anstellung bald abschminken. Schlag ihn dir aus dem Kopf. Er ist ein netter Kerl, mehr nicht, und du bist für ihn eine nette Begegnung, was sonst?

»Hey«, kam ihr Carol auf die Schliche, »du warst doch mit diesem netten Biologen unterwegs. Den hab ich mal nach einem Vortrag getroffen. John, nicht wahr? Dr. John Blake. Jetzt sag bloß, er hat dich um ein Date gebeten?«

»Nein … ich kenne ihn doch kaum.«

»Aber du findest ihn toll.«

»Er ist ganz nett.«

»Sag ich doch. Du findest ihn toll und ärgerst dich, weil er dich nicht um ein Date gebeten hat. Und jetzt überlegst du, ob du ihn mal anrufen sollst …«

»Unsinn, Carol! Ich hab doch Josh.«

»Aber John wäre eine Sünde wert.«

»Er ist nett, hab ich gesagt«, reagierte Julie beinahe ein bisschen ärgerlich. »Mehr aber auch nicht. Oder meinst du, ich mach jeden Mann an, der mir gefällt? Außerdem gibt es hier so viel zu tun. Wann bleibt denn da noch Zeit für

Dates? Josh hab ich auch gesagt, dass wir uns nicht oft sehen können.«

»Vielleicht hätte ich mitfliegen sollen«, erwiderte Carol amüsiert.

»Du?«

»Oder sehe ich wie eine Nonne aus?«

»So war das nicht gemeint, Carol. Aber …«

»Aber du denkst, die gute Carol ist Park Rangerin im Denali National Park und hat so viel zu tun, dass sie keine Zeit für die Liebe hat. Stimmt's?«

»Wir haben beide keine Zeit, Carol«, erwiderte Julie versöhnlich.

Auch an diesem Tag wartete viel Arbeit auf die beiden Rangerinnen. Während Carol einige der Wanderwege rund um das Besucherzentrum mit dem Hundeschlitten abfuhr und die Trails von überhängenden Ästen und Gestrüpp befreite, säuberte Julie die Hundezwinger, den Schuppen mit den Schlitten, Geschirren, Ersatzteilen und Geräten und den Vorratsspeicher, der wie alle »Caches« in Alaska auf Pfählen erbaut war, damit Bären und andere wilde Tiere nicht an die Vorräte kamen. Eine langweilige Arbeit, die jeder Besitzer eines Hundegespanns erledigen musste, um seine Ausrüstung auf Vordermann zu halten und im Geschäft zu bleiben.

Ihre Huskys waren ein wenig beleidigt, allen voran ihr Leithund Chuck, der ebenfalls gerne auf eine Tour gegangen wäre und sich stattdessen im Schnee langweilen musste. »Meinst du vielleicht, ich mache diese Arbeit gern?«, sagte Julie zu ihm. »Glaub mir, ich würde auch lieber auf große

Inspektionsfahrt mit euch gehen. Aber diese Arbeit hier muss auch getan werden. Vielleicht klappt es ja morgen oder übermorgen. Kopf hoch, Chuck! Andere Hunde wären froh, wenn sie sich wie ihr im Schnee tummeln könnten.«

Chuck knurrte missmutig, unterstützt von Apache, der selbst das Zeug zum Leithund hatte, und dem starken, ohnehin fast immer schlecht gelaunten Bronco. Nur Curly, dem übermütigen Junior ihres Teams, schien die Ruhepause zu gefallen. Er nutzte sie, um nach Herzenslust im Neuschnee herumzutoben.

»Und du, Blacky?«, wandte sie sich an einen der beiden Hunde, die im Gespann direkt vor dem Schlitten liefen. »Wie ich dich kenne, wärst du auch lieber unterwegs. Nimm dir ein Beispiel an Nanuk, der hat immer die Ruhe weg.« Sie ging zu Chuck und kraulte ihn ausgiebig im Nacken, wanderte von einem Hund zum anderen und ließ jeden einzelnen wissen, wie gern sie ihn mochte. Sie hatte ihr eigenes Gespann in den Nationalpark mitbringen dürfen, wofür sie dem Super wirklich dankbar war. Von ihren Huskys hätte sie sich nie trennen können, selbst nicht für ihren Traumjob als Rangerin.

Am Spätnachmittag kehrte Carol von den Wanderwegen zurück. Julie half ihr, die Hunde vom Schlitten zu spannen und an ihre Hütten zu ketten. Nachdem sie beide Gespanne gefüttert hatten, verabschiedeten sie sich von ihren Huskys und liefen den schmalen Pfad zum Verwaltungsgebäude hinauf, um nachzusehen, ob es neue Anweisungen vom Superintendent gab. Vor dem Gebäude begegneten sie Ranger Greg Erhart, dem Polizeichef der Ranger. Er war um die fünfzig, schaffte es nur mühsam, seinen leichten Bauch unter der Uniform zu verstecken, und trug einen Schnurrbart wie einst Buffalo Bill.

»Schon gehört?«, empfing er sie. »Heute Abend ist nichts mit Volleyball oder so. Der Super will die ganze Mannschaft bei einem Vortrag im Murie Center sehen. Dieser junge Biologe will uns was über sein Monitoring Program erzählen. Als ob wir das nicht schon hundert Mal durchgekaut hätten.«

»Dr. John Blake?«, hakte Julie etwas zu schnell nach.

»Sie waren mit dem Burschen unterwegs, was? Hab schon gehört, dass Sie mit den Wölfen auf Tuchfühlung gegangen sind. Dr. John Blake … genau der.«

Julie gelang es nicht, ihre Aufregung zu verbergen. Ihr schoss das Blut ins Gesicht, und als sie Carol lächeln sah, wurde sie nur noch nervöser. Was, zum Teufel, war plötzlich in sie gefahren? Reiß dich zusammen, Julie, rief sie sich zur Ordnung, benimm dich nicht wie ein dummes Highschool-Girl. Es war doch schon schlimm genug, dass Josh auf der Wanderung mit war. Wenn du schon für einen Mann schwärmst, halte die Geschichte wenigstens vom Park fern. So handelst du dir nur Ärger ein. Benimm dich wie eine Erwachsene!

»Wann soll's denn losgehen?«, fragte sie, nur um etwas zu sagen.

»Um acht. Und ich wollte mir heute einen alten Western gönnen. Stagecoach, schon mal von gehört? Durch den Film wurde John Wayne zum Star.«

»Der mit der Postkutsche? Hab ich schon mal gesehen.«

»Ein Mal? Ich hab ihn mindestens dreißig Mal gesehen!«, sagte Erhart.

Zum Abendessen begnügten sich Julie und Carol mit Sandwiches und unterhielten sich über Ranger Erhart, der am liebsten im Wilden Westen gelebt hätte. Doch als Carol zu grinsen begann, ahnte Julie, worüber sie wirklich reden wollte. »Ich weiß, was du sagen willst«, warnte sie. »Nur ein Wort und ich renne schreiend aus der Hütte!«

»Das würde den Super bestimmt freuen.«

Ihre Bemerkung war zwar witzig gemeint, doch Julie verstand sie auch als Warnung. Sie durfte sich auf keinen Fall durch irgendwelche persönlichen Angelegenheiten von der Arbeit ablenken lassen, auch wenn es sich nur um eine harmlose Schwärmerei handelte. Ihr Praktikum war zu wichtig. Nur wenn sie ihr Bestes gab und sich keine Fehler erlaubte, würde man sie ins Team übernehmen. Nichts wünschte sie sich sehnlicher. Sie liebte Alaska. Und die Alaska Range, der gewaltige Gebirgszug im Zentrum des Staates, aus dem der Mount McKinley wie ein gewaltiger weißer Riese emporragte, war für sie der Mittelpunkt der Erde. Selbst als sie mit ihren Eltern zum Urlaub auf Hawaii gewesen war, hatte sie sich nach dieser urwüchsigen Gegend gesehnt. Natürlich musste man als junge Rangerin auch damit rechnen, in einem weniger bekannten Nationalpark in Kalifornien oder North Dakota eingesetzt zu werden, doch sie würde nicht eher ruhen, bis sie eine feste Anstellung im Denali National Park bekam.

Bis jetzt sah es gut aus. Sie hatte den Verantwortlichen bewiesen, wie gut sie mit Huskys und mit einem Hundeschlitten umgehen konnte. Auch auf der Wanderung zum Mount McKinley hatte sie sich hervorgetan. Obwohl Josh dabei gewesen war, hatte sie sich nicht durch ihn ablenken lassen und tatkräftig geholfen, einen gefährlichen Verbrecher festzunehmen. Der Super hatte sie ausdrücklich gelobt, ihr aber auch nahegelegt, die tägliche Routine nicht zu vernachlässigen. Von einer Rangerin wurde viel verlangt, besonders in einem riesigen Nationalpark wie Denali. Und gerade als Praktikantin war man auch mal mit langweiligen Arbeiten wie dem Putzen des Hundezwingers dran. Eine Aufgabe, die sie gern erledigte. Sie liebte Huskys über alles, verstand sich bestens mit ihren Hunden und wollte, dass sie sich wohlfühlten.

Die meisten Ranger waren schon im Vortragsraum des Murie Centers, als Julie und Carol dort ankamen. Das Gebäude diente im Winter als Besucherzentrum und war mit seiner Bibliothek und seinem großen Archiv vor allem für Studenten interessant, die sich wissenschaftlich mit Alaska und der Arktis beschäftigten. Die Rangerinnen fanden zwei Plätze in der vorletzten Reihe.

Julie gab sich alle Mühe, keine Reaktion zu zeigen, konnte aber nicht verhindern, dass sie errötete und weiche Knie bekam, als John den Vortragsraum betrat. Was, zum Teufel, war bloß mit ihr los? Jahrelang hatte sie keinen festen Freund gehabt und seit ihrem Abschlussball eher einen Bogen um Männer gemacht, und kaum fing sie ihr Praktikum bei den Rangern an, liefen ihr gleich zwei Kandidaten über den Weg. So war das wohl immer, wenn sie ihrer Freundin Brandy glauben durfte: Wenn man Zeit hatte und einen Freund suchte, passierte gar nichts. Doch kaum hatte man gerade keinen Kopf für Liebesabenteuer, ritten von allen Seiten die Prinzen auf ihren weißen Pferden heran. Brandy übertrieb gern. Sie hielt sich für die absolute Expertin in Liebesdingen, obwohl sie selbst am meisten Mist baute und Julie jeden Monat einen neuen Lover vorstellte. Und jedes Mal war der Neue natürlich Mister Right.

Julie spürte den neugierigen Blick von Carol, die neben ihr saß, und riss sich zusammen. Sie befand sich unter erwachsenen Menschen und nicht auf der Highschool. Interessiert beobachtete sie, wie Superintendent Green sich von seinem Platz in der ersten Reihe erhob und die Ranger begrüßte. »Sie alle wissen über unser Wolf Monitoring Program Bescheid«, fuhr er fort. »Mit der Kennzeichnung ausgesuchter Wölfe und ihrer Verfolgung durch GPS und Funk wollen wir herausfinden, wie oft die Wölfe unserer Rudel die Parkgrenzen überschreiten und warum ihre Sterblichkeitsrate so rasant gestiegen ist. Aber dazu kann Ihnen John sicher mehr erzählen. Wie Sie wissen, leitet Dr. John Blake von der University of Alaska das Wolf Monitoring Program für uns.«

John wirkte etwas älter und gesetzter, als er vor die Zuhörer trat, was auch daran lag, dass er Sakko und Krawatte trug und sogar auf einen Scherz verzichtete, mit dem die meisten Wissenschaftler ihre Reden begannen. »Tut mir leid, wenn ich Ihnen einen Teil Ihres Abends stehle«, sagte er stattdessen, »aber die Aufzeichnungen der letzten Tage geben leider Anlass zu einiger Besorgnis.« Er lehnte sich gegen das Sprecherpult und ließ seinen Blick über die Zuhörer schweifen. Als er Julie entdeckte, schien er zu lächeln.

Sie errötete erneut, versteckte sich rasch hinter einem Taschentuch und schneuzte sich. »Ich darf den Wissenschaftler zitieren, der diesem Zentrum seinen Namen gab, weil er als erster Wölfe in ihrem natürlichen Lebensraum erforschte. Adolph Murie schrieb: ›1939 war kaum etwas darüber bekannt, wie Wölfe lebten, und wie ihre Beziehung zu Bergschafen, Karibus, Elchen und kleineren Tieren war.‹ Das hat sich inzwischen grundlegend geändert, und unser Programm hat entscheidend dazu beigetragen, die Lebensbedingungen der Wölfe in diesem Park zu erforschen und zu verbessern. Wir wissen zum Beispiel, dass sich die Wölfe hauptsächlich von jungen Elchen und Karibus ernähren. In schneereichen Wintern wagen sie sich auch an größere Karibus heran, die im hohen Schnee nicht so beweglich sind. Interessanterweise gehören auch Lachse, die im Herbst in den Flüssen laichen, zu ihren Nahrungsquellen. Seit 1986 haben wir über 360 Wölfe mit Funk- oder GPS-Halsbändern versehen und auf diese Weise herausgefunden, wie sie sich verhalten und was wir tun können, um sie noch besser zu schützen.«

»Komm auf den Punkt, John!«, flüsterte Greg Erhart vor sich hin. Der Polizeichef der Ranger saß direkt vor Julie. »Dann schaffe ich vielleicht noch einen Western.«

John tat ihm den Gefallen. »Lassen Sie mich deshalb zu meinem eigentlichen Anliegen kommen: Ihnen dürfte bekannt sein, dass ungefähr ein Fünftel aller gekennzeichneten Wölfe an einer Gewehrkugel sterben. Solange die Tiere außerhalb der Parkgrenzen abgeschossen werden, können wir nichts dagegen tun, auch wenn Tierschützer und andere

Organisationen schon seit Jahren ein Gesetz fordern, das die Tötung von Wölfen überall verbietet. Zumindest in unmittelbarer Nähe der Parkgrenzen sollten solche Abschüsse verboten sein. Wölfe kennen keine Parkgrenzen und folgen auf ihren Wanderungen vornehmlich ihrem Jagdinstinkt. Gerade die Aufzeichnungen der letzten Tage nähren aber den Verdacht, dass es Wilderer geben muss, die bewusst die Parkgrenzen überschreiten, um einzelne Wölfe aus dem Nationalpark zu treiben und in freier Wildbahn zu erschießen. Die Bewegungen der Wölfe, vor allem des Rudels am Rock Creek, lassen keine andere Vermutung zu. Wenn die Tiere nicht auf der Jagd sind, befinden sie sich auf der Flucht. Banu, der Anführer des Rudels, ist ein besonders kräftiger und intelligenter Bursche, der niemals vor etwas davonlaufen würde, es sei denn, ein Mensch mit einem Gewehr wäre ihm auf den Fersen. Wölfe haben große Angst vor Menschen.«

Er legte eine kurze Pause ein, um seine Worte besser wirken zu lassen, und hatte jetzt auch die Aufmerksamkeit von Ranger Erhart. »Deshalb meine Bitte: Halten Sie nördlich der Park Headquarters, vor allem am Rock Creek, aber auch in den Tälern des Savage und Teklanika Rivers nach Wilderern und unrechtmäßigen Eindringlingen Ausschau. Auf dem Tisch am Eingang habe ich die gesammelten Infos der letzten Wochen und eine Grafik mit den Bewegungen des Rudels vom Rock Creek für Sie bereitgelegt. Ich bin nur ein Biologe und für solche Aufgaben gänzlich ungeeignet.« Er lächelte flüchtig.

Nach einer Weile fuhr er fort: »Die Zahlen sind alarmierend. Während der letzten vier Wochen wurden die Wölfe vom Rock Creek von dreizehn auf sieben Tiere reduziert. Alle Wölfe wurden außerhalb des Nationalparks erschossen und wir haben keine rechtliche Handhabe gegen die Wilderer. Wir sind deshalb auf Ihre Hilfe angewiesen. Nur wenn wir den Wilderern nachweisen können, dass sie in den Nationalpark eingedrungen sind und ihre Opfer über die Grenze getrieben haben, können wir etwas gegen sie unternehmen.«

Nachdem sich das Gemurmel der Zuhörer gelegt hatte, ergriff Superintendent Green das Wort. »Vielen Dank, John. Die Zahlen sind tatsächlich alarmierend. Ich habe bisher darauf verzichtet, sie an die Medien weiterzugeben, um die Wilderer nicht unnötig aufzuschrecken. Ich würde sie gern auf frischer Tat ertappen, möglichst schon in den nächsten Tagen.« Er suchte Ranger Erhart und fand ihn. »Ranger Erhart, Sie übernehmen die Leitung des Einsatzes. Weder die Medien noch unsere Besucher dürfen von diesen Aktionen Wind bekommen, sonst gibt es nur unnötigen Trubel, und die Politiker und die Tierschutzverbände mischen sich ein. Darauf kann ich gut verzichten.« Er überlegte kurz und nickte dann. »Das war's. Ranger Erhart, bitte übernehmen Sie!«

Ranger Erhart stand auf und machte nicht mehr den Eindruck, als wollte er sich an diesem Abend einen Western ansehen. »Meine Leute und die Ranger Schneider und Wilson bitte zu mir. Alle anderen morgen nach dem Frühstück in diesem Raum. Je eher wir loslegen, desto größer sind unsere Chancen.«

Julie und Carol blickten einander betrübt an. »Ich glaube,

ich weiß, was jetzt kommt«, sagte Julie leise. »Nachtpatrouille. Meine Huskys werden sich freuen. Die wären am liebsten heute Nachmittag schon auf Tour gegangen.«

»Netter Kerl, dieser John. Bringt uns Arbeit ohne Ende.«

»Im Anorak sah er besser aus.«

»Vergiss ihn, Julie. Der hat nur seine Wölfe im Kopf.«

»Das ist schließlich sein Job.«

Carol spielte die Entrüstete. »Verteidige ihn nur. Heute Nacht um drei, wenn du allein durch die Kälte fährst, wirst du ihn genauso verfluchen wie ich. Oder hast du's etwa auf ein Date mit diesem Professor abgesehen?«

»Professor? Date?« John war unbemerkt neben ihnen aufgetaucht. »Sprechen Sie etwa von mir? Also, zum Professor fehlt mir noch einiges, aber ein Date ist eine gute Idee.« Er blickte Julie an. »Wenn ich ehrlich bin, wollte ich Sie gerade überreden, an Ihrem nächsten freien Tag mit mir auszugehen. In Fairbanks gibt's eine neue Sushibar. Sie mögen doch rohen Fisch, oder?«

»Ich weiß nicht …«

»Der Fisch bei Tomio ist was ganz Besonderes«, schwärmte er. »Sie werden sehen, der Lachs und der Thunfisch zergehen auf der Zunge. Also …«

Julie atmete erleichtert auf, als Ranger Erhart nach ihr rief und sie sich vor einer Antwort drücken konnte. »Ich … äh … Ranger Erhart ruft nach mir.« Sie stahl sich mit hochrotem Gesicht davon und meldete sich beim Polizeichef.

»Ah, da sind Sie ja«, rief Erhart. »Ranger Schneider und Sie werden die Trails in der Gegend mit Ihren Hundeschlitten abfahren. Am besten brechen Sie sofort auf. Ausschlafen können Sie morgen. Aber keine Alleingänge! Sobald Sie etwas Verdächtiges bemerken, geben Sie mir über Funk Bescheid.«

»Aye, Sir«, bestätigte Julie und machte sich schnell aus dem Staub.

3

Die Huskys ahnten bereits, dass es wieder auf den Trail ging, und begrüßten sie ausgelassen. Vor allem der lebhafte Curly sprang bellend im Kreis und wartete ungeduldig darauf, dass Julie ihn von seinem Pfosten losband und ihm das Geschirr anlegte. »Keine Angst, ihr kommt alle mit!«, beruhigte sie die Huskys. »Auch du, Curly. Und so wie es aussieht, werden wir erst morgen früh wieder zurück sein. Ranger Erhart hat einen Spezialauftrag für uns.«

Sie kraulte Chuck zwischen den Ohren und drückte seinen Kopf gegen ihre Wange. »Die Sache ist nicht ungefährlich«, flüsterte sie ihm ins linke Ohr. »Am Rock Creek hat es jemand auf unsere Wölfe abgesehen, und wir sollen nach Spuren suchen.« Sie küsste den Husky auf die Stirn. »Gib mir sofort Bescheid, wenn du jemanden witterst.«

Carol bekam es vor allem mit Rowdy zu tun. Ihr »Problemhund«, wie sie ihn nannte, sprang laut bellend auf der Stelle und schien wieder einmal nicht zu wissen, ob er wütend sein oder sich freuen sollte. »Benimm dich, Rowdy!«, wies ihn Carol zurecht. »Sonst kannst du dir dein nächstes Fressen abschminken!« Rowdy dachte nicht daran, auf Carol zu hören. Er schnappte sogar nach ihr, während sie ihn an die Führungsleine band, und gab erst Ruhe, als Skipper ihn zur Ordnung rief. Ihr Leithund war stark und ausdauernd, wie geschaffen für ein langes Rennen.

Bevor sie losfuhren, überprüfte Julie ihre Ausrüstung. In dem Vorratssack, den sie unter die Haltestange gebunden hatte, befand sich Proviant für die Nacht, eine Thermoskanne mit heißem Tee und die Ausrüstung, die jeder Ranger auf eine Inspektionsfahrt mitnahm: Funkgerät, Revolver, Messer, Axt, Verbandskasten, Taschenlampe, Hundefutter, ein Seil und mehrere Lederriemen und in den Anoraktaschen die Notration mit Feuerzeug, Streichhölzern, Schokolade und einem GPS-Gerät, das ihr jederzeit zeigen würde, wo sie sich gerade befand. Ihren Feldstecher hatte sie um den Hals hängen und über ihre Mütze zog sie zuletzt noch das elastische Band mit der Stirnlampe. Ohne diese Hilfsmittel wäre es zu gefährlich gewesen, in die Wildnis hinauszufahren.

»Uhrenvergleich«, sagte Carol. Sie stand bereits auf den Kufen ihres Schlittens und blickte auf ihre Armbanduhr. »Zweiundzwanzig Uhr. Melde dich alle dreißig Minuten über Funk bei mir. Bis drei Uhr morgens sollten wir draußen bleiben, aber sag Bescheid, falls du müde wirst und nicht mehr kannst, dann brechen wir die Suche ab. Glaubst du, du hältst so lange durch?«

»Ich bin zäh«, erwiderte Julie zuversichtlich.

Carol nickte zufrieden. »Bleib östlich vom Flussufer und denk dir nichts dabei, wenn ein Hubschrauber über dich hinwegbraust. Könnte sein, dass Ranger Erhart mit Infrarot nach Eindringlingen sucht. Wir sind vor allem unterwegs, um nach Hinweisen zu suchen, vergiss das nicht! Mit den Wilderern sollen sich Erhart und seine Leute herumschlagen. Gib mir sofort Bescheid, falls du etwas Verdächtiges siehst! Keine Alleingänge, hörst du?«

»Aye, Carol. Ich bin schließlich nicht lebensmüde.«

Sie fuhren hintereinander zur verschneiten Park Road hinauf und blieben zusammen, bis Carol noch vor der ersten Biegung grüßend eine Hand hob und mit ihrem Schlitten nach Norden ausscherte. Sie würde westlich vom Rock Creek nach verdächtigen Spuren suchen. Julie überquerte den Fluss und folgte dem geräumten Rock Creek Trail in den dichten Mischwald hinein. Die kahlen Birken und Erlen waren zwischen den Schwarzfichten kaum zu sehen.

Der Rock Creek Trail gehörte zu den beliebtesten Wanderwegen im Nationalpark, ein erst kürzlich von störendem Unterholz befreiter Trail, breit genug für einen Hundeschlitten und so eben, dass Julie nicht einmal von den Kufen zu steigen brauchte. Wären nicht einige scharfe Kurven gewesen, hätten sich ihre Huskys wahrscheinlich gelangweilt. Über ihnen wölbte sich ein bedeckter Himmel, die zahlreichen Wolken ließen kaum Platz für die Sterne und hatten den Mond fast vollständig verdeckt. Ohne ihre Stirnlampe, deren Lichtkegel über das Gespann hinweg auf den Trail zeigte, wäre es schwierig geworden, im dichten Wald die Orientierung zu behalten.

Am nördlichsten Punkt verließ Julie den geräumten Trail und lenkte die Huskys über einen kaum sichtbaren Jagdtrail weiter nach Norden. Sie blieb oberhalb des zugefrorenen Flusses und im Schatten des Waldes, wo der Schnee nicht so hoch lag und den Hunden kaum Schwierigkeiten bereitete. Eisige Kälte schlug ihr entgegen und zwang sie, den Reißverschluss ihres Anoraks bis über den Kragen zu ziehen. Die Baumkronen wogten im Wind.

Auf einer schmalen Lichtung durchbrach sie das Gestrüpp, um sich zwischen den Bäumen ihren eigenen Weg zu suchen. Sie sprang vom Schlitten und half ihren Hunden über die Sträucher hinweg, leuchtete mit ihrer Stirnlampe in den Wald hinein, bevor sie die Hunde antrieb. Die warnenden Worte, die Carol ihr in der Blockhütte gesagt hatte, hallten noch in ihren Ohren nach: »Pass auf, dass du den Wilderern nicht in die Quere kommst! Du bist nirgendwo vor ihnen sicher, weder auf den Wanderwegen und Jagdtrails noch abseits der Trails im Wald. Sie können dir überall begegnen. Verlass dich auf den Instinkt deiner Huskys und halte alle paar Meilen an und sieh dich um. Beim leisesten Verdacht gib mir Bescheid. Wir dürfen kein Risiko eingehen. Den Männern, die im Nationalpark auf Wölfe schießen, traue ich alles zu.«

Noch im Wald befolgte Julie den Rat der älteren Rangerin. Sie hielt die Hunde mit einem gedämpften »Whoaa!« an und ermahnte sie, sich für einen Augenblick vollkommen ruhig zu verhalten. Außer Curly, der sich in den Leinen verfangen hatte und mit einem nervösen Jaulen auf sich aufmerksam machte, befolgten alle Huskys ihre Warnung. Nachdem sie Curly von den Leinen befreit hatte, war auch er still. Schon aus Angst, von Chuck angegangen zu werden, wagte er nicht sich zu rühren. Beinahe vollkommene Stille umgab sie. Nur das leise Rauschen des Windes in den Bäumen war zu hören.

Keine Wilderer, kein verdächtiges Geräusch.

Julie fuhr langsam weiter. Sie hatte die Gegend am Rock Creek bereits während einiger Fahrten mit ihrem Hundeschlitten erkundet und brauchte kein GPS-Gerät, um ihren ungefähren Standort zu wissen. Solange sie in der Nähe des Flusses blieb, fiel ihr die Orientierung leicht. Außerhalb des Waldes sah sie den Fluss wieder, ein weißes Band, das sich in der Dunkelheit deutlich vom dunklen Wald abhob und weiter nördlich in den Ausläufern der Berge verschwand. Am Horizont erhob sich der schneebedeckte Gipfel des Mount Healy aus dem hügeligen Land und leuchtete im Licht der wenigen Sterne.

Auf einem Hügelkamm, der sich hoch über dem Fluss nach Norden zog, fuhr Julie dicht an den schützenden Bäumen entlang. Gegen den Schnee hätte sie sich mit ihrem Schlitten zu deutlich abgehoben. Sie verzichtete auf laute Kommandos und Anfeuerungsrufe, überließ es den Hunden, den Weg zu finden, und korrigierte lediglich durch einen Wink oder eine Gewichtsverlagerung ihre Richtung. Die Huskys spürten, wenn sich der Druck auf den Kufen veränderte. Curly hatte inzwischen gemerkt, dass sie in einer ganz besonderen Mission unterwegs waren, und verhielt sich vorbildlich, blickte immer wieder auf Chuck, der genau zu wissen schien, was Julie von ihnen verlangte.

Eine Bewegung am Flussufer ließ sie den Schlitten anhalten. »Whoaa! Ganz ruhig!«, warnte sie ihre Huskys mit gedämpfter Stimme. Sie blieb auf den Kufen stehen, setzte den Feldstecher an die Augen und blickte in die Senke hinab. Nach einigem Suchen fand sie, was sie suchte. Zwei junge Wölfe, die auf dem Flusseis miteinander spielten und anscheinend nicht den geringsten Verdacht hegten, dass ihnen irgendjemand so nahe am Fluss gefährlich werden könnte. Wie junge Hunde tollten sie auf dem Eis herum, fauchten sich spielerisch an und bedrängten einander, bis einer von ihnen aufgab und sich auf den Rücken warf, ein deutliches Zeichen dafür, dass er unterlegen war. Dann begann das Spiel von Neuem, die Vorbereitung auf ihr späteres Leben, wenn der Gewinner eines solchen Kampfes ein Rudel übernahm.

Julie suchte nach den anderen Wölfen. Ihr Blick glitt am Flussufer entlang, über die keilförmige Lichtung und erfasste eine kaum sichtbare Bewegung zwischen einigen Felsbrocken. Banu, der Anführer des Rock-Creek-Rudels. Sein Funkhalsband war selbst bei Nacht deutlich zu sehen. Ein Alphawolf, wie man ihn sich kräftiger und stolzer nicht vorstellen konnte. Wie ein König erschien er auf der Lichtung, gefolgt von seinen vier Untergebenen, darunter auch die Mutter der beiden jüngeren Wölfe. Beim Anblick der älteren Wölfe brachen die jüngeren ihr Spiel ab und schlossen sich dem Rudel an, bevor Banu böse wurde und sie knurrend und fauchend zur Ordnung rief.

Auf halbem Weg zum Flussufer blieb Banu plötzlich stehen. Obwohl Julie gegen den Wind stand, schien er sie gewittert zu haben und blickte misstrauisch in ihre Richtung. Seine starre Körperhaltung und die aufgestellten Ohren verrieten, dass er eine Gefahr spürte. Julie hielt vor Anspannung den Atem an. Auch ihre Hunde verhielten sich still, selbst Curly, und sie glaubte sogar zu sehen, wie sich ihre Haare aufstellten. Sie hatten großen Respekt vor ihren wilden Brüdern und Schwestern, ahnten wohl, dass sie bei einem Kampf immer den Kürzeren ziehen würden. Wölfe waren Huskys in jeder Beziehung überlegen.

Nach einer Weile entspannte sich Banu. Er blieb jedoch wachsam und gab seinem Rudel mit eindeutigen Gesten zu verstehen, dass es besser wäre, die Lichtung zu verlassen. Seine Ohren blieben aufgestellt, als er die Wölfe am Ufer entlang nach Norden führte und im nahen Wald verschwand. Ihre Spuren waren deutlich im tiefen Schnee abseits des Rock Creek zu erkennen.

Julie griff nach ihrem Funkgerät und meldete sich bei Carol. Sie gab ihre Position durch und berichtete in knappen Worten, was geschehen war. »Ich glaube, Banu hat was gemerkt«, sagte sie. »Er muss mich gewittert haben, obwohl ich gegen den Wind stand und er mich eigentlich nicht sehen konnte.«

»Sie sind vorsichtig geworden«, erwiderte Carol. »Sie wissen genau, dass es Männer gibt, die sie jagen und töten wollen. Wo sind sie hin?«

Julie sagte es ihr.

»Irgendwelche verdächtigen Bewegungen oder Geräusche?«

»Nichts«, sagte Julie, »ich komme mir vor, als wäre ich allein auf der Erde, so still ist es hier. Sieht nicht so aus, als wären Fremde in der Nähe. Aber ich hab mir sagen lassen, die Wolfskiller kämen meistens nach Mitternacht.«

»Das stimmt«, räumte Carol ein. »Wir sollten dennoch die Augen offen halten. Fahr den Wölfen nach und gib mir sofort Bescheid, falls sie der Parkgrenze zu nahe kommen. Aber halte den nötigen Abstand und achte darauf, dass sie dich nicht wittern können. Nähere dich ihnen nur gegen den Wind.«

»Geht klar.«

Julie schaltete das Funkgerät aus und verstaute es in der Brusttasche ihres Anoraks. »Vorwärts«, rief sie ihren Huskys zu, »den Wölfen nach! Keine Angst, wir rücken ihnen nicht auf die Pelle. Ich hab genauso wenig Lust wie ihr, mich mit Banu anzulegen.« Sie dachte daran, wie elegant und kraftvoll sich der Anführer des Rudels bewegt hatte und wie hilflos er ausgesehen hatte, als er betäubt gewesen war. »Wir passen auf, dass sie nicht den Park verlassen. Ihr wisst doch, welche Regeln gelten, wenn einer der Wolfskiller sie außerhalb des Nationalparks erwischt. Dort kann er sie jederzeit erschießen.«

Sie lenkte den Schlitten zum Fluss hinunter und folgte den Spuren des Rudels, die deutlich im Schnee zu sehen waren. Inzwischen war die Wolkendecke aufgerissen und der Mond war wieder sichtbar. Er goss sein blasses Licht wie feinen Nebel über die Bäume und den Schnee. In dem lichten Wald, den die Wölfe durchquert hatten, lag der Schnee nur knöcheltief und sie trafen auf kein nennenswertes Hindernis. Die Kufen glitten sanft über den gefrorenen Boden. Nur einmal, als sich ein Nachtvogel dicht vor ihnen aus einem Gestrüpp erhob und dabei laut krächzte, zuckte Julie erschrocken zusammen.

Jenseits des Waldes hielt sie den Schlitten erneut an. Vor ihr lag eine weite Senke, die schräg zum Fluss abfiel und von zahlreichen Hügeln durchbrochen war. Sie kannte die Senke von einer früheren Fahrt und wusste, dass sie nur wenige Meilen von der Parkgrenze und dem Highway nach Fairbanks entfernt war. Sie schaltete ihre Stirnlampe aus und blickte durch den Feldstecher. Eigentlich hoffte sie, das Rudel zu entdecken, doch die Wölfe waren nirgends zu sehen, und ihre Spuren verloren sich irgendwo in der Ferne. Anscheinend hatten sie den Fluss überquert und waren jetzt auf Carols Seite.

Sie suchte die Senke ein zweites Mal ab und nahm plötzlich eine Bewegung durch ihren Feldstecher wahr. Im ersten Augenblick glaubte sie sich geirrt und die Wölfe doch noch entdeckt zu haben, doch als sie genauer hinblickte, erkannte sie einen Mann auf einem Hundeschlitten, der es anscheinend eilig hatte, die Senke zu durchqueren und im gegenüberliegenden Wald zu verschwinden. Der Musher fuhr, als wäre der Teufel hinter ihm her.

Julie wollte ihm sofort nachfahren, erinnerte sich aber rechtzeitig an die Vorschriften und zog das Funkgerät aus der Tasche. »Carol, hier Julie!«, sprach sie ihre Vorgesetzte direkt an. Und nachdem sie ihre genaue Position durchgegeben hatte: »Ein Mann auf einem Hundeschlitten. Er fährt durch die Senke nach Norden. Keine Ahnung, ob er dem Rudel folgt. Sieht so aus, als hätten die Wölfe den Fluss überquert, aber genau kann ich es nicht sagen. Ich bleibe an dem Musher dran. Ich glaube nicht, dass er mich gesehen hat.«

»Keine Alleingänge!«, warnte Carol. »Und bleib so weit hinter ihm, dass er dir nichts antun kann. Der Mann könnte gefährlich sein. Ich sage Erhart, dass er den Hubschrauber schicken soll. Damit kriegen wir ihn bestimmt. Du hältst dich zurück, hörst du? Versuche bloß nicht, die Heldin zu spielen! Diese Wolfskiller sind gefährlich, die schießen auch auf Menschen.«

»Keine Angst, Carol. Ich passe auf. Over.«

Julie wartete, bis der Musher im Wald untergetaucht war, und fuhr los. »Heya!«, trieb sie ihre Hunde an, gerade laut genug, dass Chuck sie verstand. Im gemäßigten Tempo fuhr sie den Hang hinab. Sie blieb auf den Hügelkämmen, wo der Schnee nicht so hoch lag und gefroren war. So musste sie nicht ständig von den Kufen steigen, um den Huskys beim Vorwärtskommen zu helfen. Sie hielt sich streng an Carols Anweisungen, hatte nicht den geringsten Ehrgeiz, sich als Heldin zu beweisen. Inzwischen wusste sie, dass es bei den Park Rangern vor allem auf Teamarbeit ankam. Das Einfangen von Verbrechern überließ man Ranger Erhart und seinem Law Enforcement Team, sie waren für diese schwierige Aufgabe auf einer Police Academy ausgebildet worden.

Auch wenn der Musher kein Wolfskiller sein sollte, machte er sich schuldig. Für eine Fahrt ins Hinterland des Nationalparks hätte er sich im Besucherzentrum eine Erlaubnis holen und registrieren lassen müssen. Dass er keine Stirnlampe trug, sprach für sein schlechtes Gewissen. Falls er sie doch bemerkt haben sollte, legte er es wahrscheinlich darauf an, so schnell wie möglich zu verschwinden. Spätestens wenn der Hubschrauber auftauchte und mit dem Scheinwerfer nach ihm suchte, würde er sein Heil in der Flucht versuchen.

Am Waldrand hielt Julie noch einmal den Schlitten an und lauschte angestrengt. Von irgendwoher kam ein leises Stöhnen, als würde jemand aus einer Ohnmacht erwachen. Sie fuhr langsam in den Wald hinein, hörte wieder das Stöhnen und überlegte nur kurz, bevor sie ihre Stirnlampe einschaltete und das Risiko einging, auf einen Trick des Unbekannten hereinzufallen. Ihre rechte Hand lag auf der Tasche, in der sie ihren Revolver trug, als sie weiterfuhr und plötzlich einen Mann im Unterholz liegen sah. Einige Schritte weiter lag ein Schlitten auf der Seite und hatte die Huskys davon abgehalten, mit ihm durchzugehen und den Musher allein in der Wildnis zurückzulassen.

Eine dunkle Vorahnung beschlich sie, als sie einen der Huskys erkannte. Nur zögernd, als wollte sie das Unvermeidliche noch ein paar Sekunden hinausschieben, hielt sie ihren Schlitten an. Sie verankerte ihn im Schnee und ging zu dem gestürzten Mann. »Josh!«, rief sie, als sie ihren Freund im Schein der Stirnlampe erkannte. »Bist du verletzt? Hast du dir wehgetan?«

Sie beugte sich zu ihm hinunter und erkannte zu ihrer Erleichterung, dass er in eine Schneewehe gefallen war und kaum etwas abbekommen hatte. Nur aus einer blutigen Schramme an der Stirn blutete er. Sie tupfte die Schramme mit einem Papiertaschentuch trocken und wusste nicht, ob sie sich freuen oder wütend sein sollte. Es wurde eine Mischung aus beidem. »Dir hätte sonst was passieren können, Josh! Warum fährst du ohne Stirnlampe, verdammt?«

Er hatte den ersten Schrecken überwunden und stemmte sich ächzend vom Boden hoch. Mit beiden Händen klopfte er sich den Schnee vom Anorak. »Damit mich die Ranger erwischen und mir eine saftige Strafe aufbrummen? Ich bin doch nicht verrückt. Ich trainiere fürs Iditarod, weiter nichts, und hab keine Lust, mich vor jedem Trainingslauf im Besucherzentrum anzumelden.«

»Aber so steht es in den Vorschriften, Josh! Damit die Ranger wissen, wo sie suchen müssen, wenn sich ein Musher verirrt … oder einen Unfall hatte. Was wäre denn passiert, wenn du dir was gebrochen hättest und ich nicht vorbeigekommen wäre? Du hättest hier draußen erfrieren können, Josh!«

»Ich weiß.« Er konnte schon wieder lächeln, gehörte zu den jungen Männern, die nur selten klein beigaben, wenn sie etwas falsch gemacht hatten. »Was tust du überhaupt hier? Bist du auf Nachtpatrouille? Als Anfängerin?«

»Ein Notfall«, erwiderte sie. »Carol … Ranger Schneider und ich suchen nach den Spuren der Wolfskiller.« Sie erzählte ihm von den Männern, die auch innerhalb der Parkgrenzen auf Wolfsjagd gingen. »Und du? Trainierst du wirklich fürs Iditarod? Das Rennen beginnt in zwei Wochen, Josh, und wenn ich mich recht erinnere, hast du dir erst vor Kurzem den Fuß verstaucht.« Sie deutete auf den Revolver, den er sich wie ein Gunfighter im Wilden Westen hinter den Hosenbund gesteckt hatte. »Und was soll die Waffe? Bist du auf der Jagd?«

»Die hat jeder Musher dabei, das weißt du doch.«

»Aber nicht schussbereit hinter dem Hosenbund.«

»Hier soll es Wölfe geben …« Sein Gesicht nahm einen ungläubigen Ausdruck an. »Hey … du glaubst doch nicht, dass ich zu den Wolfskillern gehöre?« Er lachte gekünstelt. »Ich bin zum Trainieren hier, wie ich gesagt habe. Im Nationalpark gibt's die besten Trails. Vielleicht schaff ich's ja doch noch zum Iditarod … oder zum Yukon Quest.« Er bemerkte ihre ernste Miene und blickte sie ungläubig an. »Jetzt sag nicht, dass du mich festnehmen willst!«

»Gib mir deinen Revolver, Josh«, sagte sie ruhig.

»Wie bitte?«, rief er ungläubig. »Zuerst begrüßt du mich, als wäre ich irgendein Fremder … kein Kuss, keine Umarmung … und jetzt ziehst du auch noch eine Show ab?« Er wirkte ehrlich gekränkt. »Und was kommt dann? Willst du mich ins Gefängnis sperren wie einen gemeinen Wilderer?«

»Ich kann nicht anders, Josh. Ich muss mich an die Vorschriften halten. Tut mir leid, ich …« Sie wusste nicht, was sie sonst noch sagen sollte, und griff nach ihrem Funkgerät. »Carol … hier Julie. Der Musher ist Josh. Josh Alexander. Der junge Mann, der mit uns auf der Wanderung war.«

4

Die Antwort ihrer Vorgesetzten ging im Lärm des Hubschraubers unter, der in diesem Augenblick mit aufgeblendetem Suchscheinwerfer über ihnen auftauchte und am Waldrand landete. Julie deutete mit einer Geste an, dass sie die Situation unter Kontrolle hatte. Während der Hubschrauber im Schnee aufsetzte, wandte sie sich noch einmal an Josh. »Mach dir keine Gedanken«, versuchte sie, die angespannte Situation zu entschärfen. »Du kommst wahrscheinlich mit einer Verwarnung davon. Wir sind alle ein bisschen nervös … wegen der Wolfskiller … das musst du verstehen … das siehst du doch ein?«

»Einen Scheißdreck tue ich!«, verlor er die Nerven. »Ich trainiere hier mit meinem Hundeschlitten und tue keinem was zuleide, und du behandelst mich wie einen Schwerverbrecher! Was ist denn plötzlich in dich gefahren? Drehst du durch, weil du neuerdings eine Uniform anhast? Traust du mir nicht mehr? Vor ein paar Wochen hast du mir noch ganz andere Dinge gesagt, oder hast du das schon vergessen? Da war ich noch der Prinz auf einem weißen Pferd. Und jetzt soll ich plötzlich ein Verbrecher sein, nur weil ich in eurem verdammten Nationalpark rumfahre, und ihr rückt sogar mit einem Chopper an, um mich festzunehmen? Du bist mir eine schöne Freundin!«

»Das eine hat doch mit dem anderen gar nichts zu tun«,

redete sie beschwichtigend auf ihn ein. »Ich mag dich, das weißt du doch. Aber als Rangerin muss ich jeden gleich behandeln und darf auch bei einem …« Sie versuchte ein versöhnliches Lächeln. »… einem Prinz auf einem weißen Pferd keine Ausnahme machen. Ich muss streng nach dem Gesetz handeln und wenn das Vergehen noch so klein ist.«

Er hörte gar nicht hin. »Du benimmst dich, als wäre überhaupt nichts zwischen uns gewesen. Gibt es vielleicht einen anderen?«

»Wie kommst du denn darauf?« Julie war froh, dass man in dem Halbdunkel nicht sah, wie sie rot wurde. »Ich tue nur meine Pflicht. Und jetzt gib mir endlich den Revolver.« Sie streckte eine Hand aus. »Mach's mir nicht so schwer, Josh. Ich kann dich nicht laufen lassen. Also gib mir den Revolver.«

»Tun Sie, was Ranger Wilson sagt!«, erklang jetzt auch Carols Stimme über dem Hubschrauberlärm. Sie hatte sich ihnen unbemerkt genähert und sprang von den Kufen. Sie hielt ebenfalls einen Revolver in der Hand. Als sie erkannte, dass keine Gefahr von Josh ausging, ließ sie ihn aber sofort sinken. »Josh! Josh Alexander!«, rief sie. »Was tun Sie denn um diese Zeit im Nationalpark?«

Josh zog seinen Revolver hinter dem Hosenbund hervor und drückte ihn Julie in die Hand. Mit wütender Miene wiederholte er, was er vor wenigen Minuten erzählt hatte. »Julie weiß ganz genau, dass ich kein Wolfskiller bin und hier nur für das Iditarod trainiere. Okay, ich hab mir keine Erlaubnis im Besucherzentrum geholt, aber deswegen muss sie sich doch nicht aufspielen und hier eine große Show abziehen? Ich hab nichts verbrochen und einen Wolf würde ich nur erschießen, wenn mir keine andere Wahl mehr bliebe.«

Carol verstaute ihre Waffe in der Anoraktasche. »Julie tut nur ihre Pflicht. Wenn sie unsere Vorschriften missachten würde, müsste ich ihr einen Verweis geben, und das kann sie sich gerade als Praktikantin nicht leisten. Sie haben kein Verbrechen begangen, aber Sie haben gegen die Regeln gehandelt und vor allem sich selbst in Gefahr gebracht. Nur wenn sich die Leute ordnungsgemäß registrieren lassen, können sie sicher sein, dass wir sie auch suchen, wenn sie einen Unfall haben oder sich verirren. Wir schreiben diese Gesetze und Vorschriften nicht zum Spaß, Josh!«

Inzwischen hatte der Hubschrauber aufgesetzt, und Ranger Erhart erschien, ebenfalls mit einer Waffe in der Hand. Als er sah, dass Carol und Julie die Situation unter Kontrolle hatten, steckte er sie wieder ein. »Sieht so aus, als hätten wir den Chopper umsonst gechartert.« Er blickte zuerst Josh und dann Julie an. »Ist das nicht Ihr Freund? Der auf der Wanderung mit war?«

»Josh Alexander«, erwiderte Josh trotzig.

Carol erklärte dem Polizeichef der Ranger die Sachlage und bat ihn mit einem Lächeln um Milde. »Ich denke, wir können es bei einer Verwarnung belassen. Ich glaube nicht, dass Josh noch einmal ohne Erlaubnis im Nationalpark trainiert. Mit den Wölfen hatte er bestimmt nichts im Sinn, stimmt's?«

»Nur wenn sie mir an die Kehle wollen«, sagte Josh.

»Nun ja …« Erhart rang ein wenig mit sich selbst. »Normalerweise müsste ich ihm die Kosten für den Einsatz aufhalsen, und so ein Hubschrauber ist teuer, aber wir waren ja sowieso unterwegs …« Er zupfte einige Eiskörner aus seinem dichten Schnurrbart. »… und wir wollen die Sache nicht höher hängen als unbedingt notwendig. Geben Sie ihm den Revolver, Ranger Wilson.«

Sie reichte Josh die Waffe und er nahm sie, ohne Julie dabei anzusehen. Carol nickte zufrieden, als Josh den Revolver in einer seiner Anoraktaschen verschwinden ließ. »Und jetzt fahren Sie bitte nach Fairbanks zurück. In den White Mountains gibt es genug Trails, auf denen Sie trainieren können. Sie können froh sein, dass Ranger Erhart es mit einer Ermahnung bewenden lässt. Normalerweise springt er anders mit Gesetzesbrechern um.«

»Beim nächsten Mal kommen Sie nicht so billig davon«, sagte Erhart.

Josh stellte seinen Schlitten auf und beruhigte seine Huskys, die beim Anblick der beiden anderen Gespanne bereits unruhig geworden waren. Bandit, sein Leithund, blickte ihn vorwurfsvoll an. Er fühlte sich wohl vernachlässigt. Als Josh merkte, dass Julie ihm gefolgt war, sagte er leise: »Tut mir leid, Julie.«

»Mir auch, Josh.«

»Du bist mir nicht mehr böse?«

»Unsinn.«

Sie blickten einander an, und jeder schien darauf zu warten, dass der andere den ersten Schritt machte und zu einem Versöhnungskuss ansetzte, aber keiner wagte es, den anderen vor Carol und Ranger Erhart zu umarmen.

»Bis bald, Julie.«

»Bis bald.«

Julie wartete, bis Josh mit seinem Schlitten zwischen den Bäumen verschwunden war, und kehrte zu Carol und Ranger Erhart zurück. Weder Erhart noch Carol grinsten oder schnitten Grimassen. »Ich konnte ihn doch nicht laufen lassen«, sagte sie beinahe schuldbewusst. »Er hatte keine Erlaubnis dabei.«

»Sie haben vollkommen richtig gehandelt, Julie«, erwiderte Erhart. »Wussten Sie, dass Wyatt Earp mal seinen besten Freund verhaften musste? Sie wissen schon, der bekannte Marshal aus Dodge City, und Doc Holliday, der schießende Zahnarzt … die beiden, die im OK Corral gegen die Clantons antraten … der berühmteste Revolverkampf in der Geschichte des Westens …«

»Stimmt, da war mal was im Fernsehen.«

Erhart nickte, er kannte fast alle Westernfilme auswendig. »Wahrscheinlich der Film mit Kevin Costner. Oder war's der alte mit Burt Lancaster und Kirk Douglas? Der Kampf im OK Corral ist hundert Mal verfilmt worden.«

»Keine Ahnung«, räumte Julie ein.

»Also, Wyatt Earp und Doc Holliday hatten sich gerade kennengelernt, damals in Dodge City, und Wyatt erwischte Doc dabei, wie er einen Handelsvertreter mit dem Colt bedrohte und ihm hundert Dollar aus seiner Brieftasche entwendete. Er sperrte ihn ins Gefängnis, bis ein Saloonwirt aus Ellsworth auftauchte und eine eidesstattliche Erklärung abgab, in der er beschwor, dass Doc Holliday die Summe beim Pokern gewonnen hatte und der Handelsvertreter bei Nacht und Nebel aus der Stadt verschwunden sei. Dem Handelsvertreter blieb nichts anderes übrig, als zuzugeben …« Er sah, wie Julie und Carol die Augen verdrehten, und hielt inne. »Aber ich rede schon wieder zu viel. Ich denke, wir machen Schluss für heute. Wir sehen uns morgen.«

Julie und Carol fuhren im Gänsemarsch zu den Headquarters zurück. Sie versorgten die Hunde, bedankten sich bei ihren Leithunden für die gute Arbeit und gingen mit den Vorratssäcken zu ihrer Blockhütte. Wie immer, wenn sie von einem aufregenden Einsatz zurückkamen, konnten sie nicht sofort schlafen und ließen den Tag bei heißem Tee und Schokokeksen ausklingen.

»Du hast richtig gehandelt«, sagte Carol, als sie Julies betrübte Miene sah. »Es war sogar deine Pflicht, ihn anzuhalten. Ich hätte es zumindest in deiner Beurteilung erwähnen müssen, wenn du ihn nicht aufgehalten hättest. Selbst als fest angestellte Rangerin hättest du ihn nicht laufen lassen können, denn wenn herausgekommen wäre, dass er dein Freund ist, wäre ein schaler Beigeschmack dabei gewesen.« Sie gab etwas Süßstoff in ihren Tee, rührte um und nippte daran. »Er ist doch dein Freund? Oder warst du so nervös, weil dir John im Kopf herumschwirrt?«

»Nein … doch …« Sie wusste nicht, was sie sagen sollte. »Ich weiß es nicht, Carol. Josh kommt mir manchmal wie ein großer Bruder oder guter Kumpel vor.« Sie lachte nervös. »Oder wie ein kleiner Bruder. Klar … ich fühle mich wohl bei ihm und lasse mich gerne von ihm küssen, aber bei John ist es irgendwie anders … da spüre ich die berühmten Schmetterlinge im Bauch. Dabei kenne ich ihn doch kaum.« Sie winkte ab. »Wahrscheinlich nur Einbildung. Ich war wohl beeindruckt, weil sich ein Doktor für mich interessiert. Am besten vergesse ich beide und konzentriere mich ganz auf meine Arbeit.«

Carol pustete in ihren Teebecher. »Als Rangerin brauchst du nicht wie eine Nonne zu leben. Zwei Freunde sind natürlich ein bisschen viel und es wäre vielleicht besser, du würdest dich für einen entscheiden …« Sie tauchte einen Keks in den Tee und kaute genüsslich. »Da fällt mir ein, vor ein paar Jahren hatte ich auch mal zwei Freunde auf einmal.« Sie grinste. »Meinen Freund vom College, mit dem ich schon zwei Jahre zusammen war, und einen Musiker, einen Gitarristen, der mit seinen Songs inzwischen in den Top Ten steht. Ich blieb damals bei meinem Collegefreund … bis ihn mir eine ehemalige Cheerleaderin vor der Nase wegschnappte. Und der Gitarrist, er heißt Teddy, zog mit der Managerin der Band zusammen. War eine aufregende Zeit damals.« Sie blickte über ihren Teebecher hinweg aus dem Fenster. »Danach hatte ich von Männern erst mal die Nase voll und bin heute doppelt vorsichtig. Drum prüfe, wer sich ewig bindet. Oder nur für eine Weile. Außerdem finde ich, dass man sich von seinem Gefühl und nicht von irgendwelchen Äußerlichkeiten leiten lassen soll. ›Folge deinem Herzen‹, sagt meine Mutter, ›dann brauchst du dir später keine Vorwürfe zu machen, auch wenn es schiefgeht‹.«

Im Bett dachte Julie noch eine Weile über Carols Worte nach. Sie hatte recht, am besten war es, sich von seinem Herzen leiten zu lassen und sich nicht wie diese Tussis in den Dokusoaps zu benehmen. Sie hatte Zeit und niemand zwang sie, noch im Winter eine feste Beziehung einzugehen.

Jetzt ging es erst einmal darum, die berufliche Zukunft zu sichern. Alles kam darauf an, welche Beurteilung sie nach ihrem Praktikum erhalten würde. Erst dann wurde entschieden, ob sie als Rangerin im Denali National Park anfangen durfte oder zum Dienst in die »Lower 48« abkommandiert wurde, wie man in Alaska die restlichen USA nannte. Im schlimmsten Fall würde man sie auf eine Warteliste setzen oder gleich nach Hause schicken. Nicht auszudenken, was passieren konnte, wenn sie ihre gute Beurteilung wegen einer Beziehungskiste aufs Spiel setzte. Nicht mal der sprichwörtliche Prinz war dieses Risiko wert.

Über diesen Gedanken schlief Julie ein. Am nächsten Tag, einem Samstag, hatte sie frei und beschloss, nach Fairbanks zu fahren, schon allein, um den Kopf wieder freizubekommen. Beim Frühstück reichte ihr Carol eine Liste mit Lebensmitteln, die sie aus dem Supermarkt mitbringen sollte, und bat sie außerdem, den neuen Roman von Debbie Macomber mitzubringen. Der dritte Band einer kitschigen Serie über die Bewohner einer kleinen Stadt in Texas. Carol stand auf solche Schnulzen, obwohl Julie beim heiligen Manitu der Indianer schwören musste, den anderen Rangern nichts zu verraten, denn die kannten Carol vor allem als selbstbewusste und starke Frau.

»Großes Indianer-Ehrenwort«, schwor Julie und stieg in ihren Pick-up. Sie trug Alltagskleidung: ihre etwas verwaschenen Jeans, den gemusterten Pullover und darüber ihren dunkelblauen Anorak. Ihre honigblonden Haare, die sie noch vor dem Frühstück gewaschen hatte, hingen bis auf ihre pelzbesetzte Kapuze herab. Für alle Fälle, wie sie sich sagte, und wusste selbst nicht, wen sie dabei im Kopf hatte: John oder Josh. Weder der eine noch der andere hatte sie angerufen, obwohl Josh ihre private Handynummer hatte und sonst jeden zweiten Abend anrief. Eigentlich wusste er auch, dass am Samstag ihr freier Tag war.

Aber sie konnte ihm sein Schweigen nicht wirklich übelnehmen. Wahrscheinlich war er immer noch beleidigt, weil sie ihn festgehalten und ihm seinen Revolver abgenommen hatte. Josh ließ sich nur ungern etwas sagen, schon gar nicht von einer jungen Frau. Wahrscheinlich glaubte er, dass sie ihn nicht mehr mochte, weil sie so bestimmt und unnachgiebig gewesen war. Daran änderte auch ihre Entschuldigung nichts. Oder ihm ging es wie ihr und er hatte einfach Angst, sie anzurufen.

Sie wartete, bis kein Gegenverkehr kam, und griff nach dem Handy, das neben ihr auf dem Beifahrersitz lag. Nachdem sie seine gespeicherte Nummer gedrückt hatte, ließ sie es einmal klingeln und legte das Handy gleich darauf wieder weg. Es war noch zu früh. Vielleicht war es besser, ein paar Tage verstreichen zu lassen, bis sie sich wieder bei ihm meldete. Wenn sie ihn jetzt an den Hörer bekam, redete sie doch sowieso nur Blödsinn. Sie würde sich tausend Mal entschuldigen und noch einmal erklären, dass ihr nichts anderes übrig geblieben war, als so zu handeln. Wahrscheinlich würde er dann immer noch den Beleidigten spielen, und am Schluss würden sie sich wieder anfauchen und auflegen.

Sie hatte heute sowieso wenig Zeit, wollte bei ihrem Vater im Krankenhaus vorbeisehen, dem Chefarzt der Klinik, mit ihrer Freundin Brandy zu Starbucks gehen und einen Caffè

Latte trinken, im Supermarkt einkaufen und in der Buchhandlung stöbern, um das Buch für Carol und einen neuen Thriller von Karen Slaughter für sich zu kaufen. Ein volles Programm, wenn man bedachte, dass allein die Hinfahrt zwei Stunden dauerte.

Ihr Vater war wieder mal im Stress, als sie im Krankenhaus nach ihm fragte, eine Bypass-Operation, die noch eine Stunde dauerte, bis er sich endlich freimachen konnte und sie in seinem Büro empfing. Auch dort blickte er ständig auf die Uhr. »Ich hab leider nur wenig Zeit, Julie. Ein wichtiger Patient, ein Börsenmakler aus New York.« Was bedeutete, dass er genug Geld besaß. »Geht es dir gut? Läuft alles nach Plan? Wie kommst du denn voran?«

Er hätte es am liebsten gehabt, wenn sie ebenfalls Medizin studiert hätte oder zumindest Krankenschwester geworden wäre, und konnte sich noch immer nicht daran gewöhnen, dass sie als Rangerin in einem Nationalpark arbeitete.

Sie setzte zu einer Antwort an, aber er ergriff gleich wieder das Wort: »Kommst du wenigstens finanziell über die Runden? Als Praktikantin speisen sie dich doch sicher mit einem Hungerlohn ab.« Er zog sein Portemonnaie aus der Innentasche seiner Jacke und nahm einen Hunderter heraus. »Hier … kauf dir mal wieder was Schönes.« Er erhob sich nervös. »So, jetzt muss ich aber weiter, der Börsenmakler wartet auf seine neue Herzklappe.« Er schüttelte ihr weder die Hand noch umarmte er sie. »Melde dich mal wieder, mein Kind.«

Er verschwand, und sie verließ niedergeschlagen wie immer das Krankenhaus. Wütend steckte sie den Hunderter ein. Sie hätte sich gern einmal wieder länger mit ihrem Vater unterhalten und über ihre Zukunft gesprochen, aber er entzog sich ihr genauso, wie er es bei ihrer Mutter getan hatte. »Als Chefarzt kann ich mir keine Gefühle leisten«, sagte er über seine Arbeit, »sobald du dich emotional auf einen Patienten einlässt, machst du Fehler.« Leider hielt er es privat ebenso. Ihre Mutter hatte die Konsequenzen gezogen und war vor drei Jahren mit einem anderen Mann nach Kalifornien gezogen. Julie bekam sie nur einmal im Jahr an Thanksgiving zu Gesicht, telefonierte aber manchmal mit ihr und verstand sich auch mit ihrem neuen Ehemann einigermaßen.

Sie stieg in ihren Wagen und blickte auf die Uhr. Schon halb zwölf, sie musste sich beeilen. Zuerst in die Mall, die Bücher und vielleicht neue Jeans kaufen und einen Happen in einem der Imbisse essen. Mit Brandy war sie erst um drei Uhr verabredet und zum Supermarkt wollte sie zum Schluss, damit sie die Lebensmittel nicht zu lange spazieren fahren musste. In Gedanken versunken fuhr sie vom Parkplatz. Über der Stadt hing trübes Zwielicht, wie es typisch für die Wintermonate war, und das große Thermometer in der Innenstadt zeigte dreißig Grad Celsius an. Minus natürlich. Es war bitterkalt.

Von dem warmen Luftstrom aus den Luftdüsen umgeben, hielt sie auf die College Road außerhalb der Stadt zu. Sie hatte das Radio eingeschaltet, hörte sich den Wetterbericht an, der von »starken Schneefällen« während der nächsten Tage sprach, und schaltete einen bekannten Top-40-Hit, der ihr schon seit einigen Wochen auf die Nerven ging, nach wenigen Takten wieder ab. Gerade noch rechtzeitig erkannte sie die rote Ampel im winterlichen Zwielicht.

Ihr Pick-up kam schlingernd zum Stehen, und sie hob ihr Handy auf, das bei der starken Bremsung vom Beifahrersitz gerutscht war. Als sie den Kopf hob, sah sie einen weinroten Pick-up vorbeifahren und hätte beinahe die Tür aufgerissen und wäre auf die Straße gerannt. »Josh! Hey Josh!«, rief sie.

Doch wenn er es war, hatte er sie entweder nicht gesehen oder wollte nicht, dass sie sich trafen. »Scheißspiel!«, fluchte Julie laut und fuhr weiter.

5

Das Einkaufszentrum bestand aus einem schmucklosen Gebäude, das von außen wie eine überdimensionale Lagerhalle aussah, und an dessen unverputzten Betonwänden die bunten Firmenlogos wie Fremdkörper wirkten. Die Neonleuchten über dem Haupteingang kämpften gegen das düstere Zwielicht an.

Julie fand eine Lücke am äußersten Ende des Parkplatzes und eilte mit hochgeklappter Kapuze an den abgestellten Autos vorbei. In der Mall umfing sie angenehme Wärme. Sie wimmelte den Angestellten eines Providers ab, der ihr einen »absolut konkurrenzlosen« Handy- und Internet-Vertrag andrehen wollte, kämpfte sich an einer aufdringlichen Kosmetikverkäuferin vorbei und betrat die Buchhandlung am südlichen Ende der Mall.

Sie liebte Buchhandlungen, empfand sie wie eine andere Welt, in der man sich von der rauen Wirklichkeit erholen konnte, auch wenn es nur für ein paar Minuten war. Besonders in einem großen Laden wie diesem, in dem man sich einen Kaffee bestellen und nach Herzenslust schmökern konnte. Die Bücher für Carol und sie selbst lagen auf einem großen Stapel, beides Bestseller, die mit großen Plakaten in den Fenstern beworben wurden. Sie blieb ungefähr eine Stunde in der Buchhandlung, blätterte in zahlreichen Romanen und einem Kochbuch der »100 besten Hamburger-Rezepte«, das sie mit zahlreichen verführerischen Abbildungen daran erinnerte, sich etwas zu essen zu holen.

Auf dem Weg zu den Fast-Food-Ständen im Zentrum der Mall kam sie an zwei teureren Restaurants vorbei, darunter auch die Sushibar, von der John gesprochen hatte. Sie blickte im Vorbeigehen durch die getönten Scheiben und erkannte die Umrisse eines Mannes, der sie an den Biologen erinnerte, dachte sich aber nichts dabei und ging weiter. Nach der Lektüre des leckeren Hamburger-Kochbuches war sie auf einen fetten Whopper eingestellt und steuerte den Burger King zwischen den anderen Fast-Food-Ständen an.

»Julie! Julie! Warten Sie doch!«

Die Stimme in ihrem Rücken erklang so plötzlich, dass sie sich überrascht umdrehte und beinahe eine Mutter mit Kinderwagen über den Haufen rannte. Sie murmelte eine Entschuldigung und trat zur Seite. Ungläubig blickte sie dem jungen Mann in Jeans und Sweatshirt entgegen, der lächelnd auf sie zulief und ehrlich erfreut zu sein schien, sie hier zu treffen. »So ein Zufall! Ich hatte schon gehört, dass Sie heute Ihren freien Tag haben, aber dass Sie ausgerechnet hier auftauchen ...« Seinen Dreitagebart hatte er rasiert, und sein Lächeln war so verführerisch, dass sie keinen klaren Gedanken fassen konnte.

»Sie haben doch hoffentlich noch nicht gegessen? Tomio hat frischen Lachs bekommen und es wäre ein Verbrechen, ihn nicht zu probieren. Sie mögen doch Sushi?« Er berührte ihren Arm. »Kommen Sie, ich lade Sie ein.«

»Ja, aber ...«, zögerte sie.

»Nichts aber«, widersprach er. »Sie wollen sich doch nicht

mit billigem Fast Food abspeisen lassen, wenn Sie das Beste vom Besten haben können. Tun Sie mir den Gefallen und kommen Sie mit. Oder mögen Sie kein Sushi?«

Sie ließ sich von ihm zur Sushibar führen. »Schon ... aber hier war ich noch nie. Das letzte Mal, als ich in der Stadt war, stand hier ein Steakhouse oder so was Ähnliches. Ist aber schon etliche Wochen her, dass ich shoppen war. Ich gebe fast mein ganzes Geld für meine Huskys aus, die brauchen es nötiger.«

»Ein Grund mehr, sich selbst mal verwöhnen zu lassen.«

Julie leistete keine Gegenwehr mehr und folgte ihm bereitwillig in die Sushibar. Wie die meisten japanischen Lokale war sie betont nüchtern eingerichtet, ein langer Tresen, an dem man dem Sushichef beim Zubereiten der Sushihappen zusehen konnte, und einige Nischen mit Sitzecken. Neben dem Eingang zur Küche hing ein Kalender mit blühenden Kirschbäumen.

»Tomio bereitet uns ein Special zu«, verriet ihr John, nachdem er ihr den Anorak abgenommen und an die Garderobe gehängt hatte. Er blickte auf den Japaner hinter dem Tresen und stellte sie vor. »Das ist Julie, eine Rangerin im Denali National Park. Wir waren zusammen für das Monitoring Program unterwegs.« Und zu ihr sagte er: »Ich komme alle paar Tage hierher ... eines meiner wenigen Laster.«

Julie musste lachen. Sie wurde zusehends lockerer in der Gegenwart des Biologen und fand nach einer Weile auch gar nichts mehr dabei, sich von ihm einladen zu lassen. Jeder Ranger hätte wahrscheinlich dasselbe getan, wenn sie ihm zufällig in der Mall begegnet wäre, und Dr. John Blake gehörte doch praktisch zum Team. Er hatte bestimmt keine Hintergedanken, freute sich wohl einfach darüber, ihr seine Lieblingssushibar zeigen zu können. Ein gut aussehender Mann wie er war sicher längst in festen Händen, vielleicht sogar verheiratet, bei den vielen Studentinnen, die er auf dem Campus traf.

Das Sushi schmeckte himmlisch und ließ sie die verführerischen Bilder mit den Hamburgern schnell vergessen. Nichts gegen einen fetten Whopper oder eine Pizza, aber dies war ein ganz besonderes Essen. Nur für einen winzigen Augenblick dachte sie während des Essens an Josh, der schon mehrere Male versucht hatte, sie in die Pizzeria von Luigi einzuladen, und damit immer gescheitert war. Gerade wenig Zeit, ich muss mir die Vorschriften durchlesen, am Wochenende bleibe ich besser bei den Huskys … ihre Antworten hatten wie Ausreden geklungen, waren aber keine gewesen. Doch was würde Josh wohl sagen, wenn er sie zusammen mit John in der Sushibar überraschte. Sie konnte förmlich sehen, wie sie puterrot anlief und verzweifelt nach Worten suchte: »Wir sind nur Kollegen … wir haben uns zufällig getroffen.«

Na klar, und der Papst ist evangelisch!

»Schmeckt's Ihnen nicht?«

Julie löste sich von ihren Gedanken. »O doch! Das Sushi schmeckt wirklich fantastisch … besonders der Lachs. Der zergeht regelrecht auf der Zunge.« Sie lächelte wieder. »Wie kommt's, dass Sie so ein Sushifan sind?«

»Wo doch alle Leute in Alaska ihren Fisch am liebsten grillen?«

»Außer den Grizzlys.«

»Außer den Grizzlys und mir.« Wenn er lächelte, leuchteten seine Augen, als würde sich die Sonne darin spiegeln. »Ich hatte mal eine japanische Freundin ... ist schon ein paar Jahre her. Ihr Name war Cho ... das heißt Schmetterling, und bunt wie ein Schmetterling war sie auch angezogen.« Er lachte fröhlich, ein Maki zwischen den Stäbchen in der rechten Hand. »Mit ihr war ich zum ersten Mal Sushi essen. Von ihr weiß ich, dass Sushi auch in Japan was ganz Besonderes ist. Man isst es nur zu besonderen Gelegenheiten, zumindest das mit dem edlen Fisch. Ich habe ihr gesagt, dass für mich jeder Tag etwas Besonderes ist.« Er schob sich den Happen in den Mund und kaute genüsslich. »Vor allem, wenn ich mit einer hübschen Lady wie Ihnen zusammensitze.«

Julie errötete leicht, denn solche Komplimente war sie nicht gewohnt. »Und wo ist Cho jetzt?« Die alberne Bemerkung »Ist Ihnen der Schmetterling davongeflattert?«, verkniff sie sich lieber. »Es geht mich natürlich nichts an ...«

»Nein, nein«, sagte er schnell, »das ist kein Geheimnis. Sie ist jetzt mit einem Maler aus Willow zusammen. Bei mir hält es keine Frau lange aus, wissen Sie? Irgendwann sagen alle: Du brauchst keine Freundin, du bist doch mit deinen Wölfen verheiratet. Und wahrscheinlich haben sie recht. Ich mag meine Arbeit und habe kaum noch Zeit, seitdem ich das Monitoring Program des Nationalparks betreue. Heute ist mein erster freier Tag nach drei Wochen.« Er trank einen Schluck von seinem heißen Tee. »Und wissen Sie was? Ich bin richtig froh, dass Sie meine Einladung angenommen haben. Ich glaube, wir sind irgendwie ... seelenverwandt.«

Sie hörte zu kauen auf und blickte ihn zweifelnd an. Sie bewegten sich auf dünnem Eis und wenn er sie weiter auf diese Weise anblickte, würde sie bald noch größere Probleme haben als bisher. Weil sie befürchtete, eine Berührung könnte sie auf der Stelle verzaubern, zog sie ihre linke Hand zurück, als er sich anschickte, sie zu drücken oder zu streicheln.

»Seelenverwandt?«, fragte sie betont sachlich.

Er machte keine Anstalten mehr, sich ihr zu nähern. Selbst seine Augen leuchteten nicht mehr so stark. »Ich habe gesehen, wie Sie gestern Morgen den Wolf angeblickt haben, den Anführer des Rock-Creek-Rudels. Die meisten Ranger haben Respekt vor Wölfen und bewundern sie wegen ihrer Anmut und Schnelligkeit, aber Sie ... Sie schienen den Wolf zu verstehen. Als besäßen Sie die Fähigkeit, in seine Gedanken einzudringen und mit ihm zu sprechen.«

»Ich weiß nicht«, erwiderte sie zweifelnd. »Geht es Ihnen denn so?«

Er tupfte sich den Mund mit der Serviette ab und nickte. »Je öfter ich mich mit diesen Tieren beschäftige, desto mehr verstehe ich sie auch. Sie sind nicht die blutgierigen Bestien, wie wir sie aus Märchen kennen. Ganz im Gegenteil, sie können sogar ausgesprochen liebevoll sein, besonders zu ihren Jungen. Und sie sind besser organisiert als wir Menschen. Nur in einem Rudel, so haben sie gelernt, können sie sich in dieser wilden Natur behaupten.«

»Es sei denn, sie werden gejagt.«

»Von skrupellosen Jägern«, stimmte ihr John zu. Er nickte dankbar, als die Bedienung ihm neuen Tee einschenkte.

»Gestern Nacht war noch ordentlich was los, hab ich mir sagen lassen. Wir dachten schon, Sie hätten einen Wolfskiller im Park erwischt. Ein dummer Junge, der sich mit seinem Hundeschlitten am Rock Creek herumtrieb, nicht wahr? Wie kann man nur so leichtsinnig sein. Es gibt doch genug andere Trails, auf denen er trainieren kann. Manche Leute lernen es wohl nie. So ein Nationalpark ist kein Abenteuerspielplatz.«

Obwohl John sicher recht hatte, verteidigte Julie ihren Freund: »Josh dachte sich nichts dabei. Er trainiert für das Iditarod und findet am Denali die besten Bedingungen vor. Im Park kann er seine Huskys noch richtig fordern. Und um sich eine Erlaubnis zu holen, war er viel zu spät dran. Er ist kein dummer Junge. Auf unserer letzten Wanderung war er sehr verantwortungsvoll. Ranger Erhart hat ihn mit einer Verwarnung davonkommen lassen.«

»Sie kennen den Burschen? Ist er Ihr … Freund?«

Julie zögerte lange genug, um John erkennen zu lassen, dass er zu weit gegangen war. Er überspielte seine Verlegenheit mit einem Lächeln. »Sie haben recht, das geht mich nichts an. Ich hoffe nur, wir finden bald den richtigen Täter. Wer einen Wolf innerhalb der Parkgrenzen tötet, begeht ein Verbrechen.« Er winkte der Bedienung und verlangte die Rechnung. »Ich hoffe, es hat Ihnen geschmeckt, und ich hab Sie nicht zu lange aufgehalten.« Er lächelte verschmitzt. »Obwohl Sie mir nicht wie der Shopping-Typ vorkommen.«

»Bin ich auch nicht«, erwiderte sie und begann schon wieder seinem Charme zu verfallen. »Aber ich bin mit einer

Freundin verabredet und muss noch einkaufen. Sie wissen doch, wie viel Arbeit wir zurzeit im Park haben.«

»Dann freut es mich umso mehr, dass Sie meiner Einladung gefolgt sind.« Sie standen beide auf und er verabschiedete sich mit einem ungelenken Handschlag. Kein angedeuteter Wangenkuss, nichts in der Art. Nur sein unwiderstehliches Lächeln. »Vielleicht wiederholen wir die Sushipause mal.«

»Ja ... vielleicht«, sagte sie unschlüssig.

Sie verließ das Lokal und steuerte den Starbucks am Westeingang der Mall an. Einerseits war sie froh, die Sushibar verlassen zu haben und nicht mehr über Johns japanische Exfreundin oder Josh sprechen zu müssen. Andererseits verließ sie ihn nur ungern. Ein ähnliches Gefühl, als hätte man sich am Morgen gewogen und würde am Nachmittag tapfer an einem Dairy Queen mit dem besten Softeis der Welt vorbeifahren. Auch wenn Carol behauptete, John sei eine Sünde wert, wusste sie doch, dass sie sich nur Ärger einhandeln würde, wenn sie noch einmal mit ihm essen ging. Ein gemeinsamer Sushilunch war eben doch nicht so harmlos, wie sie sich vor wenigen Minuten eingeredet hatte. Oder bildete sie sich sein Interesse nur ein? Hatte er tatsächlich nur seine Wölfe im Sinn und betrachtete sie als liebe Kollegin und mehr nicht?

Sie beschleunigte ihre Schritte und sah Brandy an einem Ecktisch im Starbucks sitzen. Ihre feuerroten Haare waren ebenso wenig zu übersehen wie das anzügliche Lächeln, das sie dem jungen Mann an der Kasse schenkte. Sie war etwas kleiner und fülliger als Julie, kleidete sich aber modischer und hatte irgendetwas an sich, das Männer anzog. Vielleicht kam sie deshalb alle vierzehn Tage mit einem neuen Lover an. Sie hielt sich für eine große Expertin in Liebesdingen, obwohl sie selbst eine Liebeskatastrophe nach der anderen erlebte. Vor einer Woche hatte sie sich mit einem verheirateten Mann eingelassen und war von seiner Frau mit einem Baseballschläger in die Flucht geschlagen worden.

»Hey, Julie!«, rief sie schon von Weitem. »Ich hab dir einen Latte bestellt.« Sie schob ihr den Pappbecher hin und umarmte sie herzlich. »Höchste Zeit, dass du mal aus der Pampa in die Zivilisation zurückkehrst. »Hast du dir schon einen Ranger geangelt? Also ich finde, die sind großartig. Diese Uniformen und vor allem die breitkrempigen Hüte lassen sie so männlich aussehen.«

»War ja klar, dass du darauf stehst. Aber hast du vergessen, dass ich Josh habe?«, sagte sie. Sie telefonierten regelmäßig, und obwohl sie einander sonst fast alles erzählten, hatte Julie John nicht erwähnt. »Außerdem hab ich gar keine Zeit für Männer.«

»Ha! Du hast dir an die Nase gefasst!«

Julie blickte sie verwirrt an. Sie hatte sich tatsächlich an der Nase berührt, aber was sollte daran so aufregend sein? »Ja, und?«, fragte sie verständnislos.

»Du weißt nicht, was das bedeutet?«

»Meine Nase hat gejuckt. Ich hab mich nur gekratzt.«

»Das bedeutet, dass man seiner besten Freundin etwas Wichtiges verschweigt. Ich habe nämlich gerade ein Buch über Körpersprache gelesen, musst du wissen. Wenn sich jemand an die Nase fasst, flunkert er. Also?«

»Was also?«

»Wie heißt der Glückliche?«

Julie wusste, dass Brandy keine Ruhe geben und sie so lange löchern würde, bis sie die Wahrheit sagte, und gab auf. »Okay, okay, ich war gerade mit einem Biologen essen, der für den Nationalpark arbeitet. Aber nur, weil wir uns zufällig über den Weg liefen. Er hat mich eingeladen.«

»Aha! Lass mich raten … er sieht himmlisch aus …«

»Nun ja … er ist nicht gerade hässlich.«

Noch ein »Aha!« und der Nachsatz: »Und du warst hin und weg, nehme ich an, sonst würdest du jetzt nicht rot anlaufen und wie ein Highschool-Mädchen zur Seite blicken. Das eindeutige Zeichen für: Ich mag den Kerl!«

»Er ist nett.«

»Er ist hinreißend, gib's zu.«

»Na, schön … er hat tolle Augen, aber Josh …«

»Vergiss Josh. Schnapp dir den Biologen!«

»Ich hab einen Job, Brandy. Ich bin im Praktikum, und wenn ich diesen Winter versaue, bin ich eher wieder draußen, als mir lieb ist. Mit Lovern und so ist da wenig drin. Sag mir lieber, was du so treibst. Ein neuer Freund?«

»Ich bin auf der Suche.«

»Bist du das nicht immer?«

Brandy nuckelte an ihrem Latte. »Mister Right ist eben schwer zu finden. Außerdem gibt es so viele nette Männer da draußen, dass ich mich nicht entscheiden kann. Stell dir vor, du hast dich für einen entschieden und ihm ewige Liebe geschworen, und plötzlich kommt Prince Charming persönlich daher?«

Julie lächelte verlegen in sich hinein und hob schnell den Becher, bevor sie sich wieder durch eine verräterische Geste verriet. »Auf Prince Charming!«

»Auf Prince Charming!«, erwiderte Brandy fröhlich.

6

Es war bereits dunkel, als Julie sich auf den Heimweg machte. Auf dem schmalen Rücksitz des Pick-ups stapelten sich Papiertüten mit Lebensmitteln und auf dem Beifahrersitz lagen die neuen Jeans, die Brandy für sie mit einem großzügigen Rabatt bei Walmart gekauft hatte. Sie arbeitete in dem Laden.

Die Lichter von Fairbanks lagen schon seit über einer Stunde hinter ihr. Auf dem Highway war sie allein und hatte die Scheinwerfer ihres Pick-ups aufgeblendet. Sie ließ sich von den hellen Lichtkegeln hypnotisieren, die über die feste Schneedecke und in den Kurven über die Schwarzfichten am Waldrand wanderten. Ihr Kopf war voller Gedanken: Ihr Vater, der nur seine Arbeit zu kennen schien, ihre Freundin Brandy, die nicht müde wurde, nach ihrem Mister Right zu suchen, und John und Josh geisterten darin herum. Besonders John und Josh. Obwohl sie sich nach Kräften dagegen wehrte, verglich sie die beiden ständig miteinander, ohne zu einem Ergebnis zu kommen. Sie war froh, als ihr ein Truck entgegenkam, und sie an etwas anderes denken musste.

Julie befand sich wenige Meilen vor Healy, einem winzigen Nest, das nicht weit von der Grenze des Denali National Parks entfernt lag, als sie die Schüsse hörte. Zwei dicht aufeinanderfolgende Schüsse, deren Krachen das Röhren ihres alten Pick-ups übertönte und wie ein Echo in der Ferne verhallte. Sie trat sofort auf die Bremse und fuhr dann an den Straßenrand. Aus Gewohnheit schaltete sie die Warnblinkanlage ein. Ihr Griff nach dem Revolver blieb umsonst, sie trug weder ihren Ranger-Anorak noch war es ihr gestattet, ihre Dienstwaffe an ihren freien Tagen mitzuführen. Dennoch stieg sie aus.

Nachdem sie die Fahrertür geschlossen, den Reißverschluss ihres Anoraks hochgezogen und die Wollmütze über ihre Haare gestülpt hatte, blieb sie unschlüssig neben dem Pick-up stehen. Außerhalb der Jagdsaison bedeuteten zwei Schüsse nichts Gutes, und sie wusste nicht, was sie tun sollte. Hatte einer ihrer Ranger-Kollegen geschossen, um ein wildes Tier zu vertreiben? Eher nicht, ein Ranger benutzte seinen Revolver nur im äußersten Notfall und war auch viel zu erfahren, um blindlings ein wildes Tier aufzuschrecken. Ein Wilderer, der heimlich einen Elch im Nationalpark schoss? Eher unwahrscheinlich, weil zu gefährlich. Ein Wilderer schoss seine Beute in abgelegenen Gebieten, wo man seine Schüsse nicht hörte. Betrunkene Jugendliche, die auf einer Lichtung auf Konservendosen oder Flaschen schossen? Möglich, auch wenn die Jugendlichen der Gegend bei dieser Kälte lieber zu Hause blieben oder sich beim Poolbillard in der Moose Trap versuchten, einer Kaschemme in Healy.

Oder der Wolfskiller, nach dessen Spuren sie letzte Nacht vergeblich gesucht hatten? War Julie ihm durch bloßen Zufall auf die Schliche gekommen?

Sie überlegte nicht länger, zog ihre Taschenlampe aus dem Anorak und kletterte über die Leitplanke. Mit dem Lichtkegel nach einem Weg durch das Unterholz suchend, drang sie in den Wald ein. Obwohl das Echo der Schüsse längst verklungen war, glaubte sie den peitschenden Knall noch immer zu hören. Sie hatte Angst, große Angst sogar, doch sie ließ sich nicht aufhalten, weder von dem dichten Unterholz, das ihr ständig den Weg versperrte, noch von der Aussicht, sich selbst in tödliche Gefahr zu begeben. Ein Wolfskiller, der keine Skrupel kannte, diese angeblichen Bestien abzuknallen, würde auch auf einen Menschen schießen, falls er nervös wurde und in Panik geriet. Auch einem Wilderer traute Julie eine solche Schandtat zu, denn wenn sie auf frischer Tat ertappt wurden, warteten empfindliche Strafen auf sie.

Als Park Ranger war es ihre Pflicht, jeglichen Schaden von dem Naturschutzgebiet fernzuhalten, auch wenn sie sich gerade nicht im Dienst befand. Wenn sie es nicht tat, verstieß sie gegen die Vorschriften. Doch genauso fahrlässig handelte sie, wenn sie auf eigene Faust loszog und den Wolfskiller oder Wilderer im Alleingang besiegen wollte. Jeder verantwortungsvolle Ranger griff zum Funkgerät oder Handy, wenn Gefahr drohte. Doch noch wusste sie nicht, wer die Schüsse abgegeben hatte. Wenn es sich um übermütige Jugendliche handelte, die auf leere Konservendosen schossen, und sie forderte die Kavallerie an, machte sie sich lächerlich. Lieber auf Nummer sicher gehen.

Nachdem sie ungefähr eine halbe Meile durch den Wald gelaufen war, blieb sie stehen und schaltete die Taschenlampe aus. Mit pochendem Herzen verharrte sie in der Dunkelheit und lauschte angestrengt. Außer ihrem Atem war nichts zu hören, nicht mal das Flügelschlagen einer Eule. Der Wind säuselte nur. Als sie sich umdrehte, sah sie nicht einmal mehr die roten Lichter ihrer Warnblinkanlage. Wie fast überall in Alaska, wenn man eine halbe Meile vom Highway entfernt war, schien man allein zu sein.

Sie ging einige Schritte, ohne die Taschenlampe einzuschalten, und blieb erneut stehen, starrte angestrengt nach rechts, wo sie einen Schatten zu sehen geglaubt hatte. Oder sah sie schon Gespenster? Julie zwang sich zur Ruhe und blickte noch genauer hin, hielt sich vor lauter Schreck an einem Baum fest, als sie eine Stimme hörte: »Wo bleibst du denn, Mann? Willst du warten, bis die Ranger kommen? Die glauben uns doch nie, dass wir die verdammte Bestie vor der Parkgrenze erwischt haben. Komm schon, Mann!«

Ein zweiter Schatten tauchte auf und hob sich deutlich gegen das düstere Sternenlicht ab, das durch die Bäume schimmerte. »Wir waren nicht im Park, Dad! Ich weiß, wo die Grenze verläuft, die fängt erst hinter der Flussbiegung an. Wir haben den Wolf vorher erwischt.« Der Schatten verschmolz mit der Dunkelheit. »Und selbst wenn, Dad. Jetzt könnte es uns sowieso keiner mehr beweisen. Das Mistvieh ist doch sicher schon am Highway oder drüber raus.«

»Finden müssen wir ihn trotzdem«, sagte der Vater. »Diese verdammten Tierschützer bringen es fertig und päppeln ihn wieder gesund, wenn sie ihn finden und ich ihm nur einen Kratzer verpasst habe. Nächstes Mal nehme ich die Schrotflinte mit und jage ihm zwei Ladungen in sein verdammtes Hirn!«

»Uns kann keiner was«, betonte der Sohn. »Bleib locker, Dad!«

»Locker?« Der Vater lachte heiser. »Solange sich diese elenden Bestien hier rumtreiben, werde ich niemals locker sein.« »Locker« war anscheinend ein Wort, das er nie gebrauchte und entsprechend gestelzt aussprach. »Diese Tierschützer haben sie doch nicht mehr alle, sonst würden sie diese Viecher niemals beschützen, und die Ranger denken genauso und sorgen noch dafür, dass sie im Nationalpark ihren Auslauf haben. Nicht mit mir, Leute! Nie im Leben! Ich gebe erst Ruhe, wenn die letzte Bestie vor mir im Schnee liegt.«

Sein Sohn schien ihm nicht zuzuhören. »Da ist er, Dad! Er lebt noch!«

Sie hörte hastige Schritte, dann einen weiteren Schuss, so nahe und so laut, dass sie entsetzt zurückzuckte und beinahe das Gleichgewicht verlor. Das Echo zog wie eine unsichtbare Welle durch den Wald und hallte in ihren Ohren nach, machte es ihr für eine Weile unmöglich, zu hören oder zu sehen.

Nachdem sie wieder klar denken konnte, kramte sie ihr Handy aus der Anoraktasche und wählte Carols Nummer. Ihre Kollegin nahm sofort ab. »Hey, Julie! Wo steckst du? Ich komme gerade vom Volleyball. Wenn du dich beeilst …«

»Die Wolfskiller!«, unterbrach Julie ihre Vorgesetzte. »Ich hab sie auf frischer Tat ertappt!« Sie berichtete in wenigen Worten, was passiert war, und gab ihren Standort durch. »Sie haben den Wolf wohl außerhalb der Parkgrenzen erwischt, so genau kann ich es nicht sagen, und gerade eben hat der Ältere noch mal geschossen. Er hatte ihn beim ersten Mal wohl nur verwundet.«

Carol reagierte so kühl und beherrscht, wie Julie es von ihr gewohnt war. Der Tonfall ihrer Stimme wurde dienstlich. »Bleib bei deinem Wagen und komm den beiden Männern auf keinen Fall in die Quere. Keine Alleingänge, hörst du? Ich sage Erhart Bescheid. Wir sind in wenigen Minuten bei dir.«

»Geht klar«, stimmte Julie zu.

Ohne ihre Taschenlampe einzuschalten, kehrte sie auf Umwegen zum Highway zurück. In dem dichten Wald kam sie nur langsam voran. Sie erreichte die Straße ungefähr hundert Schritte von ihrem Pick-up entfernt und blieb abwartend am Waldrand stehen, suchte nach den beiden Wolfskillern und sah sie hinter ihrem Wagen aus dem Wald treten. Im flackernden Licht der Warnblinkanlage waren sie nur schemenhaft zu erkennen. Sie trugen ihre Gewehre über den Schultern und blickten misstrauisch auf Julies Pick-up-Truck.

»Da ist uns einer auf den Fersen«, sagte der Vater. Er deutete auf die Aufbauten für ihre Hunde. »Ein verdammter Musher! Hat wahrscheinlich die Schüsse gehört und ist misstrauisch geworden, weil keine Jagdsaison ist. Er beugte sich nach vorn und blickte in den Wagen, stellte fest, dass er nicht verschlossen war, und öffnete die Fahrertür. »Der Kerl hatte es verdammt eilig.«

»Mach lieber wieder zu«, sagte sein Sohn. Im schwachen Licht der Innenbeleuchtung sah man, dass er seine langen Haare zu einem Pferdeschwanz gebunden hatte und eine Baseballkappe trug. »Wenn uns der Fahrer sieht, sind wir noch wegen Diebstahls oder so dran. Ich hab keine Lust, die Nacht schon wieder im Knast zu verbringen.«

Sein Vater richtete sich auf und schlug die Tür zu. »Die letzten beiden Male warst du selbst schuld, Mann! Wer sich so volllaufen lässt wie du, braucht nicht zu jammern, wenn er in ’ner Zelle aufwacht. Komm, wir machen uns besser schnell aus dem Staub.«

Die beiden Männer überquerten die Straße und verschwanden in einer Einbuchtung, in der sie ihren Wagen abgestellt hatten, ebenfalls einen Pick-up. In der Dunkelheit war er nicht zu erkennen gewesen. Sie klemmten ihre Gewehre in die Halterung über der Rückbank und stiegen ein, fluchten dabei leise vor sich hin und sagten etwas, das Julie nicht verstand. Sie zog sich unter die Bäume zurück und wählte noch einmal Carols Nummer. »Wo bleibt ihr denn?«, rief sie mit gedämpfter Stimme. »Beeilt euch! Sie wollen abhauen!«

Der Vater startete den Motor und ließ die Scheinwerfer aufflammen. Im schwachen Licht erkannte Julie das Nummernschild und merkte sich die Buchstaben- und Zahlenkombination. Sie wäre am liebsten auf die Straße gerannt und hätte sie ganz allein aufgehalten, blieb aber am Waldrand stehen und musste hilflos mit ansehen, wie der Pick-up auf den Highway fuhr.

Julie ließ bereits enttäuscht die Schultern hängen, als ein Geländewagen mit Blaulicht und Sirene um die Kurve bog, gefolgt von einem Streifenwagen der State Trooper. Beide Autos hielten mit quietschenden Reifen und stellten sich dem Pick-up der Wolfskiller in den Weg.

Sie rannte auf die Straße und rief »Vorsicht! Sie haben Gewehre!«, als Ranger Erhart, einer seiner Männer und Carol ausstiegen. Der Trooper verließ seinen Wagen ebenfalls, die rechte Hand auf dem Kolben seiner Dienstpistole. Doch die beiden Männer dachten nicht daran, sich zu wehren, und stiegen mit erhobenen Händen aus ihrem Pick-up, als Erhart sie dazu aufforderte.

»Hey, was soll der Aufmarsch?«, rief der Vater. In seiner Stimme schwang Angst mit. »Wir haben nichts Ungesetzliches getan. Woher wisst ihr überhaupt, dass wir hier sind?« Er entdeckte Julie, die über die Straße gekommen war und sich neben Carol postierte. »Sag bloß, die Kleine hat euch gerufen!«

»Schweigen Sie, Rick Baldwin!«, wies ihn Erhart zurecht. »Wenn ich mich richtig erinnere, hab ich Sie schon mal beim Wildern im Nationalpark erwischt. Sie und Ihren Sohn.« Er blickte den jungen Mann an. »Brian, nicht wahr? Vor drei Monaten. Sie wollten einen Elch schießen …«

»Ich hatte mich nur verirrt, Ranger.«

»Na, klar. Und waren fast schon am Wonder Lake.«

»Ein bedauerliches Versehen, Ranger.«

»Wir sind keine Wilderer«, sagte der Sohn trotzig.

»Aber Wolfskiller«, erwiderte Erhart, »und ich finde es immer komisch, wenn sich Männer wie Sie so nahe an der Denali-Grenze rumtreiben. Man könnte glatt auf die Idee kommen, Sie töten einen Wolf innerhalb der Parkgrenzen und schleppen ihn dann aus dem Park, damit die Sache legal wird.«

»Das ist eine bösartige Unterstellung, Ranger!«

»Aber Sie haben einen Wolf getötet?«

»Hat Ihnen das die Kleine gesteckt?« Er deutete auf Julie.

»Die Kleine, wie Sie sie nennen, ist Ranger Wilson und durch die Schüsse auf Sie aufmerksam geworden.« Für Wortwechsel wie diesen hatte sich Erhart die schleppende Sprechweise von John Wayne angewöhnt. Julie hatte sich extra eine DVD mit dem legendären Westernstar ausgeliehen und fast den ganzen Film hindurch gegrinst, als sie erkannt hatte, wie viel sich der Polizeichef der Ranger bei seinem großen Vorbild abgeschaut hatte. »Zeigen Sie uns den toten Wolf!«

Rick Baldwin zuckte die Achseln und überquerte den Highway, gefolgt von seinem Sohn, dem Trooper und den Rangern. Erhart und der Trooper ließen ihre Taschenlampen aufflammen und behielten die beiden genau im Blick.

Carol lief zusammen mit Julie am Schluss. »Rick und Brian Baldwin«, klärte sie Julie auf. »Zwei Fallensteller, die am Healy Creek ihre Hütte haben, keine zehn Meilen von hier in den Ausläufern des Sugar Loaf Mountain. So was wie eine kleine Farm mit einigen Kühen, zwei Ackergäulen und jeder Menge Hühner.«

»Und was haben Sie gegen Wölfe?«

»Letzten Winter hat ein Wolf eines ihrer Kälber gerissen, aber das ist nicht der Hauptgrund. Die Baldwins sind gegen alles und jeden. Wenn jemand einen McDonald's in Healy aufmachen wollte, würden sie auch mit ihren Gewehren anrücken. Sie sind Stänkerer, unzufrieden mit ihrem Leben, weil sie nie etwas erreicht haben. Sogar ihre Ehefrauen sind ihnen weggelaufen.«

»Und schuld sind die Wölfe?«

»Wundert dich das? Wölfe waren schon häufig die Sündenböcke, du brauchst dir nur die alten Märchen oder einen dieser Fantasyschinken durchzulesen. Wölfe sind blutgierige Bestien, die ständig auf dem Kriegspfad sind und wahllos Menschen und Tiere töten. So denken jedenfalls die Baldwins und viele andere Menschen, auch solche, von denen man es gar nicht erwartet. Und dann wollen sie uns daran hindern, den Wölfen einen Lebensraum zu geben. Manche greifen selbst zur Waffe, andere jubeln Killern wie den Baldwins zu und ermutigen sie noch!«

Sie hatten die Stelle erreicht, wo der Wolf gestorben war, eines der beiden Jungtiere des Rock-Creek-Rudels, wie Julie zu erkennen glaubte. Beim Anblick des blutverschmierten Tieres verlor sie die Nerven. »Sie Scheusal!«, fuhr sie den älteren der Baldwins an. »Wissen Sie, wer das ist? Das ist ein junges Tier, das keinem Menschen jemals etwas zuleide getan hat! Gestern habe ich es noch mit einem anderen Wolf herumtollen sehen. Wie können Sie so ein schönes Tier töten? Haben Sie denn kein Herz im Leib?«

»Ich mach keinen Unterschied zwischen jungen und alten Wölfen«, erwiderte Rick Baldwin ungerührt. »Und schön ist bei mir was anderes. Haben Sie sich mal die hässliche Visage und die Zähne dieser Bestie angesehen?« Er stieß mit dem Fuß gegen das blutverschmierte Maul des Wolfs. »Mit diesen verdammten Zähnen hätte der Bursche unschuldige Kälber und Schafe gerissen, wenn wir ihn verschont hätten. Haben Sie mit denen kein Mitleid?«

»Ich bin gegen sinnloses Töten!«, konterte Julie. »Und ich bin gegen Männer, die nachts durch die Wälder streifen und Wölfe abknallen. Ich kann leider nichts beweisen, aber es hatte ganz den Anschein, als hätten Sie versucht den Wolf auf dem Gebiet des Nationalparks zu erschießen. Und nur, weil Sie ihn nicht getroffen haben, rannte er über die Grenze hierher. Erst hier konnten Sie ihm dann den Fangschuss geben.«

»Können Sie das beweisen … Ranger?« Er dehnte das letzte Wort.

»Leider nein«, musste sie einräumen.

»Dann wäre ich sehr vorsichtig mit dem, was Sie sagen. Wir haben den Wolf außerhalb der Parkgrenzen erwischt, das würde ich vor jedem Gericht beschwören. Und deshalb haben wir uns auch nicht strafbar gemacht.« Er blickte den Trooper und die anderen Ranger an. »Hab ich nicht recht, Leute?«

»Natürlich haben Sie recht, Mister«, stimmte ihm der Trooper zu. Er war ein lässiger Bursche um die vierzig, der mit seinem muskulösen Körper wie geschaffen für die Uniform schien, und dessen strenges Gesicht nicht erahnen ließ, wie viel Humor in ihm steckte. Sein Namensschild wies ihn als Eddy Corwin aus. »Aber Sie hatten Ihren Wagen in einer Forststraße geparkt, und das ist leider verboten. Ich muss Ihnen einen Strafzettel schreiben.« Er zog seinen Notizblock aus der Hosentasche. »Ihren Führerschein bitte, Mister …«

»Baldwin … Rick Baldwin«, knurrte der Wolfskiller wütend.

Die Ranger unterdrückten nur mühsam ein Grinsen.

»Das ist doch Schikane«, mischte sich Brian Baldwin ein.

»Wenn Sie nicht den Mund halten, kommt noch eine

Anzeige wegen Beleidigung dazu«, setzte der Trooper noch einen drauf. Anscheinend hatte er auch was gegen das sinnlose Abschlachten von Wölfen. »Kommen Sie mit!«

Die Ranger warteten, bis der Trooper mit den beiden Männern gegangen war, und sogar Erhart zeigte für einen Augenblick seine wahre Natur und grinste unverhohlen. Dann wandte er sich an Julie und sagte: »Sie haben sehr umsichtig gehandelt, Julie. Und ich bin sicher, Sie haben sich sogar die Nummer des Pick-ups gemerkt, nur für den Fall, dass wir zu spät gekommen wären.«

Julie sagte die Nummer auf.

Erhart grinste zufrieden. »Ich wusste, dass ich mich auf Sie verlassen kann. Nur diese emotionalen Ausbrüche sollten Sie sich verkneifen. Wir sind alle Ihrer Meinung. Diese Wolfskiller gehören zum Abschaum der Menschheit und ich würde die beiden am liebsten für ein paar Jahre hinter Gitter bringen. Aber in der Gegenwart der Beschuldigten sollten Sie immer cool bleiben. So wie John Wayne in Rio Bravo, als er allein aus dem Saloon kam und …«

»Wir kennen den Film, Ranger Erhart, und wir wissen, dass John Wayne einer der coolsten Sheriffs überhaupt war«, unterbrach ihn Carol. »Aber morgen ist ein harter Tag und wir müssen uns noch um den Wolf kümmern.«

»Das erledigen wir schon«, sagte Erhart und blickte Julie an. Anscheinend hatte er Angst, dass sie genug von dem übel zugerichteten Wolf gesehen hatte. »Bringen Sie unser Küken nach Hause. Sie hat sich den Schlaf verdient.«

»Küken?«, begehrte Julie auf.

»So nannte John Wayne das kleine Mädchen, das ihm in

›True Grit‹ half, mit gefährlichen Verbrechern fertigzuwerden«, beruhigte Carol sie verschmitzt. »Hab ich nicht recht, Greg?«

»Ganz genau«, erwiderte der Ranger grinsend.

7

Am nächsten Tag war Julie für den Innendienst eingeteilt. Sie empfing die wenigen Besucher des Nationalparks im Murie Science and Learning Center, erklärte ihnen, dass sie im Winter nur bis zum Campground am Savage River fahren durften, und versorgte sie mit Broschüren und anderen Informationen.

Ihre Hauptaufgabe bestand jedoch darin, eine Inventur im Shop durchzuführen. Souvenirs, Bücher, DVDs und andere Waren mussten gezählt und katalogisiert werden. Die Arbeit, bei den meisten Rangern verhasst und als langweilig eingestuft, gefiel ihr. Auf diese Weise lernte sie das Angebot des Besucherzentrums besser kennen und fand auch einige Bücher und Filme, die sie sich selbst einmal kaufen oder ausleihen würde. Den Film über den Nationalpark, der für die Besucher in einem Kinosaal lief, hatte sie bereits gesehen.

Trotzdem wäre Julie lieber draußen in der Natur gewesen, besonders an einem Tag wie diesem. Die bedrohlichen Wolken waren weitergezogen und ließen den Mond und die Sterne ungewöhnlich hell und klar erscheinen, als sie frühmorgens ihren Dienst antrat, um mit der Inventur möglichst weit zu kommen, bevor sie das Besucherzentrum um neun Uhr für den Publikumsverkehr aufschloss. Als sich der östliche Horizont verfärbte, erstrahlten die schneebedeckten Berge in einem zarten Rosa, schöner noch als auf den Ansichtskarten, die jeder für mit Photoshop bearbeitet und zu kitschig hielt.

An ihrem Arbeitsplatz hinter dem Glastresen genoss sie vor allem die Stille. Sie half ihr, wieder Ordnung in ihre Gedanken zu bekommen und den Vorfall vom vergangenen Abend zu verarbeiten. Nie zuvor war sie so sinnloser und brachialer Gewalt begegnet. Jedes Mal, wenn sie die Augen schloss, sah sie den blutverkrusteten Körper des toten Wolfes vor sich, einer stolzen Kreatur, die von zwei skrupellosen Männern gewaltsam aus dem Leben geholt worden war. Keine mordgierige Bestie, sondern ein wildes Tier, das wie jedes andere Lebewesen ein Recht darauf hatte, auf dieser Erde zu leben. Außerdem war der Wolf noch so jung gewesen, dass er den Killern blindlings in die Falle gegangen war. Sie erinnerte sich daran, wie er mit seinem Freund aus dem Rudel herumgetollt war und in dem Glauben gelebt hatte, das ganze Leben vor sich zu haben. Warum hatten manche Menschen keine Ehrfurcht vor der Schöpfung? Hatte ein Raubtier, ein Wolf oder Grizzly, denn kein Recht auf Leben?

Die ersten Besucher an diesem Morgen waren zwei junge Bergsteiger, die vorhatten, im Sommer den Mount McKinley zu bezwingen, und sich vor Ort informieren wollten. Julie versorgte sie mit Broschüren und Karten und rief einen der Ranger zu Hilfe, die selbst kletterten und sich an dem Berg, der auch »Denali« genannt wurde, bestens auskannten. Ein Ehepaar, das den Berg vom eigenen Wagen aus bewundern wollte, klärte sie darüber auf, dass die Park Road im Winter nur bis zum Savage River geöffnet war, sie aber großes Glück mit dem Wetter hätten und den Berg auch von dort bewundern könnten. Ein Camper, ein älterer Mann, trug sich für drei Nächte auf dem Savage River Campground ein. Er war schon mehrere Male im Nationalpark gewesen, damals noch mit seiner Ehefrau, wie er mit Tränen in den Augen gestand, und kannte sich aus. Er trug sich als »Harold Dunn« ein. »Aber sagen Sie Harry zu mir, junge Dame.« Julie betrachtete den älteren Herrn nachdenklich. Sein Gesicht war grau und er hatte dunkle Schatten unter den Augen. Seine Schultern hingen schlaff herab und er hielt den Kopf meist gesenkt, auch wenn er versuchte ihr freundlich zuzulächeln.

Als er ging, trat Julie ans Fenster und sah zu, wie der alte Harry in sein Wohnmobil stieg und auf die Park Road fuhr. Anscheinend hatte er seine Ehefrau verloren und wollte in der Einsamkeit des verschneiten Nationalparks zur Ruhe kommen. Sie beschloss, ab und zu nach ihm zu sehen.

»Guten Morgen, Julie. Schon fleißig?«

Sie drehte sich um und sah sich einem gut gelaunten Dr. John Blake gegenüber. Er sah auch am frühen Morgen blendend aus und ließ sie den Vorsatz, sich während der Arbeit keinen Beziehungsstress aufzuladen, sofort vergessen. »John … was machen Sie denn hier? Ich dachte, Sie sind in der Uni.«

»Diese Woche bleibe ich hier«, erwiderte er. Er blickte in den Gang, der zur Bibliothek führte. »Ich arbeite an einer Verbesserung des Monitoring Programs und will diese Woche noch zwei Mal mit Kenny raus. Sie haben wohl keine Lust?«

Julie wandte sich vom Fenster ab und lächelte. »Lust schon, aber als Küken der Mannschaft kommt man nur ein

Mal in den Genuss dieses Vergnügens.« Ihre Miene wurde ernst. »Sie haben von dem toten Wolf gehört?«

»Sicher … und ich hab die starke Vermutung, diese Baldwins haben ihn innerhalb der Parkgrenzen erschossen und dann nach draußen geschafft. Ich war gestern Nacht noch mal dort und habe die Wolfsspuren bis in den Park verfolgt.« Er zog seine Wollmütze und die Handschuhe aus. »Natürlich können wir diesen Mistkerlen nichts beweisen. Sie werden sagen, sie wären dem Wolf erst außerhalb der Parkgrenzen begegnet, und niemand kann ihnen was anhaben. Es wird höchste Zeit, dass der Staat die Wölfe wieder zur bedrohten Tierart ernennt und ihre Tötung generell verbietet.« Seine gute Laune war wie weggeflogen. »Aber darauf können wir wohl lange warten.«

»Findet am nächsten Samstag nicht eine Veranstaltung in der Uni statt?«

John nickte. »›Save the Wolves – Rettet eine bedrohte Tierart‹. Wir zeigen Filme und veranstalten Seminare, und am Samstagabend soll es eine Großveranstaltung geben, die endlich die Politiker aufrütteln soll. Wir erwarten Tierschützer aus allen Teilen der USA und aus Kanada und rechnen natürlich auch mit Protesten. Hardliner wie die Baldwins werden die Veranstaltung für ihre eigenen Proteste nutzen und vielleicht sogar für Randale sorgen. Ehrlich gesagt, bereue ich es fast schon, diese Veranstaltung ins Leben gerufen zu haben. Einige Gruppen sind einfach zu radikal … auf beiden Seiten übrigens.«

»Die Polizei wird für Ordnung sorgen.«

»Ja … traurig, nicht wahr.«

Julie wollte an ihren Platz zurückkehren und wurde von ihm mit einer sanften Handbewegung aufgehalten. Er berührte ihren linken Oberarm und ließ ihn gleich wieder los. »Julie«, begann er etwas ungelenk, »ich wollte mich Ihnen gestern nicht aufdrängen. Ich würde mich natürlich freuen, wenn wir unser Sushidate irgendwann wiederholen könnten, aber ich weiß natürlich auch, dass Sie sich vor allem auf Ihre Arbeit konzentrieren müssen. Sie sind eine hervorragende Rangerin, Julie.«

»Vielen Dank«, sagte sie, wohl wissend, dass er ihr nur schmeicheln wollte. »Und für ein Sushidate sollte man eigentlich immer einen Tag finden.«

Sie begleitete die Antwort, die sie eigentlich gar nicht auf der Zunge gehabt hatte, mit einem verlegenen Lächeln und hatte nichts dagegen, dass er wieder ihren Oberarm berührte, zuckte aber erschrocken zurück, als die Tür aufging, und ausgerechnet Josh das Besucherzentrum betrat. »Josh … du?«

Josh blieb wie angewurzelt stehen und starrte sie ungläubig an. »So ist das also«, sagte er, als er seine Sprache wiedergefunden hatte. »Dann bin ich ja wohl überflüssig hier. Tut mir leid, dass ich gestört habe, die Herrschaften.«

»Josh … es ist nicht so, wie du denkst!« Ausgerechnet der Satz, den sie am meisten in Liebesfilmen verabscheute, kam ihr automatisch über die Lippen. »Josh! Warte doch!« Sie lief ihm nach, blieb in der offenen Tür stehen und sah gerade noch, wie er in seinen Pick-up stieg und in einer Schneewolke davonbrauste.

Sie unterdrückte nur mühsam ihre Tränen.

»Tut mir leid«, sagte John hinter ihr. »Ich wollte nicht …«

»Gehen Sie! Bitte gehen Sie, John!«

Sie wartete, bis er in der Bibliothek verschwunden war, und kehrte an ihren Arbeitsplatz zurück. Wütend auf sich selbst, weil sie John zu einem weiteren Date ermutigt und ihren Beziehungsstress in die Arbeit getragen hatte, machte sie sich verbissen an ihre Aufgaben. Sie blickte weder links noch rechts und schaffte mehr weg, als sie sich vorgenommen hatte. Bis zur Mittagspause kamen nur noch zwei Besucher, ein älteres Ehepaar, das sich nach dem Zustand der Park Road erkundigte und dann doch zum Highway zurückkehrte.

Auf dem Weg zur Blockhütte sah sie den Superintendent vor dem Verwaltungsgebäude stehen und ihr zuwinken. Sofort bekam sie ein schlechtes Gewissen. Obwohl niemand außer Josh sie gesehen hatte, befürchtete Julie, der Super könnte von ihrem »Liebesgeflüster« mit John erfahren haben. So würden es die Ranger nennen, falls sie jemals davon erfuhren, obwohl eigentlich nichts passiert war. Er hatte sie auf ein mögliches Date angesprochen und sie hatte geantwortet. Und er hatte vollkommen harmlos ihren Oberarm berührt.

Natürlich war es alles andere als harmlos gewesen und es wurde höchste Zeit, dass sie endlich zur Besinnung kam. Wenn es nicht schon zu spät war.

»Julie, gut, dass ich Sie sehe«, empfing sie Superintendent Green. »Sie werden nach der Mittagspause wieder bei den Hundezwingern Dienst tun. Wir erwarten eine Gruppe von Tierschützern, die unbedingt unsere Huskys kennenlernen wollen. Ranger Schneider ist unterwegs und Sie kennen sich außer ihr am besten mit den Hunden aus. Ihren Dienst übernimmt …« Er nannte den Namen eines anderen Rangers und lächelte verschmitzt. »Ich nehme an, Sie arbeiten sowieso lieber mit Ihren Hunden.«

»Gerne, Sir. Kommen die Tierschützer zu ›Save the Wolves‹?«

»Davon haben Sie schon gehört?« Der Super zupfte an seinem Bart. »Ja, das nehme ich doch an. Das wird bestimmt eine große Sache, ein sehr wichtiger Abend auch für unseren Nationalpark. Wir würden von einem neuen Gesetz, das die Tötung von Wölfen auch außerhalb der Parkgrenzen verbietet, natürlich sehr profitieren. Ich werde selbst vor Ort sein und hatte eigentlich daran gedacht, Sie als Assistentin mitzunehmen. Eine Frau macht sich immer gut bei so brisanten Themen. Nimmt die Schärfe aus vielen Auseinandersetzungen.« Er schmunzelte. »Allerdings müssten Sie Ihren freien Tag opfern …«

»Kein Problem, Sir. Ich wäre auf jeden Fall dorthin gegangen.«

»Dann sind wir uns ja einig. Ich nehme Sie in meinem Wagen mit.«

Julie bedankte sich und beeilte sich mit dem Mittagessen, um rechtzeitig bei den Zwingern zu sein und die Huskys für den Besuch der Tierschützer vorzubereiten. Die Hunde hatten wohl nicht damit gerechnet, sie an diesem Tag noch zu sehen, und sprangen vor Freude im Kreis, glaubten wohl, dass es nach dem nächtlichen Ausflug wieder auf einen Inspektionstrip ging und sie bei dem klaren Wetter nach Herzenslust durch den Schnee toben konnten. Ein besseres Wetter als an diesem Mittag gab es nicht für Huskys: Der

Himmel war klar, die Luft rein und eisig kalt und es ging kaum Wind.

»Hey, Chuck!«, begrüßte sie ihren Leithund. »Der Super hatte ein Einsehen mit mir. Ich darf den ganzen Nachmittag bei euch bleiben.« Sie beugte sich zu ihm hinunter und kraulte ihn hinter den Ohren. »Leider müsst ihr euch noch ein wenig gedulden. Wir gehen heute ganz bestimmt auf eine kleine Tour, und wenn es nach Dienstschluss ist. Aber vorher bekommen wir Besuch von einer Gruppe Tierschützer und da sind erst mal die anderen dran.«

Sie liebkoste jeden einzelnen ihrer Hunde, auch den starken Bronco, der gar nicht damit einverstanden war, die zweite Geige zu spielen, und versprach noch einmal, später mit ihnen auf Tour zu gehen. Dann ging sie zu den Hunden, die Carol für den Nationalpark trainiert hatte. »Ich bin's, Skipper!«, rief sie dem Leithund zu. »Julie … Ranger Wilson. Carol ist unterwegs, und ihr müsst leider mit mir vorliebnehmen. Ich weiß, normalerweise führen wir die Besucher im Winter nicht zu den Hundezwingern, aber bei den Tierschützern, die sich für heute Nachmittag angemeldet haben, macht der Super eine Ausnahme. Ich erzähle den Leuten was über Huskys und Hundeschlitten und wie man einen Hundeschlitten steuert. Und dann fahren wir ein paar Mutige im Kreis herum. Ich weiß, ihr würdet lieber in die Berge laufen, aber es geht leider nicht anders.« Sie ging dem wütend bellenden Rowdy aus dem Weg, einem Unruhestifter, der sich niemals ganz beruhigen würde, und schimpfte: »Das gilt auch für dich, Rowdy! Oder soll dein Abendessen heute ausfallen?«

Die Tierschützer kamen in einem Kleinbus mit der Aufschrift »Save Our Nature – Rettet unsere Natur!«, zwölf Männer und Frauen und zwei Jugendliche, alle mit schwarzen Baseballkappen, die das gleiche Logo trugen. Ihre Chefin war eine resolute Frau in den Vierzigern, die selbst in ihrem dicken Anorak etwas hager wirkte, und deren kurze Haare unter der pelzbesetzten Kapuze kaum zu sehen waren. Sie schüttelte Julie energisch die Hand und stellte sich vor: »Louise Fletcher aus Billings, Montana. Mit unserem Verein setzen wir uns dort für den Erhalt der Mustangs in den Pryor Mountains und den Schutz der Wölfe im Yellowstone National Park ein. Wir kennen die Probleme und wollten es uns nicht nehmen lassen, bei der Veranstaltung am kommenden Samstag dabei zu sein. Schön, dass Sie sich die Zeit nehmen, uns ihre Huskys zu zeigen.« Sie blickte in die Runde und nannte jeden einzelnen ihrer Begleiter beim Namen, stellte auch die beiden Jugendlichen vor. Beide waren um die siebzehn. Mike Fletcher war ihr Sohn, ein sportlicher Collegetyp, der wahnsinnig arrogant wirkte. Randy Bradshaw gab den wilden Draufgänger mit blitzenden Augen, der wohl vor allem gekommen war, um mit einem Snowmobil durch den Schnee zu rasen oder sich auf einem Snowboard die Hänge hinunterzustürzen. Die Erwachsenen wirkten fast alle sportlich und durchtrainiert, bis auf ein älteres Ehepaar, das Händchen hielt und mitleidig auf die angeketteten Huskys blickte. »Müssen Sie die armen Huskys denn anketten?«, fragte der Mann prompt.

»Wenn sie nicht angekettet wären, würden sie ihrem Jagdinstinkt folgen und wären am nächsten Morgen über alle

Berge. Besonders unser wilder Rowdy!« Sie deutete auf den »Problemhund«, wie Carol ihn nannte. »Aber keine Angst, die Ketten stören sie nicht. Und wir sind so oft mit ihnen unterwegs, dass sie manchmal ganz froh sind, sich hinlegen und ausruhen zu können. Sehen Sie nur, unsere vornehme Lady!« Sie deutete auf die Hündin, die den Besuchern das Hinterteil zuwandte und selig zu schlafen schien. »Die erhebt sich erst, wenn ich sie freundlich bitte.« Sie hob ihre Stimme. »Hey, Lady! Wir haben Besuch. Wärst du wohl so freundlich und begrüßt sie? Sie kommen von weither und würden sich wahnsinnig freuen, eine vornehme Lady wie dich kennenzulernen. Wenn ich Sie freundlich bitten darf, Lady?«

Lady hob den Kopf und blickte die Besucher der Reihe nach an, jaulte verwirrt, als die sie mit begeistertem Applaus begrüßten, und schlief weiter.

Alle lachten.

»Und der kräftige Bursche, der es gar nicht erwarten kann, endlich angespannt zu werden, ist Skipper«, stellte Julie den Leithund vor, nachdem sie auch die anderen Hunde entsprechend gewürdigt hatte. »Skipper ist ein sibirischer Husky, der vor drei Jahren einen Orden bekommen hat, nachdem er einen Vermissten aufspüren konnte.«

Julie hielt den kurzen Vortrag, den sie vor Wochen schon zu Hause einstudiert hatte, klärte die Besucher darüber auf, wie unempfindlich Huskys gegen die eisige Kälte waren, wie gerne sie im Schnee herumtobten und dass man sich keine Gedanken zu machen brauchte, wenn sie während eines Schneesturms draußen blieben. Dass Huskys für ihr Leben gern rannten und sich nichts Schöneres vorstellen konnten, als einen Schlitten durch die Wildnis zu ziehen, und dass sie eine mit Mineralien angereicherte Kraftnahrung bekamen, die hauptsächlich aus Fleisch oder Lachs mit Reis bestand.

Am stehenden Schlitten demonstrierte sie, wie man ihn durch geschickte Gewichtsverlagerung lenkte, welche Kommandos man den Huskys zurief und dass man nicht ständig auf den Kufen stand, sondern besonders im Tiefschnee auch mal runtermusste, um den Hunden beim Ziehen zu helfen. Sie berichtete von den Gefahren, die besonders von ausschlagenden Elchen ausgingen. Anders als manche vielleicht dachten, waren weder Grizzlys, die im Winter sowieso in ihren Höhlen blieben, noch Wölfe, die den Menschen meist aus dem Weg gingen, für Musher eine ernst zu nehmende Gefahr. »Aber ich denke, als Tierschützer, die sich im Yellowstone National Park für den Erhalt der Wölfe engagiert haben, wissen sie mehr über die Tiere als ich.« Sie lächelte. »Ich habe gehört, Sie wollen zu der Veranstaltung am Samstag?«

»Da geht ordentlich was ab!«, meldete sich Randy Bradshaw. Er hatte ihr eher gelangweilt zugehört und bewegte ständig einen Kaugummi in seinem Mund. »In Montana gab's auch Zoff mit den Ranchern. Die haben Angst um die paar Kälber, die von Wölfen gerissen werden, und würden am liebsten alle umbringen.«

»Keine Gewalt!«, warnte Louise Fletcher. »Oder hast du vom letzten Mal noch nicht genug? Da warst du eine Nacht im Gefängnis, nur weil du dich nicht beherrschen konntest und diesen Feuerwerkskörper unter die Rancher werfen musstest. Du kannst froh sein, dass sie dich damals nicht erschossen haben.«

»So wild war's auch nicht, Mutter«, antwortete Mike für seinen Freund.

»O doch«, widersprach Louise. »Und in Alaska, hab ich mir sagen lassen, sind die Wolfsgegner noch rigoroser. Erst gestern sollen sie wieder einen Wolf erschossen haben, nur ein paar Meilen von der Parkgrenze entfernt.«

Julie wollte vermeiden, dass es unter den Tierschützern zu einer lauten Diskussion kam, und schaltete sich schnell ein. »Wer traut sich denn, eine Runde mit mir auf dem Hundeschlitten zu drehen?«, fragte sie fröhlich.

»Na, wer wohl«, antwortete Randy. »Ich natürlich.«

8

»Keine Angst, es kommt jeder dran!«, beruhigte Julie die Tierschützer. Sie legte den Hunden die Geschirre an, breitete die Führungsleine auf dem Boden aus und erklärte den Besuchern, wie wichtig es war, sich besonders um den Leithund zu kümmern. »Die Anführer wollen besondere Aufmerksamkeit und wenn man ihnen die verweigert, werden sie böse und gehorchen nicht mehr.« Sie kraulte Skipper hinter den Ohren. »Skipper ist einer der besten.«

Nachdem sie die Hunde angespannt hatte, legte sie die mitgebrachten Wolldecken auf die Ladefläche des Schlittens und bat Randy, sich darin einzuwickeln und gut festzuhalten. »Nicht, dass Sie mir vom Schlitten fallen!«

»Kinderkram«, erwiderte Randy abfällig. »Ich dachte, ich darf selbst fahren. So schwer kann das doch nicht sein. Mit dem Snowmobil klappt es doch auch. Lassen Sie mich fahren, dann zeig ich Ihnen, wie ein Champion fährt. Bei Snowmobil-Rennen liege ich immer vorn.«

Mit Machos, die glaubten, alles besser zu können, stand Julie auf Kriegsfuß. »Ein Hundeschlitten ist kein Snowmobil«, warnte sie den jungen Mann, »der reagiert vollkommen anders. Man braucht einige Erfahrung, um so einen Schlitten steuern zu können.«

»Wenn Sie es können, kann ich es schon lange.«

»Na, schön«, ließ sich Julie breitschlagen, »bis zur Park

Road und wieder zurück, aber zuerst hören Sie mir zu. Um die Hunde anzutreiben, rufen Sie ›Go‹ oder ›Vorwärts‹. ›Whoaa‹ bedeutet, dass sie anhalten sollen. ›Gee‹ heißt ›Rechts‹ und ›Haw‹ ›Links‹. So weit alles klar?« Randy nickte, und sie fuhr mit ihrem Schnellkurs fort: »Sie stehen auf den Kufen, die Beine leicht gebeugt, um Bodenwellen und andere Hindernisse aufzufangen. In den Kurven verlagern Sie Ihr Gewicht. Fahren Sie auf keinen Fall zu schnell!«

Normalerweise ließen die Ranger keinen Besucher selbst fahren, schon wegen der Versicherung, aber bei dem tiefen Schnee, der sich zu beiden Seiten des Trails häufte, bestand kein Risiko und die Versuchung, einen Angeber wie Randy auf den Boden der Tatsachen zurückzuholen, war einfach zu groß. »Und bevor Sie losfahren, machen Sie sich mit Skipper und den anderen Hunden bekannt. Die haben es nicht gern, wenn einfach jemand auf den Schlitten steigt.«

Randy, den Kaugummi immer noch im Mund, gab sich lässig und schlenderte zu Skipper. Etwas unbeholfen streichelte er seinen Rücken. »Dann wollen wir der Lady mal zeigen, was wir können. Lasst mich nicht im Stich!«

Auf dem Rückweg zum Schlitten machte Randy unliebsame Bekanntschaft mit Rowdy, der ihn wütend anknurrte und beinahe einen Fetzen aus seiner Hose riss. Die Zuschauer lachten. »Und so ein ungezogener Rüpel darf den Schlitten ziehen? Der hat wohl nicht genug zu fressen bekommen!« Randy überspielte mühsam seinen Schrecken und stieg auf die Kufen des Schlittens.

»Bis zur Park Road und nicht weiter!«, warnte Julie.

Randy packte die Haltestange und wollte es wohl allen

zeigen, so entschlossen war seine Miene. »Go! Go!«, trieb er die Hunde an und wäre beinahe schon zu Beginn seines Ausflugs vom Schlitten gefallen, so heftig legten sich Skipper und die anderen Huskys ins Zeug. Er hielt sich mühsam mit beiden Händen an der Haltestange fest, erreichte die Steigung, die zur Park Road hinaufführte, und beging einen entscheidenden Fehler, als er »Gee« und »Haw« verwechselte, sein Gewicht falsch verlagerte und die Hunde so stark verwirrte, dass sie abrupt stehen blieben. Der Schlitten schlingerte zur Seite, Randy glitt von den Kufen und landete in hohem Bogen im Tiefschnee.

Als er sich wieder ausgegraben hatte, war das Gespann mit dem Schlitten schon zu Julie zurückgekehrt. Beim Anblick des Jungen, der mit schneeverklebtem Anorak und Haaren eher wie ein Schneemann aussah, lachten die Zuschauer so befreit, als hätten sie nur darauf gewartet, dass jemand den Angeber mal in die Schranken verweist.

Randy war außer sich vor Wut. »Das haben Sie extra gemacht!«, beschimpfte er Julie. Er klopfte sich mit heftigen Handbewegungen den Schnee vom Anorak. »Sie haben den Huskys gesagt, dass Sie mich abwerfen sollen!«

»So was würde ich nie tun«, erwiderte Julie. Sie unterdrückte nur mühsam ein Kichern. »Es heißt zwar, dass Huskys eher auf Frauen hören, ein Grund dafür, warum Frauen so gut beim Iditarod abschneiden, aber auf so etwas Gemeines würde ich mich niemals einlassen.« Sie blickte auffordernd in die Runde. »Will sich noch jemand als Musher versuchen? Oder vielleicht doch lieber auf dem Schlitten mitfahren? Wie wär's mit Ihnen, Mrs. Fletcher?«

»Louise«, verbesserte die Chefin der Tierschützer. »Wenn Sie meinen …«

Julie verbrachte den ganzen Nachmittag damit, die Tierschützer über die Park Road zu fahren und nutzte die Fahrten, um ihnen etwas über den Nationalpark und die Arbeit der Park Ranger zu erzählen. Sie zeigten sich besonders am Monitoring Program der University of Alaska interessiert und berichteten, dass die Ranger im Yellowstone National Park es ähnlich handhabten.

»Eine Schande, dass einige Unverbesserliche immer noch glauben, sie hätten es mit grausamen Bestien zu tun, und die Wölfe abknallen«, beklagte sich Louise. »Und die Regierung sieht zu und tut nichts. Weil die Politiker große Angst haben, sie könnten es sich mit den Ranchern und Farmern verderben. Und die stellen zumindest in Montana eine viel zu große Wählergruppe dar.«

»Meinen Sie, die Veranstaltung am Samstag ändert was daran?«

»Nicht wirklich, aber sollen wir deshalb untätig herumsitzen?«

Es dämmerte schon wieder, als sich die Tierschützer von ihr verabschiedeten und in ihren Bus stiegen. »Schade, dass wir keine Wölfe sehen konnten«, sagte Louise, »aber im Yellowstone musste ich ein paar Monate warten, bis ich endlich einen zu Gesicht bekam. Ich habe selten so edle Tiere gesehen.«

Julie winkte den Tierschützern nach und wartete, bis ihr Bus hinter der nächsten Biegung verschwunden war, dann kümmerte sie sich um die Hunde und war gerade dabei, den Schuppen mit den Schlitten und den Geschirren aufzuräumen, als der Superintendent vom Verwaltungsgebäude herunterkam.

»Wie ist es gelaufen, Julie?«, fragte er.

»Sie waren sehr wissbegierig, Sir.« Sie berichtete ihm von der Arbeit der Gruppe in Montana und im Yellowstone National Park. »Dort haben sie anscheinend ähnliche Probleme. Sie wollen am Samstag wohl gegen die Politiker protestieren. Sie sollen schärfer gegen die Rancher und Farmer vorgehen, die Wölfe außerhalb der Parkgrenzen erschießen. Sie glauben zwar nicht, dass es viel nützt, aber ihre Chefin sagt, dass man den Mund aufmachen muss.«

Der Superintendent seufzte. »Das tun wir schon seit Jahren, aber mit dem Umweltschutz und dem Tierschutz haben sich unsere Politiker immer schwergetan, egal, welcher Partei sie angehören. Überall, wo Geld im Spiel ist, geht etwas anderes vor. Das Wohl der Menschen, wie sie behaupten. Als die Öl-Pipeline durch Alaska gebaut wurde, nahm man auch kaum Rücksicht.« Er griff sich an den Schnurrbart, wie immer, wenn er gefroren war. »Mal sehen, was am Samstag rumkommt. Ich feile gerade an meiner Rede, die ich dort halten werde.« Er lächelte. »Und Sie machen am besten Feierabend. Die Arbeit mit solchen Reisegruppen ist immer sehr anstrengend.«

»Danke, Sir. Aber ich würde gern noch eine Runde mit meinen Hunden drehen … ich hab es ihnen versprochen. Außerdem wollte ich nach Harry Dunn sehen, einem älteren Herrn, der drei Tage auf dem Campground am Savage River gebucht hat. Er hat gerade seine Frau verloren und will wohl an einem Ort allein sein, wo er oft mit ihr gewesen ist, aber …«

»Sie machen sich Sorgen?«

»Ich sehe besser mal nach ihm, Sir.«

»Gute Idee. Geben Sie mir Bescheid, wenn es Probleme gibt.«

Julies Huskys warteten bereits ungeduldig, als sie endlich zu ihnen kam und sie vor den Schlitten spannte. »Ich weiß«, sagte sie zu ihnen, »ich hab euch lange warten lassen, aber ihr habt ja gesehen, was los war. Jetzt weiß ich wenigstens, wie sich eine Lehrerin fühlt, wenn sie vor ihren Schülern steht.« Sie tätschelte Chuck den Rücken. »Was soll's? Es ist noch früh am Abend und Zeit genug für die große Runde. Zum Rock Creek hoch und nach den Wölfen sehen, falls sie sich aus ihrer Deckung wagen, und weiter zum Campground am Savage River, um mal bei Harry vorbeizuschauen. Kann es losgehen?«

Sie stieg auf den Schlitten und feuerte ihre Huskys an. Noch rasanter, als die anderen Hunde mit Randy gestartet waren, zogen sie den Schlitten an dem Schuppen vorbei und erklommen die Steigung zur Park Road. Eisiger Fahrtwind schlug Julie entgegen. Sie lenkte ihr Gespann nach Osten und bog wenig später auf den Rock Creek Trail ab, fuhr den Ausläufern des Mount Healy entgegen. Der schneebedeckte Gipfel schimmerte im abendlichen Zwielicht.

Wie meistens, wenn sie mit ihren Huskys unterwegs war, fühlte sie schon nach wenigen Meilen, dass alle Sorgen von ihr abfielen. Die Einsamkeit tat ihr gut, besonders nach einem Nachmittag mit einer ständig plappernden Gruppe von Tierschützern. Der klare Himmel mit dem hellen Mond und den blitzenden Sternen lag wie eine mit Diamanten bestickte Decke über ihr. Obwohl sie schon fast zehn Jahre in Alaska lebte, begeisterte sie der Zauber dieses weiten Landes immer wieder. Auch deshalb war sie zur Musherin geworden, wegen dieser kostbaren Stunden, die sie mit ihren Hunden in der Wildnis verbringen durfte, weit genug von der Zivilisation entfernt, um sich als einziger Mensch im weiten Umkreis zu fühlen. Es war als wäre sie nur wenige Stunden nach der Schöpfung hierhergekommen, um der Natur so nahe wie möglich zu sein.

Rangerin war ihr Traumberuf. Niemals hätte sie in einem Büro, einer Bank oder einem Supermarkt wie ihre Freundin Brandy arbeiten können. Sie brauchte die Nähe zu den Tieren und den Pflanzen, wollte aktiv dabei mithelfen, die Schönheit der Natur für ihre Nachfahren zu erhalten. Die Menschen hatten in ihrer Geldgier schon zu viel zerstört, hatten gigantische Städte wie New York und Chicago entstehen lassen und dabei den Naturschutz und den Tierschutz zu sehr vernachlässigt. Damit musste jetzt endlich Schluss sein.

Diesmal bog sie zum westlichen Ufer des Rock Creek ab und fuhr gerade auf einem Hügelkamm entlang, als Chuck plötzlich zum Waldrand drängte und ungefragt im Schatten der Bäume blieb. Seine Ohren waren aufgestellt, ein Zeichen äußerster Wachsamkeit. Sie brauchte nicht lange nach dem Grund für seine Nervosität zu suchen. In dem lang gestreckten Tal unterhalb der Hügelkette waren die Wölfe, das Rock-Creek-Rudel. Sie hielt die Huskys an und verankerte den Schlitten, hob ihren Feldstecher und blickte hindurch.

Sie durfte sich glücklich schätzen, die Wölfe innerhalb weniger Tage so oft zu sehen. Ohne den Aufenthaltsort des Rudels über das Monitoring Program abzurufen, kam das selten vor. Wölfe waren äußerst scheu und nach der Jagd mit dem Hubschrauber und den Schüssen der Wolfskiller hätte sie eigentlich geglaubt, die Tiere würden sich erst einmal zurückziehen.

Sie blickte genauer hin und erkannte den wahren Grund dafür. Banu, der Anführer des Rudels, hinkte leicht. Anscheinend hatte ihn eine Kugel der Wolfskiller gestreift. Keine schwere Verletzung, aber wohl schlimm genug, um seine Fähigkeit zu jagen und seine Stellung innerhalb des Rudels zu gefährden. Ein zweiter Rüde gab durch sein Imponiergehabe zu erkennen, dass er nicht abgeneigt wäre, die Rolle des Rudelführers zu übernehmen. Wie sich die Wölfin entscheiden würde, war nicht zu erkennen. Nur noch aus sechs Wölfen bestand das Rock-Creek-Rudel, das durch den Tod ihres jungen Mitglieds schwer getroffen war und anscheinend die Orientierung verloren hatte. Die Wölfe mussten sich erst einmal sammeln, bevor sie ihr normales Leben wieder aufnehmen und auf die Jagd gehen konnten. Falls Banu sich nicht von seiner Verletzung erholte, würde man ihn zurücklassen, und er würde sterben.

»Ich drücke dir die Daumen, Banu!«, flüsterte sie. »Ganz fest. Und sobald wir Rick Baldwin und seinen Sohn auf frischer Tat erwischen, sperren wir sie ein. Verbrecher wie diese beiden dürfen auf keinen Fall frei herumlaufen.«

Julie blieb noch eine ganze Weile bei den Wölfen, auch um sicherzugehen, dass die Wolfskiller nicht in der Nähe waren. Sie hatte ihr Handy griffbereit in der Tasche, um sofort reagieren zu können, falls die beiden in dem Tal auftauchten. Nichts geschah. Die Baldwins ahnten wohl, dass man in diesen Tagen ein besonderes Auge auf sie geworfen hatte, und blieben lieber zu Hause. Und die Wölfe suchten vielleicht unbewusst die Nähe der Ranger, um es den Wolfskillern besonders schwer zu machen, falls sie sich doch in den Park wagten.

Banu litt große Schmerzen, das sah man selbst aus der Ferne. Im blassen Mondlicht konnte sie nicht erkennen, wie schwer die Wunde tatsächlich war, aber er tat sich besonders im Tiefschnee schwer und hatte große Mühe, sein Rudel zusammenzuhalten. Nur widerwillig folgten sie ihm in den nahen Wald. Sogar der junge Wolf begehrte auf und lief erst mal zurück, wahrscheinlich um nach seinem toten Freund zu suchen. Erst nach einer ganzen Weile kam er wieder und folgte den anderen Wölfen in den Wald.

Julie drehte um und kehrte nachdenklich zur Park Road zurück. Über ihnen flackerte Nordlicht auf, zog in allen Farben des Regenbogens über den Himmel und ließ das Fell ihrer Huskys glitzern. Die Wildnis konnte wunderschön und verführerisch sein, aber auch grausam und unbarmherzig. So war der Lauf der Natur, die keine Rücksicht auf Schwache und Kranke nahm, das Gesetz der Wildnis, wie manche Leute es nannten. Doch wenn Verbrecher wie die Baldwins glaubten, der Natur ins Handwerk pfuschen zu müssen, wurde ihr Gleichgewicht auf empfindliche Weise gestört und nichts war mehr so, wie es sein sollte. Dann war selbst ein Anführer wie Banu, einer der stärksten und stolzesten Wölfe, die Julie jemals gesehen hatte, dem Untergang geweiht.

Eine düstere Stimmung schien über den dunklen Wäldern zu liegen und Julie trieb ihre Huskys über die geräumte Park Road zum Savage River. Nach ihrer Begegnung mit den Wölfen am Rock Creek war sie müde und niedergeschlagen. Sie wollte nach dem alten Mann, der mit seinem Wohnmobil auf den Campground gefahren war, sehen und erwartete fast, am Savage River eine weitere Enttäuschung zu erleben.

Ihre düstere Vorahnung fand sie bestätigt, als sie den Campground erreichte und das Wohnmobil des alten Mannes verlassen vorfand. Sie klopfte mehrmals, öffnete die Tür und leuchtete mit ihrer Taschenlampe hinein. Harry Dunn war nicht zu Hause. Weder sein Bett war bezogen, noch standen Essensreste oder wenigstens eine angebrochene Flasche herum, die ihr gezeigt hätten, dass er vor Kurzem noch hier gewesen war. Die Heizung war ausgeschaltet. Eisige Kälte erfüllte das Wohnmobil. Alles sprach dafür, dass er sein Zuhause verlassen hatte, gleich nachdem er auf den Campground gefahren war.

Sie wandte sich ab und rief laut seinen Namen. »Harry! Harry Dunn! Wo sind Sie? Kommen Sie zurück!«

Eine furchtbare Vermutung durchzuckte Julie wie ein heißer Blitz: Was, wenn der alte Mann sich etwas antun wollte? Wenn er sich ohne seine Frau so verlassen fühlte, dass er keinen anderen Ausweg sah? Seine Miene war so traurig und trostlos gewesen, als sie mit ihm gesprochen hatte.

Julie verlor keine Zeit. Sie richtete ihre Taschenlampe

nach unten und ließ den Lichtkegel über den Schnee wandern. Es hatte während der letzten Stunden nicht geschneit und seine Spuren waren einigermaßen deutlich zu erkennen. Sie steckte die Taschenlampe weg, schaltete ihre Stirnlampe ein und stieg auf den Schlitten.

»Heya! Heya! Vorwärts! Wir haben es eilig, Chuck!«

Sie folgte den Spuren des alten Mannes über den Campground, vorbei an den mit einer dicken Schneeschicht bedeckten Holztischen und Grillstellen auf den verschneiten Trail, der am Savage River entlang bis in die Ausläufer des Fang Mountain führte. Im Licht ihrer Stirnlampe waren die Spuren des Mannes deutlich zu sehen. Alle paar Schritte hielt sie an und rief seinen Namen, ohne ernsthaft darauf zu hoffen, dass eine Antwort aus der Dunkelheit kam. Wenn er das Wohnmobil sofort nach seiner Ankunft verlassen hatte, war er schon über zwölf Stunden in der Kälte unterwegs, zu viel für einen Mann seines Alters, der vielleicht nicht einmal warm genug angezogen war.

Ungefähr drei Meilen vom Campground entfernt sah sie ihn im Schnee liegen, eine bedauernswerte Gestalt, die am Rande des Trails in den Tiefschnee gesunken war. Er trug einen Anorak, wollene Hosen und feste Schuhe, aber seine Jacke stand offen und seine Handschuhe fehlten ganz. Sie legte rasch zwei Finger an seine Halsschlagader und stellte fest, dass er noch am Leben war. Aber sein Herz schlug so langsam, dass nicht mehr viel Zeit blieb.

Sie zog ihr Handy aus der Tasche und rief die Zentrale. Der Empfang war schwach, eine halbe Meile weiter, und sie wäre nicht mehr durchgekommen. »Zentrale, hier Ranger

Wilson!«, rief sie, als jemand an den Apparat kam. Sie gab ihre Position durch und schilderte in knappen Worten den Notfall. »Rufen Sie bitte einen Krankenwagen, ich bringe ihn mit dem Schlitten zurück.«

Julie vergeudete keine Sekunde. Sie wuchtete den alten Mann auf die Ladefläche ihres Schlittens, packte ihn in warme Decken und sicherte ihn mit einigen Lederriemen. »Tut mir leid«, sagte sie zu dem Bewusstlosen, »sanfter ging es leider nicht. Halten Sie durch, okay? In ein paar Minuten kümmert sich ein Arzt um Sie. Es wird alles wieder gut, das verspreche ich Ihnen.«

Sie stieg auf die Kufen und wendete den Schlitten. »Vorwärts, Chuck! Jetzt könnt ihr mal zeigen, was ihr draufhabt! Der alte Mann braucht dringend einen Arzt. Lauft so schnell ihr könnt, dann hat er noch eine Chance! Oder wollt ihr ihn in dieser Einöde erfrieren lassen? Er hat was Besseres verdient.«

Die Hunde rannten los, den Park Headquarters entgegen.

9

Julie traf zur gleichen Zeit wie der Krankenwagen vor den Park Headquarters ein. Sie bremste den Schlitten und beobachtete besorgt, wie zwei Sanitäter den Verletzten vorsichtig auf eine Trage betteten und in den Wagen hoben. Die junge Notärztin untersuchte ihn und trug den Männern auf, ihn zu entkleiden und in eine Rettungsdecke zu wickeln. »Kein Grund zur Sorge«, sagte sie, bevor sie zum nahen Krankenhaus fuhren, »er wird wieder gesund. Sein Puls ist ein wenig langsam, aber das ist ganz normal bei Unterkühlungen und leichten Erfrierungen. Wir legen ihn auf die Beobachtungsstation.« Sie zögerte ein wenig, bevor sie fragte: »Glauben Sie wirklich, er wollte sich umbringen?«

Julie blickte auf die verschlossene Hecktür. »Es sah ganz so aus. Warum sollte er sonst mit offenem Mantel in die Wildnis laufen? Geistig verwirrt war er nicht. Aber er hat vor Kurzem seine Frau verloren und anscheinend Schwierigkeiten, den Schmerz zu verarbeiten. Die Kollegen sagen, dass er früher immer mit seiner Frau hier war. Die beiden hätten sich sehr nahe gestanden.«

Inzwischen waren auch Superintendent Green und einige andere Ranger zum Krankenwagen gekommen. Julie wandte sich an den Chef. »Harry Dunn, Sir. Der ältere Herr, von dem ich Ihnen erzählt habe. Ich habe ihn ungefähr drei Meilen von seinem Wohnmobil entfernt im Tiefschnee gefunden.

Ich denke, er wollte sich umbringen. Ich wollte Ihnen gleich Bescheid geben.«

Der Superintendent war ihrer Meinung. »Dann informieren Sie wohl besser die Trooper. Nicht, dass er es im Krankenhaus noch einmal versucht.«

»Wir kümmern uns um ihn, Sir«, versicherte die Ärztin.

»Sagen Sie ihm, dass ich ihn morgen mal besuchen komme«, rief Julie der Notärztin nach, als sie die Hecktür öffnete und in den Wagen stieg. »Am besten morgen Abend nach Dienstschluss. Sie behalten ihn doch noch einige Tage?«

»Zwei, drei Tage bestimmt. Ich sag's ihm, Ranger ...«

»Julie. Julie Wilson, Ma'am.«

Der Superintendent wartete, bis der Krankenwagen hinter der Biegung verschwunden war, und nickte anerkennend. »Das haben Sie gut gemacht, Julie.«

»Danke, Sir.«

Carol lag schon im Bett und ließ überrascht ihr Buch sinken, als Julie das Blockhaus betrat. »Ich hab mir schon Sorgen gemacht. Wo warst du die ganze Zeit? Du hast dich doch nicht mit diesem netten Biologen getroffen, oder?«

Julie schilderte ihr in wenigen Worten, was passiert war.

»Harry Dunn ... ja, den kenne ich«, erwiderte Carol, »ein netter Mann. Er und seine Sue-Ellen waren eine Herz und eine Seele. Sie ist gestorben? Das ist ja furchtbar. Harry machte mir nicht den Eindruck, als könnte er ohne seine Frau leben. Hat er denn keine Verwandten, die sich um ihn kümmern?«

»Keine Ahnung. Die Ärztin will die Trooper einschalten.« Julie hatte Wasser für einen Tee aufgesetzt und wartete darauf, dass es kochte. »Ich will ihn morgen Abend besuchen … ihm ein bisschen Mut machen. Er hat es verdient.«

»Eine gute Idee. Machst du mir auch einen Tee?«

Sie holte einen zweiten Becher aus dem Schrank und hängte einen Teebeutel hinein. Während sie kochendes Wasser in die Becher goss und die Milch aus dem Kühlschrank holte, rief sie: »Mit Milch und Zucker, stimmt's?«

»Wie die englische Königin.«

»Ob die auch Teebeutel benutzt?« Julie kehrte grinsend mit dem Tee zurück, reichte Carol einen Becher und setzte sich auf den Bettrand. Sie wurde plötzlich ernst. »Banu humpelt«, verkündete sie. »Vermutlich haben die Baldwins ihn getroffen, als sie den jungen Wolf erschossen haben. Ich konnte nicht erkennen, wie ernst die Wunde ist. Hoffentlich nur ein Streifschuss. Ich glaube nicht, dass er noch lange Rudelführer bleibt, wenn es nicht besser wird.«

»Weiß Dr. Blake schon Bescheid?«

Julie verneinte.

»Dann ruf ihn sofort an. Kann sein, dass er schon in seinem Quartier ist, aber auf dem Handy erwischst du ihn bestimmt. Du hast doch seine Nummer?« Und als Julie den Kopf schüttelte: »Ich geb sie dir.« Carol nahm ihr Handy vom Nachttisch, wählte die eingespeicherte Nummer und reichte es ihr.

»Ranger Schneider? Was gibt's?«

»Hier ist Julie«, klärte sie ihn auf. Nach dem Zwischenfall am frühen Morgen war sie extrem verlegen. »Carol … Ranger Schneider meint, ich solle sie unbedingt anrufen. Banu ist verletzt.« Sie schilderte ihm, in welchem Zustand sie den

Leitwolf angetroffen und in welchem Tal sie ihn beobachtet hatte. »Ich fürchte, seine Verletzung ist ziemlich gefährlich.«

John gab sich sachlich und professionell, machte nicht einmal den Versuch, auf den Zwischenfall am Morgen einzugehen. »Ich kümmere mich darum. Wenn Superintendent Green einverstanden ist, chartere ich einen Hubschrauber und fliege mit einem Ranger und dem Tierarzt hin. Wenn es uns gelingt, den Wolf noch einmal zu betäuben, kann man ihm vielleicht helfen.«

Julie wäre gern mitgeflogen, wusste aber, dass sich der Super nicht darauf einlassen würde. Er brauchte einen Ranger, der mit einem Betäubungsgewehr umgehen konnte. »Danke, John. Entschuldigen Sie bitte die späte Störung.«

»So förmlich?«, fragte Carol, nachdem Julie aufgelegt hatte.

»Es ist besser so.«

»Was ist denn passiert?«

»Ach, nichts. Nur …«

»Nur?«

Nach einigem Zögern rückte Julie mit der Wahrheit heraus und berichtete von ihrem unangenehmen Erlebnis. Sie wagte nicht, Carol anzublicken, als sie erzählte, wie sie sich an John geschmiegt hatte und Josh zur Tür hereingekommen war. »Es war nur eine flüchtige Berührung, Carol. John … John will nichts von mir.«

»Aber er ist nett.«

»Ja!« In ihrer Aufregung sprach sie viel zu laut. »Ja doch, und ich mag ihn auch! Aber ich denke nicht daran, mich durch irgendeinen Beziehungsstress von der Arbeit ablenken zu lassen. Außerdem … außerdem ist er zu alt für mich. Und er ist Doktor an der Universität, und ich bin nur eine kleine Praktikantin, die ihre ersten Gehversuche in einem Nationalpark macht. Nein … das passt nicht.«

»Wer weiß?« Carol nippte an ihrem Tee und lächelte verschmitzt. »Es hat niemand gesagt, dass du keinen Freund haben darfst. Solange es deine Arbeit nicht beeinträchtigt und du dein Liebesgeflüster auf die dienstfreie Zeit beschränkst, ist alles erlaubt. Auch mit einem respektablen Biologen wie John.«

»Ach, ich weiß nicht.«

»Hm«, ließ Carol sie zappeln. »Sieht so aus, als würdest du morgen früh lieber mit den Hunden losziehen, als im Murie Center mit der Inventur weiterzumachen. Überraschung! Greg will, dass wir morgen wieder auf Patrouille gehen, aber diesmal weiter westlich, am Savage und am Teklanika River.«

Julie grinste. »Da gibt's wenigstens keine Männer.«

»Es sei denn, die Wolfskiller lassen sich blicken.«

Gleich nach dem Frühstück brachen Julie und Carol auf. Sie hatten Verpflegung für den ganzen Tag dabei und würden sich erst am frühen Abend von zwei Kollegen ablösen lassen. Die Huskys waren begeistert, schon wieder auf Tour gehen zu können, und zerrten ungeduldig an den Leinen, als die beiden Frauen sie auf die Park Road lenkten. Schneller als sonst zogen sie die Schlitten über die Böschung und rannten nach Westen, den Bergen entgegen.

Noch leuchtete kein heller Schimmer am östlichen Horizont. Von Norden waren dunkle Wolken herangezogen und erstickten den Mond und die Sterne, hingen bereits tief über den Ausläufern des Mount McKinley, dessen Gipfel während der Nacht hinter dichten Dunstschwaden verschwunden war. Ohne seinen weißen Gipfel wirkte der Berg bedrohlich, als schien er seinen Betrachtern weismachen zu wollen, dass er in dem Dunst in ungeahnte Höhen vorstieß. Auch der Mount Mather und die anderen Berge, die ihn umgaben, waren nur teilweise in der trüben Dunkelheit zu erkennen. Die Luft roch nach Schnee.

Am Savage River trennten sich die Frauen. Carol fuhr weiter nach Westen zum Teklanika River, Julie bog nach Norden ab und kämpfte sich auf einen schmalen Trail, den die Ranger und sie selbst mit dem Hundeschlitten in den tiefen Schnee gegraben hatten. Durch lichten Mischwald fuhr sie am Ufer des Savage Rivers entlang durch die Ausläufer des Mount Margaret, der sich nordwestlich vom Trail in den Dunst erhob. Als sich der Himmel langsam verfärbte, leuchtete eine zerklüftete Felswand im schwachen Sonnenschein auf.

Julie schaltete ihre Stirnlampe aus und ließ die Hunde am Waldrand verschnaufen. Ein paar Minuten genoss sie die andächtige Stille unterhalb der Felswand, die während des kurzen Hochsommers das Ziel zahlreicher Wanderer war. Bevor sie für den National Park Service gearbeitet hatte, war sie etliche Male zum Wandern am Mount Margaret gewesen, einmal sogar mit ihren Eltern, als sie noch nicht geschieden waren und zumindest alle paar Wochen etwas Zeit für sie und sich selbst gefunden hatten. Seitdem ihr Vater als Chefarzt im Fairbanks Memorial Hospital arbeitete, sprachen sie kaum miteinander, und wenn, musste er schon nach wenigen Minuten wieder in den OP.

Die Felswand hielt den Wind ab, der in den letzten Minuten stärker geworden war und den losen Schnee über die Hügel wehte. Mit dem schwachen Sonnenlicht, das am Horizont emporstieg und sich zwischen den Wolken über den Himmel stahl, schien sich ein pinkfarbener Schleier über den Schnee zu legen. Die zerklüftete Felswand leuchtete plötzlich in zarten Farben, die ihr etwas von der abweisenden Schroffheit nahmen. Vereinzelte Schneeflocken fielen vom Himmel und verloren sich in den dichten Kronen der Schwarzfichten. Lange würde die Sonne nicht gegen die Wolken ankommen.

Julie suchte das Land mit ihrem Feldstecher ab, konnte aber nichts Auffälliges entdecken. Ungewöhnlich still und scheinbar verlassen lagen die zerklüfteten Hänge, die hinter der Felswand zum Mount Margaret anstiegen, vor ihr. »Banu und sein Rudel haben sich wohl irgendwo verkrochen«, rief sie ihren Hunden zu. »Ist auch besser so. Solange die Baldwins ihr Unwesen treiben, sollten sie lieber in Deckung bleiben. Und wer weiß, ob sie die Einzigen sind. Vor der Veranstaltung am Samstag wollen die Wolfskiller sicher noch ein Zeichen setzen. Würde mich nicht wundern, wenn noch was passiert.«

Sie trieb die Hunde an und blieb am westlichen Ufer des Savage River, der mit seiner dichten Eisdecke kaum von seiner verschneiten Umgebung zu unterscheiden war. Der Trail schlängelte sich durch ein Labyrinth von verschneiten Felsen und aufgeworfenem Eis, das die Ausläufer des Mount Margaret wie eine verwunschene Märchenlandschaft aussehen ließ. Leichte Flocken wirbelten durch die Luft. Die hellen Streifen am Horizont waren verschwunden, nicht einmal stellenweise drangen noch Sonnenstrahlen zwischen den Wolken hindurch und ein dunkler Himmel wölbte sich über das Land.

Der Wetterbericht hatte von teilweise starken Schneefällen gesprochen, aber nach einem Blizzard sah der Himmel nicht aus, und Julie lebte schon zu lange in Alaska, um sich vor ein bisschen Schnee und Eis zu fürchten. Entschlossen trieb sie die Hunde weiter. Ungefähr eine halbe Meile hinter der steilen Felswand bog der Trail nach Westen ab und führte durch die schroffen Ausläufer der Berge bis zum westlichen Rand der Felswand und von dort weiter zum Teklanika River und dem Trail, auf dem Carol unterwegs war.

Der Vormittag verlief ohne besondere Vorkommnisse. Die Berge um sie herum schienen menschenleer zu sein und außer einem Schneehasen bekam sie auch keine Tiere zu Gesicht. Von Carol kam ebenfalls keine Meldung. Julie meldete sich jede Stunde über Funk bei ihr und sagte jedes Mal das Gleiche: »Nichts.« Unter den dunklen Wolken schien das Land erstarrt zu sein und in einem Zustand zu verharren, der nicht einmal Wölfe und Elche duldete. Sie kam sich plötzlich wie ein Eindringling vor, als hätte sie den Wintergeist der Indianer gestört und müsste dafür irgendwann mit einer strengen Strafe rechnen. Es war so still, dass man das Scharren der Kurven deutlich hörte, und das Rauschen des Windes beinahe störend in ihren Ohren klang.

Hinter der Felswand ging es bergab und durch die Ausläufer des Berges in flachere Gefilde. Auch hier hatte sie das Gefühl, allein in der Welt zu sein, so still und einsam war die Gegend westlich des Savage River. Auf dem ebenen Trail ließ sie die Huskys mal wieder so schnell laufen, wie sie wollten, und sich richtig austoben. Julie feuerte sie mit wilden Zurufen an. »Vorwärts, sonst rostet ihr mir noch ein! Lauf, Chuck, so einen schönen Trail hatten wir lange nicht mehr.«

Das Motorengeräusch, das plötzlich die Stille durchbrach, hörte sie beinahe zu spät. »Whoaa! Whoaa!«, hielt sie ihr Gespann an. Die Huskys gehorchten widerwillig und blickten sich vorwurfsvoll nach ihr um, aber auch sie hatten das Geräusch gehört. Irgendwo im Südwesten brummte ein Snowmobil.

Die Benutzung eines Snowmobils war im Denali National Park verboten und zog meist eine heftige Strafe nach sich. Zahlreiche Jugendliche, die das Naturschutzgebiet mit einem Abenteuerspielplatz verwechselten, hatten schon teuer dafür bezahlt. Julie hielt an und rief Carol über Funk. »Hallo, Carol, hier Julie. Ein Snowmobil, ganz in meiner Nähe.« Sie gab ihre Position durch. »Ich nehme die Verfolgung auf.« Carol ermahnte sie, vorsichtig zu sein. »Pass bloß auf, das könnte auch einer der Wolfskiller sein! Keine gefährlichen Alleingänge, hörst du? In ungefähr zwanzig Minuten bin ich bei dir, okay?«

»Roger, Carol.« Sie steckte das Funkgerät weg und fuhr weiter nach Süden, wollte unterhalb der Felswand nach Osten abbiegen, als ein Schuss krachte und die Hunde so erschreckte, dass sie zur Seite drängten und sich in den Leinen verhedderten. Sie griff erneut nach dem Funkgerät. »Carol, hier Julie. Ein Schuss! Ich glaube, wir haben einen Wolfskiller auf frischer Tat ertappt. Ungefähr eine halbe Meile von hier. Ich folge ihm vorsichtig, okay?«

»Das wirst du nicht tun«, kam die barsche Antwort. »Du bleibst, wo du bist! Die Sache wird zu gefährlich. Ruf Greg und sag ihm, was passiert ist. Er wird sich um den Schützen kümmern. Ich bin in einer Viertelstunde bei dir!«

Julie sah ein, dass es zu gefährlich war, einen bewaffneten Straftäter zu verfolgen, und rief stattdessen Ranger Erhart. Sie schilderte ihm in knappen Sätzen, was passiert war, und sagte ihm, dass Carol und sie gemeinsam zum Tatort fahren würden. Sie gab ihm ihre Position durch. »Nach Süden oder Westen ist der Schütze nicht gefahren, sonst würde ich ihn noch hören. Ich schätze, dass er den Park so schnell wie möglich verlassen wird. Vielleicht erwischen Sie ihn auf dem Highway in Healy. Wir melden uns vom Tatort.«

»Gute Arbeit, Julie. Keine Alleingänge, hören Sie?«

Sie war viel zu aufgeregt, um über die erneute Warnung zu lachen. Stattdessen nutzte sie die Zeit und befreite ihre Hunde von den Leinen. Sie kraulte Chuck zwischen den Ohren. »Keine Angst, Chuck! Es ist alles okay! Ranger Erhart kümmert sich um den Wolfskiller oder Wilderer oder wer immer er ist. Und wir warten hier auf Carol. Sie ist ganz in der Nähe und braucht nicht lange.«

Eine Viertelstunde später traf Carol ein. Sie musste wie der Teufel gefahren sein, denn selbst Buddy, der kräftige Rüde, hechelte erschöpft. Sie hielt dicht neben Julie und fragte: »Hast du den Burschen zu Gesicht bekommen?«

Julie schüttelte den Kopf und wiederholte, was sie Ranger Erhart gesagt hatte. »Würde mich nicht wundern, wenn es einer der Baldwins gewesen wäre. Nach Healy ist es nicht weit. Wenn er ordentlich Gas gibt, ist er längst zu Hause, wenn Erhart mit dem Hubschrauber anrückt. Solange sie ihn nicht innerhalb der Parkgrenzen erwischen, kann ihm sowieso keiner was beweisen.«

»Okay, wir sehen nach«, sagte Carol. »Du bleibst hinter mir!«

Sie bogen nach Westen ab und kämpften sich durch den Tiefschnee, bis sie den Jagdtrail erreichten, über den der geheimnisvolle Schütze wahrscheinlich gefahren war. Nach seinem Opfer brauchten sie nicht lange zu suchen. Der tote Wolf lag zwischen einigen Felsen im Schnee, die Schnauze in einer Blutlache, die im düsteren Tageslicht beinahe schwarz aussah. Sein Unterkiefer war zerfetzt. Anscheinend hatte der Schütze diesmal eine Schrotflinte benutzt.

»Banu!«, rief Julie in panischer Angst. Sie sprang vom Schlitten und rannte zu dem toten Wolf, beugte sich über ihn und zog scharf die Luft ein. Der Wolf war älter als Banu und hatte ein zottiges, von zahlreichen Narben entstelltes Fell. »Das ist nicht Banu. Er gehört nicht zum Rock-Creek-Rudel.«

»Barney«, stellte Carol richtig. »Ein Einzelgänger, der sowieso bald gestorben wäre, aber das gibt dem Schützen noch lange nicht das Recht, ihn innerhalb des Nationalparks umzulegen. Einfach widerlich, diese skrupellosen Mörder!«

»Tut mir leid, Barney«, sagte Julie leise.

Wenige Minuten später hörten sie den Hubschrauber über der Felswand kreisen, aber er war viel zu spät dran und Julie ahnte bereits jetzt, dass Erharts Suche nach dem Verbrecher erfolglos bleiben würde. Selbst wenn der Ranger die Alaska State Trooper alarmiert und man einen Streifenwagen nach Healy geschickt hatte, war dem Killer sicher genug Zeit geblieben, um sich aus dem Staub zu machen.

»Vielleicht hat der Täter seine DNA hinterlassen«, hoffte Carol.

»So wie im Krimi?« Julie schüttelte den Kopf. »Das glaube ich nicht. Der hat den Wolf erschossen und hat sich sofort wieder aus dem Staub gemacht.«

Carol blickte den toten Wolf an. »Ausgerechnet Barney.«

10

Der Wolfskiller entkam unerkannt, und weder der Polizeitruppe der Ranger noch den Alaska State Troopern gelang es, ihn festzunehmen. Es fiel ihnen relativ leicht, die Spuren des Snowmobils bis zum Waldrand zu verfolgen, doch auf dem Highway verloren sie sich zwischen vielen anderen Spuren und waren nicht mehr auszumachen. Es gab zu viele Snowmobile in Healy und die Abdrücke waren kaum voneinander zu unterscheiden. Wie sich herausstellte, war der Schütze zwischen den Felsen nicht einmal abgestiegen, sodass sie auch keine Fußabdrücke bei dem Wolf fanden.

An diesem Abend waren Julie und Carol zu erschöpft, um miteinander zu reden, und Julie war auch nicht nach einer Unterhaltung zumute. Die Ermordung der beiden Wölfe war ihr mächtig an die Nieren gegangen. Nachts träumte sie von dem alten Barney, wie er verzweifelt versuchte, sich vor seinem zweibeinigen Verfolger in Sicherheit zu bringen, bis er erschöpft in den Schnee sank und hilflos mit ansehen musste, wie sein Verfolger das Gewehr hob und auf ihn anlegte. Mehrmals in dieser Nacht schreckte sie schweißgebadet aus dem Schlaf und sah das verzerrte Gesicht des sterbenden Barney vor sich, wie er mit zerschmettertem Unterkiefer durch den Schnee humpelte und vom Blutverlust geschwächt zusammenbrach. Lachend nahm der Wolfskiller sein Gewehr herunter und fuhr davon.

Am nächsten Morgen duschte sie doppelt so lange wie sonst, als würde es das heiße Wasser schaffen, die quälenden Gedanken zu vertreiben. Zum Frühstück musste sie sich zwingen. Ein paar Bissen von dem Rührei, das Carol für sie beide zubereitet hatte, eine halbe Scheibe trockenen Toast und einen Schluck von ihrem Tee, mehr brachte sie nicht hinunter. »Sorry«, entschuldigte sie sich bei Carol, »die toten Wölfe sind mir auf den Magen geschlagen. Was für ein Mensch muss man sein, um so etwas fertigzubringen?«

Carol verstand sie. »Die Baldwins sind nicht die Einzigen, die sich an unseren Wölfen vergreifen. Vor zwei Jahren hatten wir einen Oldtimer, der heimlich Fallen im Park aufstellte. Ein Wolf trat hinein und verblutete auf grausame Weise. Als Erhart den Mann erwischte, hätte er ihn beinahe verprügelt.«

»Verprügelt? Er hat noch etwas viel Schlimmeres verdient!«

»Keine Angst, er hat seine Strafe bekommen«, beruhigte Carol sie, »die Trooper sperrten ihn für einige Jahre ins Gefängnis. Dem Schützen, der Barney erschossen hat, wird es ähnlich ergehen. Irgendwann erwischen wir ihn.«

»Bestimmt waren es die Baldwins ... oder einer von ihnen.«

»Das müssen wir ihnen erst mal beweisen.«

Julie seufzte. »Ich weiß.«

An diesem Tag war sie wieder für den Innendienst im Murie Center eingeteilt. Bis zur Mittagspause würde sie noch mit der Inventur beschäftigt sein, danach sollte sie den Text für eine neue Wolf-Broschüre erstellen. Wenn er gut genug war, hatte ihr der Super versprochen, würde man ihn sogar drucken. Es kam vor allem drauf an, die wichtigsten Informationen in einen unterhaltsamen Text zu verpacken, der auch von Laien verstanden wurde. Sie hatte gehofft, einmal für die Broschüren des Nationalparks schreiben zu können, die Verwirklichung ihres Traumes aber erst in weiter Ferne gesehen.

Dennoch trat sie ihren Dienst mit gemischten Gefühlen an. Im Murie Center würde sie John begegnen und sie hatte keine Ahnung, wie sie sich ihm gegenüber verhalten sollte. Am besten ganz normal, hätte wohl Carol gesagt, und Brandy hätte sie angetrieben: Wenn du ihn willst, schnapp ihn dir! Im Krieg und in der Liebe ist alles erlaubt, das weißt du doch. Es geht nicht darum, was John denkt oder will, sondern nur um dich. Du machst das schon.

Sie stieg zum Murie Center hinauf und fand die Tür unverschlossen vor. Doch nicht John, sondern ein anderer Ranger, der sich auf einen Vortrag vorbereitete und einige Bücher in der Bibliothek studierte, hatte aufgeschlossen. Sie begrüßte ihn und sie wechselten ein paar belanglose Worte. Julie verkniff es sich, nach John zu fragen, und stürzte sich in die Arbeit, registrierte die Waren im Shop so angestrengt, dass sie noch vor der Mittagspause mit der Inventur fertig war und sich an die Ausarbeitung des geplanten Artikels machen konnte. »Wölfe sind keine blutgierigen Bestien.« Mit diesem Satz würde sie beginnen, um gleich die Aufmerksamkeit der Leser zu gewinnen.

»Hallo, Julie.« John war unbemerkt zur Tür hereingekommen und zog den Reißverschluss seines Anoraks nach unten. »Schon so fleißig heute Morgen?«

»Einer muss es ja machen.« Auch so ein belangloser Satz.

Er schien zu überlegen, ob er ihre peinliche Szene mit Josh erwähnen sollte, ging aber nicht darauf ein und sagte: »Ich habe gute Nachrichten. Wir haben Banu ausfindig gemacht und der Tierarzt hat seine Wunde verarztet. Sie war tatsächlich tiefer, als es auf den ersten Blick schien. Er hat ihm ein Schmerzmittel gegeben und seinen verletzten Vorderlauf fest verbunden.«

Ihre Miene hellte sich auf. »Das ist tatsächlich eine gute Nachricht.«

»Nicht ganz«, erwiderte John. Er hängte seinen Anorak und die Mütze an die Garderobe und lehnte sich auf den Tresen. »Die Kugel hat einige Sehnen verletzt, und Banu wird wohl sein Leben lang humpeln. Seine Vormachtstellung im Rudel hat er dadurch wohl verloren.« Die Erkenntnis schien ihn zu ärgern. »Sie wissen, dass ein Rudel von zwei Alphatieren angeführt wird?«

»Ja. Ich schreibe gerade einen Artikel über Wölfe und habe mich deswegen in das Thema eingelesen. Es sind immer ein Männchen und ein Weibchen, oder?«

»Genau. Ein starkes Alphamännchen und ein Alphaweibchen. Falls das Alphamännchen verletzt ist oder seinen Rang nicht mehr verteidigen kann, übernimmt ein Betawolf das Kommando. So ergeht es Banu gerade. Die anderen Wölfe erkennen, dass er bei der Jagd stark behindert ist und zu schwach erscheint, um das Rudel zu führen, deshalb reichen sie ihn nach hinten weiter.«

»Das hatte ich schon befürchtet«, sagte sie. »Wenn er weiter so stark humpelt, rutscht er an die Stelle des toten

Jungwolfes zurück und muss als Omegawolf die Schläge einstecken.« Der Omegawolf nahm die niedrigste Stellung im Rudel ein und diente den anderen als Blitzableiter. Wenn eines der Tiere frustriert war, lud es seinen Ärger bei ihm ab. »Das hätte er nicht verdient. Ich habe selten ein so starkes und schönes Tier wie ihn gesehen.«

»Das finde ich auch.« John ging zum Kaffeeautomat und holte sich einen Becher. »Den alten Barney hat unser Tierarzt ebenfalls untersucht. Er hatte ein Geschwür im Bauch und hätte höchstens noch ein paar Wochen gelebt. Im Grunde hat ihm der Schütze einen Gefallen getan.« Er nippte an dem heißen Kaffee. »Sie haben gestern ganze Arbeit geleistet, Julie. Schade, dass sie den Schützen nicht erkannt haben. Ich hätte ihn zu gerne hinter Gittern gesehen.«

»Wir erwischen ihn. Irgendwann erwischen wir ihn. Ihn und alle anderen, die auf dem Gebiet des Nationalparks wildern und sinnlos Wölfe abknallen.«

»Schön wär's … wollen Sie mit mir zu Mittag essen, Julie?«

Julie hatte schon ein »Natürlich … warum nicht?« auf den Lippen, besann sich aber anders. Nach dem peinlichen Zwischenfall hätte sie es unpassend gefunden, mit ihm die Mittagspause zu verbringen. So ein halbes Date würde nur dazu führen, dass die anderen Ranger über sie redeten, und Julie wollte nicht, dass Superintendent Green solches Geschwätz zu Ohren kam. »Heute geht es leider nicht«, redete sie sich heraus, »ich muss nach Healy, mir Tabletten holen.«

Er erschrak. »Sind Sie krank?«

»Ich hab Probleme mit dem Magen.«

Das war glatt gelogen, aber etwas Besseres fiel ihr nicht ein. Sie würde sich stattdessen eine Packung Aspirin im Drugstore holen, die konnte man immer gebrauchen. Und anschließend würde sie sich einen Cheeseburger gönnen, mit doppelt Käse und viel Ketchup. Ihr Hunger war zurückgekehrt.

»Ich könnte Sie doch hinfahren.«

»Heute nicht, John. Ein anderes Mal vielleicht.«

Julie war froh, als sie in ihrem Pick-up saß und über die Park Road zum Highway fuhr. Bis nach Healy waren es nur ein paar Meilen. Sie hatte Carol versprochen, ihr Zahnpasta und ein paar andere Kleinigkeiten aus dem Drugstore mitzubringen, und wollte auch eine Tüte mit den guten Schokokeksen kaufen, die sie beide so gerne mochten. Als sie an der Abzweigung zum Murie Center vorbeikam, sah sie John die Straße überqueren, und winkte ihm zu.

Healy war so klein, dass man es beinahe übersah, wenn man zu schnell über den Highway fuhr. Eine Handvoll Läden, eine Tankstelle, das Krankenhaus abseits der Straße und einige Wohnhäuser, entweder Fertighäuser oder stabile Blockhäuser. Auf den nahen Hügeln standen außerdem eine Lodge und ein paar Ferienhäuser. Einige Straßenlampen tauchten den Highway in trübes Zwielicht.

Julie erledigte ihre Einkäufe im Drugstore und verstaute die Sachen in ihrem Wagen. Das Lokal mit den guten Cheeseburgern lag nur etwas weiter in einem Blockhaus, über dessen Eingang ein riesiges Elchgeweih hing. Über den wenigen Tischen waren historische Schneeschuhe, Skier und eine riesige Bärenfalle an der Wand befestigt, wegen der

Touristen, wie der Inhaber betonte, ein rüstiger Oldtimer in Jeans, Hemd und karierter Kittelschürze.

»Ein Cheeseburger mit doppelt Käse und viel Ketchup«, erinnerte sich der Alte. Er war rüstiger, als es den Anschein hatte. »Kommt sofort, Ranger.«

Julie stellte sich an einen der hohen Bistrotische und zuckte sichtlich zusammen, als sie beide Baldwins in einer Nische im Halbdunkel sitzen sah. Rick trug einen Overall und war wohl gerade beim Friseur gewesen, so kurz waren seine Haare. Brian unterschied sich nur durch seine langen Haare, die er wieder zu einem Pferdeschwanz gebunden hatte, von seinem Vater. Ihre verwitterten Mienen verzogen sich zu einem Grinsen, als sie Julie erkannten.

»Sieh an«, sagte Rick mit vollem Mund. Auch die Baldwins mochten Cheeseburger. »Das ist doch die Rangerin, die uns vor ein paar Tagen am liebsten eingebuchtet hätte. Dabei haben wir uns streng nach dem Gesetz gerichtet, Ranger …« Er betrachtete ihr Namensschild. »Ranger Julie Wilson.«

Julie wusste selbst, dass eisernes Schweigen die beste Antwort gewesen wäre, konnte sich jedoch nicht beherrschen. »Das sagen Sie, Baldwin! So wie ich die Sache sehe, waren Sie beide auf dem Gebiet des Nationalparks und haben dort auf den Wolf geschossen. Das ist sehr wohl gegen das Gesetz.«

»Können Sie's vielleicht beweisen?«

»Noch nicht … aber wir sind dran, Baldwin.«

»Sie können uns nicht aufhalten, Ranger.« Rick Baldwin biss in seinen Cheeseburger und kaute genüsslich. »Irgendwann lassen sich alle Wölfe außerhalb des Parks blicken, und dann sind wir da und knallen die Bestien ab.«

Julie lachte gekünstelt und ein wenig höhnisch. »Oh, so lange halten Sie es doch gar nicht aus. Oder wer hat auf Banu geschossen? Im Park?«

»Banu?« Die Baldwins blickten sie verwundert an.

»Der Anführer des Rock-Creek-Rudels«, klärte Julie sie auf, »ein stattlicher Wolf mit dunklem Fell. Sie haben ihn am linken Vorderlauf verletzt, und wenn ihn unser Tierarzt nicht verbunden hätte, wäre er vielleicht schon tot.«

»Wir haben keinen Wolf verletzt.«

»Und Barney … einen alten Wolf mit grauem Fell? Ihn haben Sie gestern Abend erschossen. Oder wo waren Sie gestern gegen zwanzig Uhr?«

»Gestern Abend?« Rick tat so, als würde er überlegen. »So gegen zwanzig Uhr? Da saßen wir vor der Glotze, mein Sohn und ich. Stimmt doch, Brian?«

»Vor der Glotze … ganz richtig, Dad.«

»Und was haben Sie sich angesehen?«

»Na, das Eishockeyspiel in Toronto. Die Maple Leafs gegen …« Er überlegte kurz. »… gegen die Carolina Hurricanes. 4:2 für die Hurricanes … leider.«

»Kann jemand bezeugen, dass Sie vor dem Fernseher saßen?«

»Brian.«

»Tolles Alibi.«

Julie bekam ihr Essen, blickte aber weiter die Baldwins an. »An Ihrer Stelle würde ich mich schämen! Hilflose Kreaturen einfach abzuknallen … das ist eine Sünde, Baldwin. Und irgendwann werden Sie dafür büßen müssen.«

»Hilflose Kreaturen?« Der ältere Baldwin war aufgesprungen. »So nennen Sie diese blutgierigen Bestien? Die haben eines unserer Kälber gerissen, und letztes Jahr haben sie sich an einem Schneehasen vergriffen, der in einer unserer Fallen feststeckte. Hilflose Kreaturen? Auf so was kann doch nur ein sentimentales Weibsstück wie Sie kommen! Was tun Sie überhaupt hier draußen? Warum sind Sie nicht in der Stadt beim Shoppen?« Das »Shoppen« kam angewidert über seine Lippen. »Mädels haben in der Wildnis nichts zu suchen. Schlimm genug, dass man Sie als Ranger zulässt.«

»Ein Chauvi sind Sie also auch noch.«

»Verschwinden Sie, Ranger!«

Die Tür ging auf, und Trooper Eddy Corwin betrat das Lokal, gefolgt von Josh, der so überrascht war, sie zu sehen, dass er wie versteinert stehen blieb.

»Wenn hier jemand verschwindet, dann sind Sie das!«, wies Corwin den älteren Baldwin zurecht. Er hatte den letzten Wortwechsel mitbekommen. »Es sei denn, Sie wollen noch einen Strafzettel. Ihr Pick-up steht im Parkverbot, wenn Sie es noch nicht gemerkt haben. Fahren Sie ihn bitte sofort weg!«

»Aber mein Cheeseburger«, beschwerte sich Rick.

»Ich gebe Ihnen zwei Minuten.«

Natürlich war das Verhalten des State Troopers nicht korrekt, auch wenn der Pick-up der Baldwins tatsächlich im Parkverbot stand. Aber dort parkten viele Wagen und Corwin wäre nicht im Traum darauf gekommen, allen Fahrern einen Strafzettel zu verpassen. Er hatte Anweisung, die Baldwins nervös zu machen, um sie zu einem Fehler zu verleiten. Auch bei der Polizei standen die beiden ganz oben auf der schwarzen Liste. Sie waren nicht nur als Wolfskiller, sondern auch als Wilderer bekannt.

»Sie sollten vorsichtiger sein, Ranger Wilson«, sagte Corwin, als die Baldwins gegangen waren. »Sich mit diesen Hinterwäldlern zu streiten, bringt Ihnen höchstens Ärger ein. Ich verstehe, dass Sie wütend sind. Mir geht es ähnlich. Ich mag Wölfe und würde die Burschen zu gern hinter Gitter bringen. Aber sie sind gerissen und solange wir Ihnen nichts beweisen können, sollten wir uns alle zurückhalten.«

»Und es bei Strafzetteln belassen?«

»Ganz recht«, erwiderte der Trooper. Jetzt erst bemerkte er, dass Josh ihm nicht bis zu Julies Tisch gefolgt war, und drehte sich erstaunt nach ihm um. »Wo bleiben Sie denn, Josh? Sie werden doch keine Angst vor dieser netten Lady haben? Vor einigen Tagen hätte sie die Wolfskiller beinahe auf frischer Tat erwischt. Leider reichten die Beweise nicht aus und wir mussten die beiden laufen lassen.« Er bestellte Kaffee und zwei Cheeseburger und bemerkte, wie Julie und Josh einander ansahen. »Sie kennen sich?«

»Schon länger«, antwortete Josh.

Irgendetwas in seiner Stimme, wahrscheinlich der heisere Tonfall, verriet Corwin, dass sich Josh und Julie etwas zu sagen hatten. Er blickte beide an, dann gab er vor, dringend auf die Toilette zu müssen, und verschwand grinsend.

Josh trat an den Bistrotisch. »Du isst ja gar nichts.«

»Hätte ich beinahe vergessen.« Sie biss in den Cheeseburger und kaute verlegen, wäre am liebsten nach draußen gerannt und zum Park zurückgefahren. Aus der offenen Küche drang lautes Brutzeln. »Hast du wieder trainiert?«

Eigentlich hatte sie vorgehabt, etwas Belangloseres zu sagen, was nichts mit dem unangenehmen Zwischenfall im Park zu tun hatte, aber er nahm ihr die Frage nicht krumm. Er schüttelte den Kopf. »Ich hab das Iditarod abgeschrieben … ich war sowieso spät dran mit dem Training. Und die anderen Rennen lasse ich auch sausen. Ich gehe jetzt erst mal meine Ausbildung an. Ein paar Wochen darf ich bei Trooper Corwin mitfahren. Praktisches Know-how, bevor ich mich bei der Law Enforcement Academy an der UAF einschreibe. Die ganze Ausbildung kostet eine Stange Geld, aber meine Eltern und meine Großeltern haben ein Konto angelegt, außerdem will ich nebenbei etwas arbeiten.«

»Hey«, erwiderte Julie strahlend, »das klingt großartig!«

»Soll ziemlich anstrengend sein, aber was die anderen können, kann ich schon lange. Trooper Corwin will mir bei den Vorbereitungen helfen. Es gibt keine bessere Schule, als selbst am Alltag eines Polizisten teilzunehmen, sagt er. Ich bin froh, dass ich ihn kennengelernt habe … ein guter Mann.« Er bekam seinen Kaffee und rührte nachdenklich ein Stück Zucker hinein. »Tut mir leid wegen neulich«, sagte er schließlich. »Ich war wohl ein wenig empfindlich.«

Sie hatte ein schlechtes Gewissen. »Ein wenig.«

»Und dieser Typ …«

»Dr. John Blake.«

»… du arbeitest mit ihm zusammen?«

»Er ist Biologe an der UAF und leitet das Wolf Monitoring Program in unserem Nationalpark. Wir haben nichts miteinander, Josh, ganz ehrlich. Wir sind Kollegen, weiter nichts. Er hat … er hat mich nur getröstet, weil in der Nacht davor ein Wolf erschossen wurde. Mach dir keine Sorgen, Josh.«

»Dann magst du mich noch?«

»Klar mag ich dich.« Sie legte eine Hand auf seinen Arm. »Sorry, dass du die Sache mit John in den falschen Hals bekommen hast. Er ist ein netter Kollege, aber nichts zum Verlieben … er ist mit seiner Arbeit verheiratet.«

»Du kommst mir auch langsam so vor.«

»Ich will nur einen guten Eindruck machen, Josh. Sobald das halbe Jahr rum ist und ich die Dauerstelle habe, läuft es besser. Aber die Beurteilung ist wichtig und ich kann alles brauchen, nur kein Gefühlschaos.« Sie lächelte versöhnlich. »Wir können uns ja an meinem nächsten freien Tag in Fairbanks treffen und zum Italiener gehen. Ich kann schließlich nicht dauernd Cheeseburger essen. Natürlich nur, wenn du keine Schicht hast.«

»Das kann ich einrichten. Und wann ist dein nächster freier Tag?«

»In zwei Wochen. Am Samstag muss ich zu einer Veranstaltung.«

»Zu ›Save the Wolves‹ in Fairbanks? Da müssen wir auch hin … die Halle sichern.«

»Na, das kann ja heiter werden.« Sie sah, dass Trooper Corwin von der Toilette wiederkam und zog rasch ihre Hand zurück. »Alles okay, Josh«, flüsterte sie, um Josh noch mal zu beruhigen.

»Mach dir keine Sorgen. Alles nur ein dummes Missverständnis.«

»Ich weiß, Julie. Ich weiß …«

11

Den Nachmittag verbrachte Julie im Murie Center. Während Carol sich um die Huskys kümmerte, schrieb sie an ihrem Artikel und merkte schon bald, dass es gar nicht so einfach war, viele Informationen in einen unterhaltsamen Rahmen zu packen. Entweder überfrachtete sie den Artikel mit Infos oder sie wurde zu locker. Es fiel ihr schwer, einen sachlichen und doch lesbaren Stil zu finden. Sie würde wohl noch einige Tage für den Text brauchen.

John kehrte nach der Mittagspause nicht mehr zurück, traf einen befreundeten Biologen, wie sie von dem Rangerkollegen in der Bibliothek hörte. Sie war erleichtert, ihm nicht gleich wieder unter die Augen treten zu müssen. Er hatte wohl kapiert, dass sie sich im Augenblick nicht auf eine Beziehung einlassen wollte, und hielt sich von ihr fern. Weder schickte er eine Mail noch rief er sie an. Auch Josh verhielt sich still, hatte wahrscheinlich genauso wenig Zeit wie sie. Sie war froh, dass er sich endlich um seine Karriere kümmerte und sich an der Law Enforcement Academy anmelden wollte. Und noch besser fand sie die Idee, in seinem Praktikum mit einem State Trooper Streife zu fahren. Trooper Corwin hatte recht, in der Praxis lernte man am besten.

Natürlich hatte sie in dem Hamburger-Lokal ein bisschen geschwindelt. Ihre Gefühle für John waren keineswegs nur kollegial. Immer wenn sie ihn sah, spürte sie ein seltsames Kribbeln im Magen und musste ihren ganzen Willen aufbringen, um nicht schwach zu werden. Er gehörte zu den Männern, die eine Frau mit einem bloßen Lächeln verzaubern konnten. An einem anderen Ort, viele Meilen vom Denali National Park und Josh Alexander entfernt, wäre sie ihm blind gefolgt, hätte sie sich seufzend in seine Arme geschmiegt und von ihm verführen lassen. Was danach gekommen wäre, wusste sie nicht. Er war nicht der Typ, den man heiratete und mit dem man Kinder bekam.

Josh war anders, etwas jünger und sprunghafter und von dem Wunsch getrieben, sich stets im besten Licht zu zeigen. Er wollte immer der Größte und Beste sein und benahm sich manchmal wie ein nervöser Teenager. Gerade deswegen kam seine Entscheidung, sich auf seinen Beruf zu besinnen, so überraschend und plötzlich. Seit sie einander zum ersten Mal begegnet waren, schien er sich verändert zu haben, war erwachsener und reifer geworden. Er war jetzt ein Mann, der Verantwortung übernahm. Immer noch eitel und eifersüchtig und manchmal auch ein wenig verrückt, aber auch jemand, in den sie sich vielleicht verlieben konnte. Doch wenn er sie heute gefragt hätte, ob sie für immer bei ihm bleiben wollte, hätte sie wahrscheinlich gezögert und geantwortet: »Ich brauche noch etwas Zeit, Josh.« Noch so ein Satz, wie er in jedem zweiten Liebesfilm vorkam, aber eben auch sehr wahr.

Froh darüber, etwas Abstand von John und Josh gewonnen zu haben, fuhr sie nach Dienstschluss zum Krankenhaus in Healy. Sie hatte versprochen, den alten Harry Dunn zu besuchen, und war schon einen Tag zu spät dran. Während der Mittagspause hatte sie eine Tafel Schokolade für ihn gekauft, in der sicheren Annahme, dass er für Blumen wenig übrig hatte. Und damit lag sie wohl richtig, denn als sie sein Krankenzimmer betrat und ihm die Schokolade gab, lächelte er zumindest für einen Augenblick. »Tut mir leid, dass ich erst heute komme, aber gestern war bei uns einiges los. Ein Wolf wurde erschossen.«

Harry Dunn wollte sich aufsetzen, sank aber gleich wieder in sein Kissen zurück. Er wirkte schläfrig, wahrscheinlich wegen der starken Schmerzmittel, die man ihm gegeben hatte, und seine Stimme klang schwach und heiser. »Ich hab … hab schon gehört, Miss … Ranger. Haben Sie … Sie den Killer gefasst?«

»Sagen Sie Julie zu mir.« Julie holte sich einen Stuhl und setzte sich neben das Bett des alten Mannes. Das zweite Bett war leer. »Nein … er ist uns leider entkommen. Wir müssen ihn auf frischer Tat ertappen, sonst reichen die Beweise nicht aus.« Sie rückte näher an ihn heran. »Wie geht es Ihnen, Harry?«

»Sie haben mich … mich mit Schmerzmitteln vollgepumpt.« Er blickte auf den Tropf, an dem er hing. »War 'ne ziemliche Prozedur. Ich … ich hab Erfrierungen zweiten Grades.« Er schloss die Augen und kämpfte vergeblich gegen die Tränen an. »Sie hätten mich im … im Schnee liegen lassen sollen, Julie!«

»Bitte, sagen Sie doch so etwas nicht, Harry.«

»Ohne meine Sue-Ellen ist doch alles … alles sinnlos. Wissen Sie, wie lange wir … wir verheiratet waren? Über fünfzig Jahre! Ich hab … hab sie damals auf einer County

Fair in Ohio kennengelernt … sie verkaufte Zuckerwatte, und ich … ich sagte ihr, sie wäre … wäre das süßeste Ding im ganzen Universum.« Er versuchte ein Lächeln, das aber nur teilweise gelang. »Ziemlich blöde Anmache, nicht wahr? Aber … aber sie hat was genützt. Ein halbes … halbes Jahr später waren wir verheiratet.« Die Erinnerung gab ihm neue Kraft, und in seine Augen trat ein schwacher Glanz, der aber sofort wieder verblasste. »Leider … leider konnte sie keine … keine Kinder bekommen. Ich fing als Tankwart bei einer Texaco-Tankstelle an …« Er zögerte. »Aber ich … ich langweile Sie sicher …«

»Im Gegenteil, Harry. Erzählen Sie weiter.«

»Als der Krieg in Vietnam begann, meldete ich mich freiwillig.«

Über die alten Zeiten zu reden, tat ihm gut. Seine Stimme wurde fester und sicherer und er stotterte kaum noch. »An die Front kam ich erst 1968. Das war das schlimmste Jahr des Krieges. Schon mal von der Tet-Offensive gehört? Damals brannte es an der gesamten Front und ich war mittendrin. Dass ich nicht getötet oder verwundet wurde, habe ich Sue-Ellen zu verdanken. Sie zündete jeden Tag eine Kerze für mich an und betete für mich und meine Kameraden. Und ich kam tatsächlich heil zurück. Danach wurde ich nach Alaska versetzt und Sue-Ellen und ich zogen nach Anchorage. Dort lebten wir, bis …«, seine Augen füllten sich mit Tränen, »… bis Sue-Ellen diesen verdammten Krebs bekam und …« Er schniefte und griff dankbar nach dem Kleenex, das Julie ihm reichte. »Drei Monate ist das nun schon her und mir wird immer klarer, dass ich ohne sie nicht leben kann.

Ich muss ständig an sie denken, an unsere gemeinsamen Urlaube im Nationalpark … sie liebte Denali. So muss die Welt am Schöpfungstag ausgesehen haben, sagte sie immer. Zwei Monate wollten wir im kommenden Sommer im Park verbringen und jetzt …« Er schniefte. »Sie hätten mich im Schnee liegen lassen sollen, Julie!«

Bevor Julie protestieren konnte, betrat eine Krankenschwester den Raum und lächelte, als sie die junge Frau an Harrys Bett sah. »Das ist schön, dass Sie Harry besuchen kommen. Er musste sich gestern eine Menge von unseren Ärzten gefallen lassen und braucht dringend etwas Zuspruch. Ein freundliches Wort ist oft mehr wert als die beste Pille.« Sie blickte auf die elektronische Anzeige mit Blutdruck und Puls und nickte zufrieden. »Das sieht sehr gut aus, Harry. Sind Sie mit ihm verwandt, Miss?«

»Ranger Wilson«, stellte sie sich vor. »Ich habe ihn gefunden.«

»Dann haben Sie sein Leben gerettet.«

»Ich habe nur meine Pflicht getan«, wehrte Julie verlegen ab.

Die Schwester untersuchte die leichten Verbände an seinen Händen. »Die wechseln wir morgen früh nach der Visite, Harry. Der Doktor muss überprüfen, ob sich die Blasen zurückgebildet haben.« Sie stellte ihm ein Döschen mit zwei Tabletten auf den Nachttisch. »Falls Sie nicht schlafen können.«

»Haben Sie denn keine Verwandten oder Freunde mehr, die Sie besuchen könnten?«, fragte Julie, nachdem die Schwester das Zimmer verlassen hatte.

Harry wischte sich die Tränen aus den Augen. »Eine Stiefschwester in Ohio, aber die hat sich schon seit Jahrzehnten nicht mehr gemeldet. Nicht mal zur Beerdigung meiner Sue-Ellen ist sie gekommen. Sie ist mit einem arroganten Rechtsanwalt verheiratet, der uns wahrscheinlich für Aussätzige hielt, weil wir so wenig verdienten.«

»Machen Sie sich nichts draus, Harry. Wer so denkt, hat es auch nicht verdient, zu Ihnen nach Alaska zu kommen. Es gibt genügend andere Leute, die sich freuen würden, sich mit Ihnen zu treffen. Männer, die ebenfalls verwitwet sind und genauso leiden wie Sie. Und Frauen, die ihre Männer begraben mussten. Die dachten auch alle, die Welt würde untergehen, als sie ihre Liebste oder ihren Liebsten verloren haben. In der Gruppe haben sie neuen Lebensmut gefunden. Es gibt sogar Senioren, die sich jedes Jahr zu einer Sternfahrt mit ihren Wohnmobilen und Campern treffen. Das wäre doch was für sie.« Julie hatte sich schlau gemacht, bevor sie zum Krankenhaus gefahren war. »Ich hab Ihnen die Adressen rausgeschrieben.« Sie legte den Zettel mit den Adressen auf den Nachttisch. »Ihre Zeit hier ist längst noch nicht zu Ende, Harry, das Leben hält noch so viel für Sie bereit. Glauben Sie mir, Sue-Ellen freut sich wahrscheinlich, wenn sie vom Himmel herabblickt und Sie wieder einigermaßen glücklich sieht. Ich bin sogar sicher, dass sie sich freut.«

Harry lächelte schwach. »Sie können ziemlich überzeugend sein junge Dame, wissen Sie das? Wesentlich überzeugender als der Psycho-Doc hier im Krankenhaus. Der leierte nur den Text runter, den er wahrscheinlich allen Patienten erzählt. Und Sue-Ellen hat er mit keinem einzigen Wort erwähnt.«

»Rufen Sie mich an, wenn Sie sich mal aussprechen wollen«, sagte Julie, bevor sie ging. »Und sagen Sie rechtzeitig Bescheid, wenn Sie im Sommer mit Ihren neuen Freunden den Nationalpark besuchen. Dann gehen wir gemeinsam auf eine Wanderung. Versprechen Sie mir, dass Sie kommen?«

»Wer könnte Ihnen widersprechen, Julie?«

Julie lachte. »Machen Sie es gut, Harry! Und vergessen Sie nicht, Ihre Schlaftabletten zu nehmen. Auf dem Zettel steht meine Handynummer ... für alle Fälle. Sie können mich jederzeit anrufen, okay? Gute Besserung, Harry!«

An diesem Abend fühlte sich Julie wesentlich besser. Sie hatte dem alten Mann gerne zugehört und keine leeren Phrasen gedroschen, als sie ihm versprochen hatte, stets für ihn da zu sein. Dass es keinen Menschen gab, der ihm noch nahestand, hatte sie erschreckt und an ihre Mutter erinnert, die schon seit einigen Jahren mit einem anderen Mann in Kalifornien lebte und ebenfalls kaum noch anrief. Ihr Vater war allein geblieben, hatte weder Zeit für eine neue Beziehung noch für sie.

»Meine Familie ist mir am wichtigsten«, hörte sie häufig in Interviews mit Prominenten. In den meisten Fällen handelte es sich wahrscheinlich um eine Phrase, die den Zuschauer für den jeweiligen Star einnehmen sollte. Aber es war etwas Wahres dran. Wie düster war das Leben, wenn es keine Verwandten, Freunde und Bekannten gab? Sie würde sich mehr um ihre Eltern kümmern, dafür sorgen, dass ihre Familie nicht endgültig auseinanderfiel. Auch ein Chefarzt brauchte nicht dauernd zu arbeiten. Bis sie ihren Vater wiedersah, würde jedoch mindestens eine Woche vergehen.

Am Samstagmorgen, ihrem freien Tag, verabschiedete sie sich gleich nach dem Frühstück von Carol: »Sag Chuck, dass ich mich am Sonntag um ihn kümmere. Er ist wahrscheinlich schon sauer, weil ich mich so selten bei ihm blicken lasse. Bis heute Nacht ... ich glaube, es wird spät.«

»Pass gut auf dich auf, Julie! Es gibt bestimmt Zoff.«

Superintendent Green war bereits abfahrbereit, als sie ihn abholte. Er trug seine beste Uniform und duftete nach einem teuren Rasierwasser.

Ein Dienstwagen des Denali National Parks stand schon bereit. Nachdem sie eingestiegen waren, reichte er ihr eine Mappe mit dem Vortrag, den er am späten Nachmittag an der University of Alaska in Fairbanks halten würde. »Lesen Sie bitte noch mal drüber, Julie, vielleicht fällt Ihnen noch was Zündendes ein.«

Julie bezweifelte, zum Thema »Save the Wolves – Rettet eine bedrohte Tierart« mehr sagen zu können als der ranghöchste Ranger des Denali National Parks, las den Vortrag aber während der Fahrt nach Fairbanks interessiert durch und war begeistert, wie leidenschaftlich sich der Superintendent für die Wölfe einsetzte. »Ich schätze mich glücklich, den größten Teil meines Lebens in freier Natur verbracht zu haben«, hieß es im letzten Absatz seines Vortrags, »und ich betrachte es immer noch als ein Geschenk, während meiner Arbeit in der Wildnis des Denali National Parks so stolze und intelligente Tiere wie Wölfe beobachten zu können. Allein durch ihre Gegenwart bereichern sie unser

Leben. Jedes einzelne Tier in unserem Nationalpark erfüllt eine bestimmte ökologische Rolle, doch Wölfe ragen aus der Masse der anderen Tiere heraus: mit ihrer ungewöhnlich hohen Intelligenz, ihrer Fähigkeit, Gefühle ausdrücken zu können, ihrer ungewöhnlichen Kraft und ihrer sozialen Struktur, die unserer Familie sehr nahe kommt. Lassen Sie uns diese großartigen Tiere schützen! Überlassen wir sie nicht fanatischen Jägern, die sie als blutgierige Bestien verteufeln und wahllos niederschießen! Rettet die Wölfe und damit eine faszinierende Tierart, die sonst vom Aussterben bedroht würde.«

Julie ließ den letzten Satz sacken und lehnte sich lächelnd zurück. »Das ist ein ganz besonderer Vortrag«, lobte sie ihn, »und das sage ich bestimmt nicht, weil Sie mein Superintendent sind. Da ist alles drin, und man spürt vor allem die große Leidenschaft, mit der Sie sich für die bedrohten Wölfe einsetzen. Ich hoffe, der Artikel, den ich gerade schreibe, ist nur annähernd so gut.« Sie schob die ausgedruckten Seiten in die Mappe und legte sie auf den Rücksitz.

»Vielen Dank«, erwiderte er, »gerade von einer jungen Rangerin, die noch nicht fest im Betrieb verankert ist wie wir anderen, freut mich dieses Lob besonders.« Eine Zeit lang war nur das Knarren der Scheibenwischer zu hören, die er gegen das stärker gewordene Schneetreiben eingeschaltet hatte, dann erwähnte er: »Habe ich Ihnen schon gesagt, dass Sie auch sprechen werden?«

Julie erschrak. »Ich?«

»Während meines Vortrags«, klärte er sie auf. Die Scheibenwischer arbeiteten wie wild gegen das Schneegestöber an, und er nahm den Blick nicht von der Straße. Die Lichtkegel der Scheinwerfer ließen den Schnee glitzern. »Wenn ich es Ihnen früher gesagt hätte, wären Sie vielleicht nervös geworden und hätten nicht einschlafen können. Und was nützt mir eine unausgeschlafene und nervöse Rangerin, wenn wir bei diesem hochbrisanten Thema die Nase vorn haben wollen?« Er ging mit dem Tempo runter, als ihnen ein Truck entgegenkam und mit aufgeblendeten Scheinwerfern an ihnen vorbeibrauste. »Außerdem möchte ich, dass Ihre Worte nicht einstudiert klingen und von Herzen kommen. Aber keine Angst. Sie sollen nur erzählen, was Sie empfunden haben, als Sie die toten Wölfe im Schnee liegen sahen. Nehmen Sie kein Blatt vor den Mund. Stellen Sie sich einfach vor, Sie würden es einem Freund oder einer Freundin erzählen. Die Zuhörer sollen spüren, mit welchen Emotionen auch wir Ranger in einer solchen Situation zu kämpfen haben. Wir müssen ihnen vermitteln, wie sehr uns die Tiere am Herzen liegen.« Jetzt blickte er sie doch an. »Glauben Sie, Sie schaffen das, Julie?«

»Sicher«, antwortete sie. »Obwohl … ein bisschen Angst habe ich schon.«

»Mussten Sie auf der Highschool nie was vortragen?«

»Doch … einmal sogar vor der ganzen Schule. Ich war die Julia in einer Szene aus ›Romeo und Julia‹ … passte ja auch zu meinem Namen. Leider war die Aufführung ein ziemliches Desaster und wir mussten zwei Wochen später noch mal auftreten. Das hat mir den Spaß an öffentlichen Auftritten erst mal gründlich verdorben.«

Der Superintendent grinste. »So schlimm wird es hoffentlich nicht werden. Seien Sie einfach sie selbst, so wie immer, dann kann gar nichts passieren.«

»Ich werde mich bemühen, Sir.«

Wenig später erreichten sie Fairbanks. Die Sonne musste längst aufgegangen sein, aber davon war in der Stadt nichts zu spüren, wie düstere Schatten ragten die mehrstöckigen Häuser am Ufer des Chena River empor. Der Himmel war wolkenverhangen und die einzige Helligkeit kam von den erleuchteten Fenstern und den Straßenlampen. Die digitale Uhr an einem der Gebäude zeigte zehn Uhr morgens an, aber genauso gut hätte es zehn Uhr abends sein können. Selbst die Durchgangsstraßen wiesen eine dichte Schneedecke auf.

Sie bogen nach Norden ab und fuhren über eine gewundene Straße zur Universität empor. Schon aus der Ferne sahen sie, dass eine Gruppe von ungefähr zehn Männern die Straße versperrte und ihnen trotz der Kälte mit Transparenten wie »Killt alle Wölfe!« und »Weg mit den Bestien!« entgegenkam. Julie konnte Rick und Brian Baldwin unter den Männern ausmachen. Die beiden schienen die Rädelsführer zu sein und die anderen noch weiter aufzuhetzen. »Killt alle Wölfe! Killt alle Wölfe!«, riefen sie so laut, dass Julie und der Superintendent es in ihrem Wagen hörten. Und als sie den Dienstwagen des Nationalparks erkannten: »Weg mit den Rangern!«

Dem Superintendent blieb nichts anderes übrig, als anzuhalten. Er sah mehr gestresst als verärgert aus, hatte wohl mit einem solchen Empfang gerechnet und blickte den Männern misstrauisch entgegen. »Die Baldwins, wer sonst?«, sagte er mehr zu sich selbst. Sicherheitshalber griff er nach seinem Handy.

Julie beschlich ein ungutes Gefühl, als die Männer immer näher kamen, und schloss erschrocken die Augen, als plötzlich eine Salve von festen Schneebällen auf den Wagen prasselte. Sie richteten keinen Schaden an, kleisterten aber die gesamte Windschutzscheibe zu und zeigten Julie und dem Superintendent, wie erwünscht sie bei den Baldwins und ihren Leuten waren.

Als die Polizeisirenen aufheulten und mehrere Streifenwagen heranbrausten, war der Spuk bereits vorbei, und die Männer flohen aufs Uni-Gelände und tauchten in den Gebäuden unter. Die Trooper machten keine Anstalten, sie zu verfolgen. Solange Schneebälle statt Kugeln flogen, war alles okay.

Julie und der Superintendent stiegen aus und kratzten die Windschutzscheibe sauber. »Sorry, aber die spielen schon den ganzen Morgen verrückt!«, rief ihnen ein Trooper zu. »Die sind schwerer zu bändigen als kleine Kinder.«

»Solange sie nur mit Schneebällen werfen«, erwiderte der Superintendent.

12

Das Murie Building Auditorium der University of Alaska platzte aus allen Nähten. »Save the Wolves – Rettet eine bedrohte Tierart« war ein Thema, das jeden in Alaska interessierte und so aufgeladen war, dass es schon auf dem Weg in den Vortragssaal zu lautstarken Wortwechseln kam. Die Tierschützer, angeführt von einem Vertreter von Greenpeace und Louise Fletcher, und die Wolfsgegner, aufgeheizt durch die Parolen der beiden Baldwins, standen sich auf der Treppe gegenüber und stritten lauthals. Hätten nicht Polizisten an den Eingängen und im Auditorium gestanden, wäre es schon vor Beginn der Veranstaltung zu einer Rangelei gekommen.

Julie fiel es schwer, ihre Gefühle im Zaum zu halten, nicht nur wegen der Ansprache, zu der sie der Super während seines Vortrags bitten würde, sondern auch wegen der Anwesenheit von Dr. John Blake, der mitverantwortlich für die Veranstaltung war und während eines Seminars am frühen Nachmittag sein Wolf Monitoring Program erläutert hatte. Obwohl er überall gebraucht wurde und nur ein paar Worte mit ihr wechseln konnte, spürte sie jedes Mal, wenn er in ihrer Nähe war und sie anblickte, wie ihr Herz schneller zu schlagen begann. Es kostete sie einige Anstrengung, sich vor dem Superintendent nichts anmerken zu lassen, und so zu tun, als wäre er nur ein Kollege.

Auch John schien gegen seine Gefühle anzukämpfen, errötete fast jedes Mal, wenn sich ihre Blicke kreuzten, und verhielt sich betont neutral, als er etwas zu ihr sagte. Julie versuchte dasselbe, brauchte nur an das zu denken, was sie Josh gesagt hatte, um das Kribbeln aus ihrem Bauch zu vertreiben. Sie hatte ihn belogen, das stand fest, denn irgendwas geschah mit ihr, wenn John in ihrer Nähe war. Was sie allerdings sehr ernst gemeint hatte, war, dass sie sich nicht durch alberne Beziehungsprobleme von ihrer Arbeit abbringen lassen wollte. Nicht auszudenken, wenn sie mit John etwas anfangen würde. Es könnte ihr zwar niemand verbieten, würde aber zeigen, dass für sie Arbeit und Karriere nicht an erster Stelle standen.

Julie und der Superintendent warteten in einem Nebenraum und stärkten sich mit Häppchen und Kaffee, während die Zuhörer in das Auditorium drängten. Statt John, der an einem Informationsstand neben dem Eingang stand, betreute sie eine junge Professorin aus dem English Department, die sich bei Greenpeace engagierte und schon jahrelang für den Tierschutz eintrat. Seit einigen Monaten blieb sie allerdings eher hinter den Kulissen, nachdem sie sich eine Ermahnung wegen einer Kampagne gegen japanische Walfänger eingehandelt hatte. Öffentliche Aktionen sah man ungern bei der University of Alaska.

Für Julie in ihrer frisch gebügelten Uniform und einige andere Offizielle und VIPs waren Stühle neben der Bühne reserviert. Julie verschlug es fast den Atem, als sie das Auditorium betrat und die vollbesetzten Stuhlreihen sah. Zahlreiche Zuhörer standen an der Wand und an den Fenstern, weil sie keinen Sitzplatz gefunden hatten, und es drängten immer noch Menschen herein.

An den Transparenten und Schildern, die viele Zuhörer emporreckten, konnte man deutlich sehen, wie die Sympathien verteilt waren. Auf der linken Seite an der Wand standen die Wolfsgegner, angeführt von Rick und Brian Baldwin, die beide sogar Mützen mit dem Schriftzug »Kill the Wolves« trugen und ein Transparent mit der gleichen Aufschrift hielten. Auf die Fensterseite hatten sich die Wolfsbefürworter geschlagen, vertreten durch einige Greenpeace-Leute, Louise Fletcher und ihre Gruppe von Naturschützern, die vergrößerte Fotos von erschossenen Wölfen und ein Schild mit der Aufschrift »Wer sind hier die Bestien« mitgebracht hatten. Beide Parteien beschimpften sich lautstark, gefilmt von der Kamera eines lokalen Fernsehsenders mit einer Reporterin, die eindringlich auf den Kameramann einredete und ihn auf lohnenswerte Motive hinwies.

Die Professorin aus dem English Department brauchte geschlagene fünf Minuten, um die Zuhörer einigermaßen ruhig zu bekommen. Irgendjemand hatte ihr eine Glocke gereicht, die sie ausgiebig läutete. Sie würdigte den Superintendent in einer kurzen Einführung und verkündete dann: »Ladys and Gentlemen, der Superintendent des Denali National Parks … John W. Green!«

Green trat ans Podium und wartete geduldig, bis sich die Aufregung einigermaßen gelegt hatte. »Ich glaube, das letzte Mal ging es hier so zu, als die Uni beschloss, die Studiengebühren anzuheben«, entschärfte er die Situation und hatte die Lacher auf seiner Seite. Dann begann er mit seinem Vortrag. In seiner Einführung ging er auf die irrige Meinung vieler Leute ein, Wölfe seien blutgierige Bestien, die nichts anderes im Sinn hätten, als sich auf Menschen und Tiere zu stürzen und sie mit ihren scharfen Zähnen zu zerreißen.

»Und genau das tun die verdammten Viecher!«, schimpfte Rick Baldwin aufgebracht. Die anderen Wolfsgegner unterstützten seine Worte mit lautem Gejohle und Geklatsche. »Sie hätten das junge Kalb sehen sollen, das sie im letzten Frühjahr gerissen haben. Das bringen nur blutgierige Bestien fertig!«

»Wölfe sind keine Bestien«, ließ sich der Super nicht aus der Ruhe bringen. Er erzählte das, was Julie auch immer betonte, dass Wölfe den Menschen ähnlicher waren, als viele dachten, und Zweibeiner nur im äußersten Notfall angriffen. »Und was Ihr Kalb betrifft, Mister Baldwin: Der häufigste Grund für den Tod von Rindern und Kälbern sind Krankheiten. Ich habe hier einige Zahlen. Im letzten Jahr haben Wölfe ungefähr achttausend Rinder und Kälber getötet – nicht in Alaska, in den ganzen USA. Sie glauben, das ist viel? Im gleichen Zeitraum gingen über eine Million Rinder an Atemwegserkrankungen ein. Über eine Million! Und wenn Ihnen diese Zahlen noch immer nicht reichen: Normale Haushunde haben dreimal so viele Rinder und Kälber getötet. Müssen wir deshalb jetzt alle Schäferhunde und Collies töten? Sogar Geier … jawohl, Geier … töten mehr Rinder und Kälber als Wölfe, und ich habe noch nie gehört, dass wütende Farmer auf Geier-Jagd gehen. Aber bei Wölfen sehen sie rot. Das ist unfair. Wölfe gehören zu Alaska wie Grizzlys und Elche, und wir sollten diesen Tieren einen angemessenen Lebensraum zugestehen. Sie sorgen für das ökologische Gleichgewicht, das haben unsere Beobachtungen und Experimente im Denali National Park auf eindrucksvolle Weise bewiesen. Machen wir den Wolf nicht länger für etwas verantwortlich, das allein wir Menschen verschuldet haben: die Zerstörung unserer Umwelt und des Lebensraums unserer Pflanzen und Tiere. Wann erkennen wir, dass wir damit nicht nur unsere Umgebung, sondern auch uns selbst vernichten?«

Julie wurde langsam nervös. Sie hatte keine Ahnung, wann der Super sie auf das Podium rufen würde. Auf sein Anraten hatte sie sich keine Notizen gemacht. Ihre Worte sollten spontan und emotional sein, aber bis jetzt wusste sie noch nicht einmal, wie sie anfangen würde. Als sie merkte, dass die Kamera auf sie schwenkte, versuchte Julie, ihre Anspannung mit einem Lächeln zu überspielen, was ihr aber nur schlecht gelang. Und dass sie in diesem Augenblick sah, wie John das Auditorium betrat, war auch nicht besonders hilfreich. Sie beobachtete, wie er sich an die Wand neben der Tür lehnte.

Der Superintendent war kein kühler Denker, der nur mit Statistiken und Zahlen argumentierte. Als er auf die Wolfskiller zu sprechen kam, wurde er richtig wütend: »Für uns Ranger ist es nur schwer zu verstehen, dass die Regierung immer noch erlaubt, Wölfe außerhalb der Parkgrenzen zu töten. Eine preiswerte Fallensteller- oder Jagdlizenz reicht aus, um auf Wolfsjagd zu gehen. Und die Jäger nutzen nur zu oft grausame Methoden, um diese herrlichen Tiere zu jagen. Sogar aus der Luft werden Wölfe zuerst erbarmungslos gehetzt und dann erschossen. Wussten Sie, dass einige Wolfsjäger sogar die Höhlen der Tiere suchen und die Jungen mit Schaufeln erschlagen? Oder dass sie die erwachsenen Tiere erschießen und ihre Jungen qualvoll verhungern lassen? Warum sind sie so wild darauf, diese Tiere zu töten? Kaum jemand isst Wolfsfleisch, und Wolfspelze sind ebenfalls längst aus der Mode. Wir verlangen, dass die Gesetze so schnell wie möglich geändert werden und den Bewohnern des Staates zumindest in der Nähe des Denali National Parks verbieten, Wölfe wie tolle Hunde zu töten.«

»Das fehlte noch!«, brüllte Rick Baldwin, begleitet vom Aufschrei seiner Gesinnungsgenossen, die schon seit Jahren gegen ein solches Gesetz kämpften. »Vielleicht sollen wir den Bestien noch einen roten Teppich ausrollen und ihnen unsere besten Kälber, Schafe und Hühner bringen. Wir wollen kein neues Gesetz! Wir wollen, dass die mordgierigen Biester aus Alaska verschwinden!«

»Mörder!«, schrie Louise Fletcher über die aufgebrachte Menge hinweg.

»Gemeine Mörder seid ihr! Warum bringt ihr euch nicht gegenseitig um?«, stimmte ihr Sohn mit ein.

»Ich würde euch sogar die Patronen schenken!«, rief nun auch Randy Bradshaw. Er war genauso aufgebracht wie die Baldwins. »Schießt euch gegenseitig über den Haufen, dann werfen wir eure Leichen den Wölfen zum Fraß vor. Obwohl ich nicht sicher bin, ob die so abgefuckte Verbrecher wirklich mögen.«

»Arroganter Schnösel!«, tobte Rick. »Dir werde ich zeigen, wer hier wen umbringt! Sieh bloß zu, dass du nachher möglichst schnell verschwindest, sonst hängen wir dich am nächsten Ast auf! Dann fressen dich die Geier!«

»Randy!«, wies Louise Fletcher den Freund ihres Sohnes zurecht.

»Ist doch wahr!«, erwiderte der.

Inzwischen hatten sich einige State Trooper im Raum verteilt, darunter auch Eddy Corwin, der sich wie immer lässig und unbeeindruckt gab, aber bereit war, sofort einzugreifen, falls es gefährlich werden würde. Josh war in seinem Schlepptau, suchte nach Julie und winkte verstohlen, als er sie entdeckt hatte.

»Meine Herren, ich darf doch sehr bitten«, wies der Superintendent die Streithähne zurecht, »wir sind in einem Auditorium der Universität und nicht auf einem Kampfsportplatz. Setzen Sie Ihre Energie lieber zur Rettung unserer Natur ein, zum Beispiel, indem sich endlich die Feiglinge melden, die ein bestehendes Gesetz übertreten und Wölfe auf dem Gebiet unseres Nationalparks erschossen haben. Wie muss ein Mensch gestrickt sein, und welchen Hass muss er empfinden, wenn er bei Nacht und Nebel in unseren Nationalpark eindringt, um dort unschuldige Wölfe zu töten? Meine junge Kollegin, Ranger Julie Wilson, war dabei, als wir die Opfer dieser Wolfskiller fanden.« Der Super blickte auf sie herab. »Julie, warum erzählen Sie den Zuhörern nicht, wie es war, als sie die ermordeten Wölfe fanden?«

Obwohl Julie auf ihren Auftritt vorbereitet war, stand sie doch etwas wackelig auf den Beinen, als sie die kleine Treppe zum Podium emporstieg. Von den Baldwins und ihren Leuten schlug ihr sofort offene Feindseligkeit entgegen, empfingen sie Lästereien wie »Die hat uns gerade noch gefehlt!« oder »War ja klar, dass die auch ihren Senf dazugeben muss!«. Louise Fletcher und ihre Tierschützer, die Julie bei den Hundezwingern besucht hatten, jubelten ihr aufmunternd zu. Ein schneller Blick zeigte ihr, dass sich auch Josh von der Begeisterung der Tierschützer anstecken ließ und der Reporterin des Fernsehsenders rasch etwas zuflüsterte.

Julie beugte sich über das Mikrofon. »Ich bin Julie Wilson und arbeite seit ein paar Wochen als Praktikantin im Denali National Park. Während dieser Zeit habe ich das Wolfsrudel vom Rock Creek beobachten dürfen und war vom Verhalten dieser Tiere tief beeindruckt. In einem Rudel halten sie wie Pech und Schwefel zusammen, jeder hat seine Aufgabe und hilft dem anderen beim Überleben. Ihre …« Sie suchte nach dem passenden Wort. »Ihre kraftvolle Eleganz, ihre wilde Entschlossenheit, in dieser urwüchsigen Natur zu überleben, ist einzigartig, und ich bin froh, diese Tiere so hautnah erlebt zu haben. Niemals hätte ich mir vorstellen können, dass es Menschen gibt, die diese edlen Tiere mutwillig erschießen.« Sie ließ ihren Blick auf den Baldwins ruhen und rief einen Sturm der Entrüstung hervor. Die Wolfsgegner belegten sie mit den übelsten Schimpfwörtern, bis der Superintendent sich einmischte und rief: »Lassen Sie die Rangerin bitte ausreden, meine Herren!«

Die Baldwins beruhigten sich nur langsam und fingen noch einmal an zu toben, als Julie von dem Abend erzählte, an dem sie beobachtet hatte, wie der angeschossene Wolf durch den Wald zum Highway gelaufen und dort tot zusammengebrochen war. »Rick und Brian Baldwin, die beiden

Männer mit den ›Kill the Wolves‹-Mützen, haben die Erschießung des Wolfs zugegeben. Wenn sie den Wolf außerhalb des Nationalparks erschossen haben, waren sie im Recht. Nicht im Recht war der Schütze, der Banu, den Anführer des Rock-Creek-Rudels, am linken Vorderlauf verletzte, denn er befand sich innerhalb der Parkgrenzen. Ob er weiß, wie schwer es Banu haben wird, seine Stellung innerhalb des Rudels zu behalten? Ich werde den Augenblick nie vergessen, als ich Banu über eine Lichtung humpeln sah, schwer verletzt und kaum noch fähig, mit den anderen Wölfen mitzuhalten. Wir haben es Dr. John Blake und unserem Tierarzt zu verdanken, dass er noch eine Überlebenschance hat. Sie haben ihn verarztet und verbunden.« Sie ließ ihre Worte wirken und holte tief Luft, bevor sie fortfuhr: »Und dann Barney, ein alter Einzelgänger, der von einem Jäger auf einem Snowmobil erschossen wurde. Gleich zwei Vergehen, denn weder das Fahren mit einem Snowmobil noch die Jagd auf Wölfe sind innerhalb der Parkgrenzen erlaubt. Barney hatte keine Chance. Die Kugel zerschmetterte seinen Unterkiefer, und er verblutete im Schnee. Wir kamen zu spät, um ihn noch zu retten. Eine hilflose Kreatur, die keinem etwas zuleide hätte tun können, beinahe schon zu alt für die Jagd und auf das Aas angewiesen, das er innerhalb der Parkgrenzen finden kann. Es war …« Wieder suchte sie nach den richtigen Worten. »… entwürdigend für einen ehemals so stolzen Jäger wie ihn, auf diese Weise zu sterben. Ich sehe ihn jetzt noch dort liegen, das viele Blut, das in den Schnee gesickert war, seine schmerzerfüllten Augen, sein blutverschmiertes Fell …« Ihr stockte die Stimme. »Es war … es war so furchtbar …«

Als sie auf ihren Platz zurückkehrte, war es für einen Augenblick ganz still. Selbst die Wolfsgegner schienen von ihren Worten beeindruckt zu sein, doch dann brachen die Gefühle durch, und sie überboten sich gegenseitig mit ihren Beschimpfungen. »Lügen … alles nur Lügen!«, lästerte Rick Baldwin. »Sie drückt auf die Tränendrüse, um alle auf ihre Seite zu ziehen! Ein uralter Trick! Als wären diese Bestien harmlose Schoßhündchen. Ich sage, sie sind gemeine Räuber und haben es auf unsere Rinder, Schafe und Hühner abgesehen. Nach denen fragt keiner, aber die lagen genauso in ihrem Blut wie der alte Wolf. Wir müssen diese Bestien endlich loswerden!«

»Genauso ist es!«, brüllte nun auch sein Sohn los. »Wenn sie recht hätte, müssten wir auch Mitleid mit einem Serienkiller bekommen! Serienkiller sind die Bestien und deshalb müssen sie sterben! Killt alle Wölfe!«

»Killt alle Wölfe! Killt alle Wölfe!«, fielen noch mehr ein.

Auf der anderen Seite stieg Louise Fletcher auf einen Stuhl und konterte: »Wisst ihr überhaupt, was ihr da sagt? Ihr tötet doch nur, weil es euch Spaß macht! Wie kleine Jungen beim Computerspiel, wenn sie ein Monster umlegen! Wann werdet ihr endlich vernünftig, verdammt? Habt ihr denn keine Ehrfurcht vor dem Leben? Pfui Teufel, mir wird übel, wenn ich euch nur sehe!«

»Rettet die Wölfe! Rettet die Wölfe!«, erklang es hinter ihr.

Um nicht vollkommen in dem Tumult unterzugehen, kürzte der Superintendent seinen Vortrag ab und bedankte sich mit den Worten: »… würde ich mich freuen, wenn auch die hartgesottenen Wolfsgegner unter Ihnen noch mal nachdenken und sich für den Erhalt unserer Wildnis entscheiden würden.«

Julie folgte dem Superintendent in den Nebenraum und atmete erleichtert auf, als sich die Tür hinter ihnen schloss. Sie ließ sich auf einen Stuhl fallen und verbarg ihr Gesicht in beiden Händen. Ihre Augen füllten sich mit Tränen. »Warum sind die Leute so aggressiv?«, fragte sie, als sie die Kraft fand, wieder aufzublicken. »Warum benehmen sie sich wie schießwütige Killer?«

»Es geht um einen uralten Streit der Menschheit«, erklärte der Superintendent. »Die einen wollen sich die Natur untertan machen. Sie wollen Felder anlegen, Vieh züchten, Häuser bauen und Fabriken errichten. Die Wildnis und ihre Bewohner machen ihnen Angst und für diese Bedrohung stehen vor allem die Wölfe, weil die meisten glauben, sie wären blutgierige Räuber, die kein Mitleid mit ihren Feinden kennen. Leute wie wir, die in der Wildnis arbeiten und sie genau kennen, wissen es besser. Wir wollen zumindest einen Teil unseres Landes vor der Erschließung schützen, weil wir einen unschätzbaren Teil der Natur verlieren würden, wenn wir so rücksichtlos gegen unsere Umwelt vorgingen. Alaska soll das bleiben, wofür es berühmt wurde, eine urwüchsige Wildnis, in der auch Wölfe und Bären ihren Platz haben.«

Julie griff nach einer Flasche Limonade und trank einen Schluck. Sie merkte gar nicht, wie John den Raum betrat und dem Superintendent für seinen Vortrag dankte. »Und Sie waren ebenfalls großartig, Julie!«, lobte er sie.

Sie bemerkte ihn erst jetzt. »Danke … vielen Dank, John.«

»Sie waren tatsächlich sehr gut«, bekräftigte der Superintendent, »genau so, wie ich es mir erhofft hatte. Ich bin sicher, heute Abend in den Nachrichten werden vor allem Sie zu sehen sein. Ich bin stolz auf Sie, Ranger.«

»Vielen Dank, Sir. Ich wollte nur ehrlich sein.«

»Das waren Sie, Julie. Ich würde vorschlagen, Sie gehen schon mal zum Wagen vor und warten dort auf mich, bevor diese Reporterin Sie mit Beschlag belegt. Ich hab das untrügliche Gefühl, dass sie bald hier auftauchen wird. Setzen Sie sich ins Auto, ich komme in ein paar Minuten nach.«

Er gab ihr den Schlüssel, und sie stand auf. »Aye, Sir.«

13

Julie verließ das Gebäude durch eine Seitentür. Ihre Hoffnung, die meisten Zuhörer hätten das Gelände bereits verlassen, erfüllte sich nicht. Ganz im Gegenteil, die militanten Wolfsgegner, angeführt von Rick Baldwin und seinem Sohn, lieferten sich ein heftiges Wortgefecht mit einigen aggressiven Tierschützern. Unter ihnen war auch Randy Bradshaw, der sogar mit erhobenen Fäusten auf einen der Wolfsgegner losging und sich dafür eine blutige Nase holte.

»Aufhören! Sofort aufhören!«, rief einer der Trooper. Er bahnte sich einen Weg zu den Streithähnen und knöpfte sie sich vor. »Noch ein Schlag und Sie wandern beide ins Gefängnis! Das gilt auch für alle anderen! Verlassen Sie das Grundstück! Der Uni-Campus ist Privatgelände und Sie handeln sich eine Anzeige wegen Hausfriedensbruchs ein, wenn Sie sich weiter danebenbenehmen! Gehen Sie nach Hause! Hier Krawall zu machen, bringt Sie auch nicht weiter.«

Julie nutzte die Aufregung, um unbemerkt über den Parkplatz zu laufen, und hatte nur das Pech, ihren Wagen nicht gleich zu finden. Als sie ihn endlich neben einem Pick-up stehen sah, war es schon zu spät. Brian Baldwin hatte sie entdeckt und rief: »Da ist sie! Die Schlampe, die uns vor allen Leuten runtergemacht hat!« Ungeachtet der Warnungen des Troopers rannte er ihr nach. Er brauchte jemanden, an dem er seine Wut auslassen konnte, und da kam sie gerade recht. »Das hast du nicht umsonst gemacht, verdammtes Miststück! Ich werde dir eine Abreibung verpassen, die sich gewaschen hat!«

Sie kannte Brian Baldwin inzwischen gut genug, um zu wissen, dass er keine leeren Drohungen ausstieß. Er war ein Hitzkopf, der sofort zuschlug, wenn ihm was nicht passte, und ganz sicher würde er auch vor einer Frau nicht haltmachen. Brian konnte sich einfach nicht auf andere Weise mit einem Gegner auseinandersetzen, ein zurückgebliebener Hinterwäldler, der sich nur von seinem Instinkt und seinen Stimmungen leiten ließ und weder nach links oder rechts schaute, wenn ihn die Wut packte. Einem Wolfskiller, der hilflose Tiere abknallte, war alles zuzutrauen, selbst wenn die Trooper dicht hinter ihm waren.

»Brian Baldwin! Bleiben Sie stehen!« Die Stimme von Trooper Corwin, dann konnte auch Josh nicht weit sein. »Sie sollen stehen bleiben, verdammt!«

Julie war schon fast bei ihrem Wagen. Noch ungefähr zwanzig Schritte, dann hatte sie es geschafft. Aber Brian hatte mächtig aufgeholt und würde sie erwischen, wenn sie den Wagen nicht gleich aufbekam. Sie drückte den Türöffner und hatte Glück, die richtige Taste, die beide Rücklichter des Wagens aufleuchten ließ. Jetzt schnell einsteigen und alle Türen verriegeln!

Sie konnte nicht sehen, wie Brian stehen blieb, sich bückte und einen Schneeball formte, blitzschnell ausholte und ihn auf sie warf. Er war ein passabler Pitcher im Baseball-Team seiner Highschool gewesen, sein einziges Talent, und traf sein Ziel meist genau. »Das hast du davon, du Miststück!«

Julie sah den Schneeball viel zu spät kommen. Als sie sich noch einmal umdrehte, die linke Hand bereits an der Tür, traf der Schneeball sie mitten ins Gesicht und warf sie nach hinten. Sie versuchte vergeblich, sich an den Wagen zu klammern, verlor das Gleichgewicht und prallte mit dem Hinterkopf so fest auf den Boden, dass sie für einen Moment das Bewusstsein verlor.

Als sie wieder zu sich kam, dröhnte ihr Kopf, und drückender Schmerz schien ihren ganzen Körper auszufüllen. Sie lag auf einer Trage, eine dieser silbernen Wärmedecken über ihrem Körper, und schien in einem düsteren Nebel gefangen, der sie ihre Umgebung nur vage erkennen ließ. War das Brian Baldwin, der mit Handschellen gefesselt zu einem Streifenwagen geführt wurde? Und der Trooper, war das Eddy Corwin, der Brian am dichtesten auf den Fersen gewesen war? Der fluchende Mann neben ihm musste Rick Baldwin sein. Ungewohnt hohl und wie durch ein Echo verstärkt drang seine vorwurfsvolle Stimme an ihre Ohren. »Weil er einen verdammten Schneeball geworfen hat, wollen Sie ihn einsperren? Dass sie gestürzt ist, war ein Unfall, das haben Sie doch gesehen! Brian würde doch niemals einer Frau wehtun.«

»Es wird alles wieder gut, Julie!«, erklang eine vertraute Stimme über ihr. Das musste Josh sein. Sie wollte den Kopf heben und sank sofort wieder zurück, spürte den Schmerz wie eine schwere Last, die sie nach unten drückte.

»Josh! Bist du das? Was … was ist passiert?«

Sie spürte, wie er nach ihrer Hand griff, erkannte sein Gesicht aber nur schemenhaft. »Brian Baldwin hat dich mit einem Schneeball erwischt, und du bist gestürzt. Sie bringen dich ins Krankenhaus. Es ist nichts Schlimmes, sagt der Arzt, wahrscheinlich eine Gehirnerschütterung. Ich besuche dich, okay?«

Sie war zu verwirrt, um etwas zu sagen. Der Nebel, in dem sie steckte, wurde dichter und dichter und ließ sie kaum noch etwas erkennen. Ein dunkler Schatten löste sich aus dem Dunst und sie spürte, wie sich ihre Trage bewegte und in einen Krankenwagen geschoben wurde. Grelle Neonlichter zwangen sie, die Augen zu schließen, dann drehte jemand das Licht herunter und der Wagen setzte sich in Bewegung. Ohne Sirene, aber mit eingeschaltetem Warnlicht, dessen flackernder Schein durch die Fenster nach innen drang, fuhren sie zum Fairbanks Memorial Hospital.

In der Notaufnahme wartete ihr Vater, der Grund dafür, dass alle anderen Ärzte und Krankenschwestern in heller Panik waren und sich beeilten, seine Anweisungen auszuführen. Es kam selten vor, dass sich der Chefarzt in der Notaufnahme blicken ließ, und schon gar nicht wegen einer harmlosen Gehirnerschütterung. Erst als sich herumgesprochen hatte, dass sie die Tochter des Chefarztes war, verstand das Personal. Man behandelte sie wie eine Erste-Klasse-Patientin, die cash bezahlte und noch ein fürstliches Trinkgeld hinterließ, nicht wie eine junge Frau, die mit ihrem mageren Gehalt kaum über die Runden kam und keinen Penny bezahlen würde.

Julie bekam von der Behandlung kaum etwas mit, nahm aber wahr, dass sich ihr Vater höchstpersönlich um sie kümmerte und zwischendurch immer wieder innehielt und sich über sie beugte. »Ein leichtes Schädel-Hirn-Trauma«, erklärte er ihr. Er sprach betont deutlich, damit sie ihn durch die dumpfen Kopfschmerzen hören konnte. »Nichts, worüber man sich Sorgen machen müsste. Aber ich lasse noch ein CT und ein MRT machen, damit wir auf der sicheren Seite sind.« Eine aufwendige und teure Prozedur für eine leichte Erschütterung, die aber keiner der anwesenden Ärzte und Krankenschwestern anzweifelte. Natürlich setzte der Chefarzt für seine Tochter alle Hebel in Bewegung. »Du wirst bald wieder gesund, mein Schatz, verlass dich auf mich!«

Gegen drei Uhr nachts wachte Julie auf. Ihr wurde übel und sie musste sich mehrmals übergeben. Aber nachdem ihr die Nachtschwester ein Mittel gegeben und sie weitere fünf Stunden geschlafen hatte, ging es ihr schon wesentlich besser. Als sie erneut die Augen öffnete, schmerzte ihr Kopf noch immer. Aber der Schwindel war weg, und sie konnte wieder einigermaßen klar denken. Sie hatte einen Unfall gehabt, das war ihr klar … und sie musste sich den Kopf angeschlagen haben, sonst würde sie keinen Verband tragen. Aber wie war das passiert? Sie konnte sich nicht daran erinnern. Hatten sie etwa einen Autounfall gehabt? War der Super auch verletzt? Nicht auszudenken …

Sie blickte sich in dem Krankenzimmer um. Eines der besten Zimmer des Fairbanks Memorial, ansonsten nur reichen Patienten und VIPs vorbehalten, mit allen Annehmlichkeiten, die das Krankenhaus aufbieten konnte. Bei klarem Wetter sah man den Mount McKinley und die anderen Berge der Alaska Range in der Ferne. Doch im tiefsten Winter war es auch um acht Uhr früh noch dunkel, und man sah lediglich glitzernde Schneeflocken vom Himmel rieseln. Das Wetter hatte sich also nicht gebessert. Die Fenster waren zwar so dicht, dass man den Wind nicht hörte, aber sie sah, wie sich die Baumkronen bogen.

Beim Waschen half ihr die Schwester. Julie war immer noch etwas schwach auf den Beinen und ein neuer Sturz hätte alles nur noch schlimmer gemacht. Danach fühlte sie sich besser. Sie bekam ein fürstliches Frühstück, das jedem Luxushotel zur Ehre gereicht hätte, ein Omelett mit Räucherlachs und Pfifferlingen, dazu gebutterter Toast, ein Croissant mit erlesener Konfitüre und den besten Tee, den sie seit Monaten getrunken hatte. »Darjeeling«, erklärte die Schwester, »der englischen Königin würden wir auch nichts anderes geben.«

Nach dem Frühstück und noch vor der regulären Visite erschien ihr Vater und begrüßte sie so herzlich wie seit Jahren nicht mehr. Ihre Verletzung schien etwas in ihm ausgelöst zu haben, das sie schon verschüttet geglaubt hatte. Er griff nach ihrem Krankenblatt. »Alles in Ordnung, mein Schatz.« Wie lange hatte er diesen Kosenamen nicht mehr gesagt? Obwohl das »Schatz« immer ein wenig altmodisch und affig klang, freute sie sich. »CT und MRT waren ohne Befund. Wie ich mir schon dachte: Es ist nur eine leichte Gehirnerschütterung. Bis spätestens übermorgen dürftest du wieder auf dem Damm sein.«

»Ein bisschen schwindlig ist mir noch, Dad.«

Er legte das Krankenblatt weg. »Das ist ganz normal. Auch die Übelkeit hat nicht viel zu sagen, damit muss man in der ersten Nacht immer rechnen.«

»Wenn ich nur wüsste, wie es passiert ist?«

»Du hast keine Ahnung?«

Sie wollte den Kopf schütteln, hielt aber rasch inne, als die Schmerzen zurückkehrten. »Ich nehme an, ich bin gestürzt. Aber ich weiß es nicht genau.«

»Auch eine partielle Amnesie ist ganz normal bei einer Gehirnerschütterung. Die meisten Leute können sich nicht mehr daran erinnern, wie sie dazu gekommen sind. Bei dir war ein Schneeball schuld.« Er verriet ihr, wie es zu dem Unglück gekommen war, und dass man Brian Baldwin verhaftet hatte. »Ich nehme an, die Trooper werden noch mal mit dir sprechen wollen, wegen einer möglichen Anzeige. Also wenn du mich fragst, ich würde darauf verzichten. Du könntest vielleicht etwas Schmerzensgeld herausschlagen, aber …«

»Ich will kein Geld von den Baldwins«, unterbrach sie ihn. »Mal davon abgesehen, dass sie wahrscheinlich sowieso nicht bezahlen könnten. Sie sind Wolfskiller, Dad! Sie knallen wahllos Wölfe ab, weil sie glauben, dass Wölfe blutgierige Bestien sind, die es auf sie abgesehen haben. Ich bin sicher, dass die beiden sogar im Nationalpark wildern, obwohl wir ihnen das noch nicht beweisen können. Aber irgendwann werden wir sie auf frischer Tat ertappen und dann sind sie dran!«

»Du machst Jagd auf … Wolfskiller? Ist das nicht zu gefährlich?«

»Ranger Erhart und seine Polizeitruppe übernehmen den gefährlichen Teil. Carol, meine Vorgesetzte, und ich fahren Patrouille mit den Hundeschlitten. Keine Angst, Dad, ich passe auf mich auf. Außerdem würde Superintendent Green niemals zulassen, dass ich mich in Gefahr begebe.« Sie verschwieg ihm, dass es sehr wohl gefährlich war, allein mit dem Hundeschlitten durch die Wildnis zu fahren und jederzeit damit rechnen zu müssen, einem der Verbrecher vor die Gewehrmündung zu laufen. Wie reizbar die Baldwins waren, hatte man ja gesehen.

Ihr Vater lächelte. »Ich freue mich jedenfalls, dass es dir wieder besser geht. Ich weiß, ich habe dich in den letzten Monaten etwas vernachlässigt und war dir alles andere als ein guter Vater. Aber das wird sich ab sofort ändern. Ich habe deine Mutter an diesen Quacksalber …« – er bremste sich gerade noch rechtzeitig – »… an diesen Arzt in Kalifornien verloren und will dich nicht auch noch verlieren. Keine Angst, ich übertreibe es nicht. Du lebst dein Leben und ich lebe meins. Meine Stellung hier im Krankenhaus erfordert zwar meine ganze Kraft, um nicht zu sagen Hingabe, aber auch ein Chefarzt kann sich mal ein Stündchen freinehmen und einen Kaffee mit seiner Tochter trinken. Ich hoffe, du gibst deinem alten Herrn noch eine Chance. Und werde möglichst schnell wieder gesund, mein Schatz!«

Er griff nach ihrer rechten Hand und drückte sie liebevoll. »Ich muss leider weiter … eine Herzklappe im OP 2. Wenn es nicht zu lange dauert, sehe ich heute Mittag noch mal bei dir vorbei. Versuche noch ein wenig zu schlafen. Es gibt kein besseres Heilmittel als Schlaf, obwohl ich das eigentlich nicht sagen sollte, und die Pharmaindustrie das bestimmt nicht gerne hört.« Er verließ das Zimmer, winkte ihr in der offenen Tür noch mal zu und verschwand.

Julie blieb verwundert liegen. So liebevoll hatte sich ihr Vater schon lange nicht mehr um sie gekümmert. War wirklich nur ihre Krankheit daran schuld? Oder hatte ihn etwas anderes dazu gebracht? Ein Anruf ihrer Mutter oder eine neue Frau in seinem Leben? Sie fand es schäbig, nach einem Grund für sein ungewohntes Verhalten zu suchen. Immerhin war es möglich, dass er sich tatsächlich geändert hatte. Oder hatte ihn nur ihr Unfall etwas aufgeschreckt?

Würde er beim nächsten Mal wieder nervös und missgelaunt sein?

Kurz vor dem Mittagessen kam eine Schwester mit einem großen Blumenstrauß herein. Auf der beiliegenden Karte stand: »Sie waren großartig! Hoffentlich werden Sie bald wieder gesund. Die Ranger warten auf Sie. Gute Besserung! Superintendent John W. Green. PS: Alle Kollegen lassen grüßen.«

Eine solche Nachricht war eine noch bessere Medizin als Schlaf. Der Denali National Park war ihr neues Zuhause und die Aussicht, das Tor zu einer dauerhaften Anstellung schon beinahe aufgestoßen zu haben, erfüllte sie mit großem Stolz. Wie sagte man so schön? Ein Beruf sollte auch eine Berufung sein und nur, wer mit ganzem Herzen dabei ist, wird es auch zu etwas bringen. Für sie gab es nichts Schöneres, als am Denali ihren Dienst zu tun.

Doch ihre Hochstimmung hielt nicht lange. Noch vor dem Mittagessen besuchte John sie mit einem Blumenstrauß und brachte ihre Gefühlswelt allein mit seiner Anwesenheit durcheinander. Obwohl er sich jede Anspielung verkniff, errötete sie unter seinem mitfühlenden Lächeln und hatte das dumpfe Gefühl, dass er genau wusste, wie er auf sie wirkte. Er hatte eine wahnsinnige Ausstrahlung, die sie jedes Mal aus dem Gleichgewicht brachte, wenn er in ihrer Nähe auftauchte.

»Ich glaube, es ist gut gelaufen für uns«, sagte John. »Die Randale hätte nicht sein müssen, da waren auch die Tierschützer daran beteiligt, vor allem dieser Randy Bradshaw und sein Freund. Aber ich hoffe, der Vortrag des Superintendent und Ihre kleine Ansprache haben so viel Eindruck gemacht, dass die Medien vor allem darauf eingehen werden.« Seine Miene verdüsterte sich. »Obwohl ich nicht glaube, dass wir bald mit einer Gesetzesänderung rechnen dürfen. Der Gouverneur ist konservativ bis ins Mark, mit der Natur hat er wenig im Sinn. Der würde am liebsten erlauben, in den Nationalparks nach Öl zu bohren. Sonst wäre er ja wohl zu unserer Veranstaltung gekommen.«

»Wenn die Mehrheit der Bevölkerung dafür ist, die Wölfe auf die Liste der gefährdeten Tierarten zu setzen und auch die Jagd außerhalb der Naturschutzgebiete zu verbieten, wird er um eine Gesetzesänderung nicht herumkommen. Es sei denn, er hat genug und will nicht mehr gewählt werden.«

»Darauf können Sie lange warten, Julie. Wann dürfen Sie raus?«

»Morgen oder übermorgen«, antwortete sie. »Es geht mir schon viel besser. Mir ist nur noch ein wenig schwindlig. Vielen Dank für Ihren Besuch«, fügte Julie entschlossen hinzu. Sie wollte allein sein, um ihr Gefühlschaos wieder in Ordnung zu bringen, und das ging nicht, wenn John im Raum war.

»Warum so förmlich, Julie? Ich wollte eigentlich …«

Als hätte Josh auf dieses Stichwort gewartet, klopfte es plötzlich und er kam mit einem großen Blumenstrauß zur Tür herein. Als er John an ihrem Bett stehen sah, verdüsterte sich seine Miene und er ließ die Hand mit dem Blumenstrauß sinken. Der finstere Blick, den er John zuwarf, verhieß nichts Gutes. »Komme ich ungelegen? Vielleicht sollte ich später noch mal vorbeischauen …«

»Nein, nein«, rief Julie schnell. »John wollte gerade gehen, nicht wahr?«

»Eigentlich …«, zögerte er. »Ja … doch. Ich muss dringend weiter.«

Josh wartete, bis John die Tür geschlossen hatte, und blieb mit seinem Blumenstrauß vor ihr stehen. »Jetzt sag mir nicht, dass das geschäftlich war …«

»Es hat nichts zu bedeuten, Josh.«

»Ach, wirklich?«

Sie versuchte zu lächeln. »John war einer der Veranstalter und wollte nach mir sehen, das ist alles. Er war besorgt, dass die Medien mehr über die Ausschreitungen als über die bedrohten Wölfe berichten würden. Die Tiere liegen ihm sehr am Herzen und es ist ihm wichtig, dass der Tierschutz im Vordergrund steht.«

»Deswegen war er hier?«

»Nun ja, das klang wenigstens so durch.«

»Für mich wirkt es eher so, als würde ihm was an dir liegen.«

»Er flirtet ein bisschen, das ist alles. Den würden nicht mal Angelina Jolie oder Jennifer Lawrence oder irgendeine andere Hollywood-Schönheit von seinen Wölfen wegbringen. Außerdem will ich nichts von ihm.« Ich kriege nur jedes Mal weiche Knie, wenn ich ihn sehe, dachte sie bei sich. »Nun sei doch nicht so eifersüchtig, Josh! Bei der ganzen Arbeit, die es im Park zu tun gibt, habe ich sowieso nur Zeit von einem Mann zu schwärmen. Und das bist du, Josh!« Sie deutete auf die Blumen und begann zu grinsen. »Sind die Blumen für mich? Wenn sie für mich sind, würde ich sie nämlich langsam mal auspacken und mir in die Hand drücken. Vielleicht lasse ich mich dann sogar dazu hinreißen, dir einen Kuss zu geben. Oder läufst du immer mit einem Blumenstrauß herum? Vielleicht liegt Jennifer Lawrence ja nebenan, und du wolltest das Gemüse ihr geben.«

»Und wenn Miss America höchstpersönlich im Nachbarzimmer läge«, erwiderte er ebenso fröhlich, »dieser kostbare Blumenstrauß ist nur für dich.«

Sie nahm die Blumen und küsste ihn auf den Mund. »Danke, Josh.«

14

Am Morgen des übernächsten Tages durfte Julie das Krankenhaus verlassen. Ihr Vater überbrachte ihr die gute Nachricht persönlich und gab ihr »einen kleinen Schein für den nächsten Einkauf« mit, wurde aber gleich darauf zu einer wichtigen Operation in den OP 1 gerufen. »Ein mehrfacher Bypass«, entschuldigte er sich. Eine Krankenschwester begleitete Julie zum Ausgang.

Trooper Corwin hatte sich freundlicherweise bereit erklärt, sie zum Nationalpark zu fahren, weil er ohnehin in die Richtung musste, um den Baldwins auf den Zahn zu fühlen. Sie hatte erst nach kurzem Zögern zugestimmt. In ihrem Bemühen, sich ihre Gefühle für John nicht einzugestehen, war sie bei Josh mit ihrem lustigen Geplänkel sehr weit gegangen. Nun fürchtete sie, ihm zu große Hoffnungen gemacht zu haben. Die Aussicht, beinahe zwei Stunden mit ihm im selben Wagen zu verbringen, bereitete ihr Unbehagen.

Albern … du bist albern, überlegte sie im selben Atemzug. Du schwärmst wie ein kleines Mädchen für diesen John, lässt dich von ihm zum gemeinsamen Lunch überreden und wunderst dich, wenn er dich zu einem weiteren Date einladen will. Und weil du deinen Job nicht gefährden willst, spielst du die Kühle, ziehst dich wieder zurück und scherzt stattdessen mit Josh herum, als hätte es nie eine Funkstörung zwischen euch gegeben. Hast du noch alle Tassen im Schrank? Wolltest du in diesem Winter nicht ganz auf Männer verzichten, um dich voll und ganz auf deinen Job konzentrieren zu können?

Doch Josh wartete neben Corwin in der Eingangshalle, als sie sich von der Schwester verabschiedete, und blickte ihr so erwartungsvoll entgegen, dass sie am liebsten davongerannt wäre. So war das eben, wenn man den Männern zu große Hoffnungen machte. Dann klammerten sie wie verliebte Teenager.

Zu ihrer Überraschung hielt sich Josh aber eher im Hintergrund. Lediglich sein Lächeln blieb, als er sie flüchtig an der Schulter berührte und fragte: »Hey … wieder auf dem Damm?« Anscheinend wollte er sich in der Gesellschaft des Troopers keine Blöße geben.

»Mehr oder weniger.« Sie berührte sich am Hinterkopf. »Bis auf die Beule, die ich mir bei dem Sturz geholt habe.« Sie blickte Corwin an.

»Ein Wunder, dass es nicht mehr Verletzte gab«, sagte der Trooper.

Vor dem Krankenhaus erwartete sie bittere Kälte. Eisiger Wind fegte unter dem Vorbaudach des Eingangs hinweg und wirbelte den frischen Schnee auf. In den frühen Morgenstunden hatte es aufgehört zu schneien, aber der Himmel war immer noch bedeckt und vom Mond und den Sternen war nichts zu sehen. Die Lichter der Stadt hoben sich kalt und klar von der Dunkelheit ab.

Julie war froh, als sie auf die Rückbank des Streifenwagens rutschte und der Trooper die Heizung laufen ließ.

Josh saß auf dem Beifahrersitz. Man sah ihm an, wie stolz er darauf war, bei einem Alaska State Trooper mitfahren zu dürfen. Corwin meldete über Funk, dass er wieder in seinem Streifenwagen saß, und fuhr auf den Highway Richtung Süden. Er grinste still in sich hinein, spürte wohl die leichte Spannung, die zwischen Julie und Josh bestand, und ihr Bemühen, sich nichts anmerken zu lassen.

Die Lichter der Stadt blieben rasch hinter ihnen zurück, und sie waren schon bald allein in der Wildnis. Es war immer wieder erstaunlich, wie menschenleer das Land außerhalb der wenigen Siedlungen war. Die Lichtkegel der Scheinwerfer brachten den festen Schnee zum Glänzen und strichen über die dunklen Bäume am Straßenrand. Der Motor des Streifenwagens lief erstaunlich leise, nur das Knarren der Räder im Schnee war zu hören.

»Ich will mir die Baldwins noch mal vornehmen«, sagte der Trooper, nachdem sie einige Zeit schweigend durch die Dunkelheit gefahren waren. »Hitzköpfe wie die beiden verquatschen sich öfter mal, wenn man sie in die Enge treibt. Anweisung vom obersten Chef nach den Tumulten an der Uni. Um Querelen mit dem National Park Service zu vermeiden, sollen wir wenigstens verhindern, dass sich die Wolfskiller in den Nationalpark schleichen.«

»Dann lassen Sie sich jetzt öfter bei uns blicken?«, fragte Julie.

»Sieht so aus«, erwiderte der Trooper. »Vor allem auf dem Highway werden wir nachts präsenter sein. Diese Baldwins sind mir schon lange ein Dorn im Auge. Sie knallen Wölfe ab und ich könnte schwören, sie wildern auch, innerhalb und außerhalb des Nationalparks. Ich bin mir fast sicher, sie handeln auch mit selbst gebranntem Alkohol und übertreten so ziemlich jedes Gesetz, das sich ihnen in den Weg stellt. Es wird höchste Zeit, dass wir etwas gegen sie in die Hand bekommen, sonst tanzen sie uns auf der Nase herum.«

Julie war der gleichen Meinung. »Wir halten ständig nach ihnen Ausschau, aber uns sind sie bisher auch nicht ins Netz gegangen. Der Nationalpark ist zu groß. Selbst mit dem Hubschrauber ist die Chance gering, sie zu finden und auf frischer Tat zu ertappen. Und sie sind bestimmt nicht die Einzigen, die im Park wildern.« Sie blickte nach vorn. »Was haben Sie mit Brian gemacht?«

»Wir haben ihn eine Nacht bei uns behalten … wollten ihm eine Lehre erteilen, aber so leicht lässt sich dieser Mistkerl nicht beeindrucken. Der wusste ganz genau, dass wir ihn nach vierundzwanzig Stunden wieder laufen lassen mussten. Aus dem Schneeball konnten wir ihm keinen Strick drehen. Das war ein bedauerlicher Unfall, würde jeder Anwalt sagen. Auch wenn Brian Baldwin wohl gehofft hat, Sie empfindlich zu verletzen. Tut mir leid, Ranger Wilson.«

»Julie … sagen Sie Julie zu mir.«

Die nächsten Meilen legten sie schweigend zurück. Josh drehte sich einige Male nach Julie um, als wollte er etwas sagen, sah dann aber wieder nach vorne und schwieg weiter. Um seine Verlegenheit zu überspielen, griff er nach seiner Thermosflasche und bot ihr heißen Tee an, doch sie schüttelte den Kopf und stellte sich schlafend, um ihn gar nicht mehr in Versuchung zu bringen. Sie wusste auch so, was ihm auf der Seele brannte. Er wollte sie zur Freundin, eine richtige Beziehung mit ihr anfangen und sich nicht auf zufällige und gelegentliche Treffen beschränken. Warum wollte er einfach nicht wahrhaben, dass sie sich im Augenblick kein Gefühlschaos leisten konnte und sich ganz auf ihre Arbeit konzentrieren wollte? Oder hielt sie sich selbst zum Narren? Wollte sie sich ein Hintertürchen für John offenhalten?

»Hey … da ist was auf der Straße!«, rief Josh in die Stille hinein.

Corwin trat geistesgegenwärtig auf die Bremse. Der Wagen drehte sich einmal um die eigene Achse und kam schlitternd zum Stehen. Im Scheinwerferlicht stand ein Wolf mit angelegten Ohren und verstörtem Blick. Sein Schweif hing nach unten. Die Körpersprache eines rangniederen Wolfes, eines Omegawolfes, wie ein Experte ihn nennen würde, den das Rudel zum Sündenbock degradiert hatte. An seinem linken Vorderlauf klebte ein Verband.

»Banu!«, rief Julie. »Das ist Banu, der Leitwolf des Rock-Creek-Rudels! Den jemand im Park angeschossen hat! Er muss zurück zum Rock Creek!«

Trooper Corwin schaltete die Scheinwerfer aus und die roten und blauen Warnlichter auf dem Wagendach ein. Im Schneckentempo fuhr er links an dem Wolf vorbei und ließ ein paarmal kräftig die Sirene aufheulen. Der Wolf, der im Scheinwerferlicht zu Stein erstarrt war, machte einen Satz zur Seite und rannte wie von Furien gehetzt über die Straße und in den Wald zurück. »Bis zur Parkgrenze ist es nicht weit … eine halbe Meile vielleicht. Ich glaube nicht, dass der noch mal umdreht und sich auf den Highway wagt … es sei denn, er will Selbstmord begehen.« Er schaltete die

Scheinwerfer ein und die Warnlichter aus und drehte sich zu Julie um. »Soll ich die Ranger anrufen?«

»Das mache ich schon«, sagte Julie. Sie holte ihr Handy heraus und wählte Carols Nummer. »Nachdem sie sich gesund gemeldet hatte, gab sie ihre Position durch und berichtete über ihre Begegnung mit Banu. »Sie haben ihn degradiert, Carol. So unterwürfig habe ich ihn noch nie gesehen. Aber warum rennt er dann allein auf die Straße? Meinst du, er hat sich absichtlich in Gefahr begeben … wie ein Selbstmörder?

»Ein Wolf?« Carol brauchte keine Sekunde zu überlegen. »Niemals. Wölfe sind soziale Wesen, die kümmern sich mehr umeinander als wir Menschen, das weißt du doch. Selbst um einen verletzten Omegawolf. Er ist sicher zufällig auf die Straße geraten. Aber ich denke, ich sollte bei seinem Rudel mal nach dem Rechten sehen. Am besten mache ich mich gleich auf den Weg.«

»Und ich komme nach, sobald ich im Park bin. Ich bin mit Trooper Corwin unterwegs. Er war dabei, als ich die Baldwins beinahe auf frischer Tat ertappt hätte. Jetzt will er bei ihnen vorbeifahren und sie noch einmal verhören. Wenn man sie in die Enge treibt, plaudern sie vielleicht, sagt er.«

»Okay, aber du ruhst dich erst mal aus, wenn du hier bist.«

»Ich bin okay, Carol. Ich war lange genug im Bett.«

»Und bist wahrscheinlich noch schwach auf den Beinen.«

»Ich habe gestern schon zehn Liegestütze geschafft!«

Carol musste lachen. »Also meinetwegen, aber wir fahren zusammen. Ich will erst mal sehen, wie du in Form bist, bevor ich dich allein losschicke. Wäre nicht das erste Mal, dass sich jemand überschätzt und dabei voll auf die Nase fällt. Auch mit einer leichten Gehirnerschütterung ist nicht zu spaßen.«

»Ich bin okay. Das hab ich sogar schriftlich ... vom Chefarzt.«

»Melde dich, wenn du hier bist.«

»Mach ich, Carol. Bis bald.«

Sie steckte ihr Handy weg und blickte aus dem Fenster. Vor ihnen tauchten die ersten Häuser von Healy auf. Obwohl die Sonne bereits aufgegangen sein musste, zeigte sich am östlichen Horizont bloß ein schwacher, kaum sichtbarer Schimmer, der nur stellenweise einen Weg durch die immer noch dichten Wolken fand. Geheimnisvolles Licht spiegelte sich in den Fenstern der wenigen Häuser und geisterte über den Highway und die Bäume. Weit hinter der hell erleuchteten Tankstelle ragten die Bergriesen der Alaska Range als bedrohliche Schatten in den düsteren Himmel. Healy war ein einsames Nest, das nur existierte, weil es ganz in der Nähe des Denali National Parks lag.

Der Trooper bog in die Nebenstraße ab, die zur Hütte der Baldwins führte, und blickte in den Innenspiegel. »Sie bleiben im Wagen, Julie. Die Baldwins reagieren allergisch auf Sie und warum sollen wir sie unnötig reizen? Josh, du kommst mit, hältst dich aber im Hintergrund. Kein Wort, auch wenn sie versuchen, dich zu provozieren! Wenn wir sie zu hart angehen, schalten sie nur auf stur, und ich erfahre kein Wort mehr. Haben wir uns verstanden, Julie?«

»Aye, Sir.«

»Josh?«

»Geht klar, Trooper.«

Die Blockhütte der Baldwins stand abseits der Straße unter einigen Bäumen und machte einen armseligen Eindruck. Die Stämme, aus denen man sie gebaut hatte, waren verwittert, und aus dem Kamin, der aus dem verschneiten Dach ragte, waren Steine gebrochen. Durch das schmutzige Fenster neben der Tür schien Licht. Ungefähr fünfzig Schritte vom Haus entfernt erhoben sich ein Stall und ein Schuppen. Der Pick-up der Baldwins parkte vor der Tür.

»Wir brauchen nicht lange«, sagte Corwin, als er ausstieg.

Julie beobachtete den Trooper und Josh dabei, wie sie durch den Schnee zur Hütte stapften. Sie hätte zu gern gewusst, wie die Baldwins auf die Fragen von Corwin reagierten, sah aber ein, dass ihre Gegenwart nur für unnötigen Zündstoff sorgen würde. Dass sie die beiden während ihrer kurzen Ansprache verdächtigt und durch ihren Sturz dafür gesorgt hatte, dass einer von ihnen die Nacht im Gefängnis verbringen musste, würden sie ihr niemals verzeihen.

»Wer da?«, schallte es aus dem Haus. Julie hatte ihr Fenster einen Spalt geöffnet und verstand jedes Wort. »Ich hab 'ne Schrotflinte auf euch gerichtet, also sagt mir besser, wer ihr seid, sonst könnte ich mich glatt vergessen.«

»Sergeant Edward P. Corwin, Alaska State Trooper«, nannte Corwin seinen Rang und seinen vollen Namen. Er hob beide Hände in Schulterhöhe, zum Zeichen für seine friedliche Absicht. »Ich möchte mit Ihnen sprechen.«

»Wollen Sie uns wieder schikanieren? Eine Strafe aufbrummen? Reicht es denn nicht, dass mein Sohn eine Nacht hinter Gittern verbringen musste?«

»Nicht nur Ihr Sohn, Mister Baldwin. Wir haben eine ganze Reihe von Leuten über Nacht dabehalten. Es war nur zu Ihrem Besten. Wenn wir tatenlos zugesehen hätten, wären vielleicht noch mehr Leute verletzt worden.«

»Wie die Ranger-Schlampe, meinen Sie?« Julie zuckte bei dem Schimpfwort zusammen. »Die war doch schuld an dem ganzen Schlamassel! Sie hat uns der Wilderei beschuldigt, dabei hat sie nicht den geringsten Beweis!«

»Soweit ich mich erinnere, waren beide Parteien nicht zimperlich.«

»Und die Verletzung hat sie doch nur vorgetäuscht!«

»Irrtum, der Arzt im Krankenhaus hat eine Gehirnerschütterung festgestellt. Sie können froh sein, dass es nichts Schlimmeres war. Sie hätte sich sonst was brechen können.« Corwin ging weiter auf die Hütte zu, dicht gefolgt von Josh, der sich in seinem Windschatten hielt. »Ist Ihr Sohn zu Hause, Mister Baldwin? Ich habe da noch einige Fragen … wegen der Sache gestern.«

»Brian ist nicht hier.« Kurze Pause. »War's das, Sergeant?«

»Auch an Sie habe ich ein paar Fragen, Mister Baldwin. Sie werden von mehreren Seiten beschuldigt, innerhalb der Parkgrenzen auf Wölfe gefeuert zu haben. Ich würde gern Ihre Meinung zu diesen Vorwürfen hören.«

»Meine Meinung? Scheren Sie sich zum Teufel!«

»Es wäre besser, Sie würden uns reinlassen, Mister Baldwin. Ich kann Sie auch nach Fairbanks vorladen oder mit einem Durchsuchungsbefehl zurückkommen, dann stellen wir Ihre gesamte Hütte auf den Kopf. Wollen Sie das?«

Wieder eine Pause, diesmal länger, dann ging die Tür auf,

und Baldwin rief: »Meinetwegen, kommen Sie rein! Aber ich habe nichts dazu zu sagen.«

Julie blickte dem Trooper und Josh neugierig nach. Zu gern hätte sie erlebt, wie Corwin versuchte, den Wolfskiller aufs Glatteis zu führen und ihm vielleicht sogar ein Geständnis zu entlocken. Wenn sie leise zum Haus ging und sich unters Fenster duckte, bekam sie vielleicht einiges von dem mit, was sie sagten. Sie legte die Hand auf den Türöffner und wollte schon den Hebel zurückziehen, als sie beobachtete, wie eine dunkle Gestalt durch die Hintertür ins Freie trat und mit einem Gewehr unter dem Arm zum Schuppen schlich.

Brian Baldwin!

An seinem Pferdeschwanz war er leicht zu erkennen. Als er sich umblickte, traf der Lichtschein, der aus dem Fenster der Hütte fiel, für einen kurzen Moment sein Gesicht. Nun war sie ganz sicher: Es war der Sohn des Fallenstellers, der angeblich nicht zu Hause war!

Er öffnete die Schuppentür, blickte sich noch einmal um und tauchte rasch in der Dunkelheit unter. Die Tür ließ er angelehnt. Für den Bruchteil einer Sekunde flammte eine Taschenlampe auf, dann kam er mit einer zweiten Waffe heraus und schlich im Schatten des Schuppens zum nahen Waldrand.

Was hatte das zu bedeuten?

Wo wollte er mit den Gewehren hin?

Julie wartete, bis Brian zwischen den Bäumen untergetaucht war, und öffnete leise die Wagentür. Gegen alle Vernunft lief sie um den Wagen herum und folgte dem jungen

Mann. Vergessen waren die Anweisung des Troopers, im Wagen zu bleiben, und Carols Warnung, keine Alleingänge zu versuchen. Die Hoffnung, Brian Baldwin eine Straftat nachweisen zu können, trieb sie vorwärts.

Zu Beginn waren die Spuren des Wolfskillers auch in der Dunkelheit deutlich im Schnee zu erkennen, denn durch die Kronen der kahlen Laubbäume, die zwischen den Schwarzfichten emporragten, fiel genug Licht. Doch nach ungefähr fünfzig Schritten mündete die Spur in einen ausgetretenen Pfad, auf dem so viele Fußspuren zu sehen waren, dass man sie kaum unterscheiden konnte.

Julie folgte dem Pfad, der plötzlich nach links abbog und zur Hauptstraße zu führen schien. Brian Baldwin bekam sie nicht zu Gesicht. Sie blieb stehen und lauschte in den Wald hinein, hörte aber nur das ferne Dröhnen eines Trucks, der über den Highway nach Norden fuhr. Als das Motorengeräusch verklang, hörte man das vielstimmige Jaulen von Huskys, die sich wohl verabredet hatten, zur selben Zeit ihre wilden Brüder im Park zu begrüßen. Für einen Augenblick glaubte sie, die ferne Antwort eines Wolfsrudels zu hören.

Nach einigen Minuten erreichte Julie den Highway. Ein Großteil der Wolken hatte sich inzwischen verzogen und der helle Streifen am östlichen Horizont war breiter geworden. Der Wind hatte etwas aufgefrischt. Über den Highway wehten hauchdünne Schneeschleier und glitzerten im schwachen Sonnenlicht.

Sie blieb im Schutz des dunklen Waldrandes stehen und suchte die Gegend nach Brian ab. An der Tankstelle hielt ein Geländewagen und ein Mann im dicken Wintermantel wartete ungeduldig darauf, dass sich der Tank seines Wagens füllte. Weiter südlich heulte der Motor eines Snowmobils auf. Ein junger Mann, der durch den Tiefschnee am Straßenrand fuhr und in einer dunklen Seitenstraße verschwand. Brian Baldwin war nirgendwo zu sehen.

Ungefähr zehn Minuten blieb sie am Waldrand stehen. Brian blieb verschwunden, als hätte er sich in Luft aufgelöst. Enttäuscht kehrte sie zum Streifenwagen zurück. Sie schaffte es gerade noch einzusteigen, bevor Josh und der Trooper zurückkehrten. »Und jetzt lassen Sie uns gefälligst in Ruhe!«, hörte sie Rick Baldwin sagen. »Wir haben nichts verbrochen. Auch die State Trooper haben kein Recht, unbescholtene Bürger zu drangsalieren!«

Josh und der Trooper stiegen ein und sie fuhren zum Highway hinunter. Als Julie mit der Wahrheit herausrückte und erzählte, dass sie den jungen Baldwin mit zwei Gewehren gesehen hatte und ihm gefolgt war, trat Corwin so fest auf die Bremse, dass der Wagen ins Schleudern geriet. Er hielt am Straßenrand und drehte sich zu ihr um. »Ich hab Ihnen doch gesagt, Sie sollen im Wagen bleiben. Oder haben Sie vergessen, wie gefährlich Brian sein kann?«

»Was sollte ich denn machen?«, wehrte sie sich. »Ihn laufen lassen? Ich habe aufgepasst und einen großen Abstand gehalten. Deswegen habe ich ihn ja verloren. Keine Ahnung, wohin er mit den Gewehren ist. Er wird doch nicht so dumm sein und jetzt auf Wolfsjagd gehen? Er kann sich doch denken, dass wir nach ihm suchen, wenn er nicht zu Hause bei seinem Dad war.«

»Er wollte die Gewehre in Sicherheit bringen«, erwiderte

der Trooper. »In der Ballistik könnten sie die im Park abgeschossenen Kugeln mit denen aus dem Gewehr vergleichen und herausfinden, dass einer der Baldwins den alten Wolf getötet hat. Er hat wohl vergessen, dass ich einen Durchsuchungsbefehl brauche, um im Haus nach den Gewehren zu suchen.«

»Er wollte wahrscheinlich auf Nummer sicher gehen«, sagte Josh.

»Wir kriegen ihn«, versprach Corwin. Er schien nicht mehr böse auf Julie zu sein und fuhr langsam weiter. Er blickte in den Innenspiegel. »Sobald ich Sie abgeliefert habe, suche ich die ganze Gegend nach Brian ab. Und glauben Sie mir, ich bekomme schon heraus, was er mit den Gewehren gemacht hat.«

»Hoffentlich«, flüsterte Julie.

15

»Schlechte Nachrichten«, sagte Ranger Erhart, als Julie und Carol ihn am nächsten Morgen vor der Werkstatt des Nationalparks trafen. Sein Geländewagen hatte neue Reifen bekommen. »Die Trooper sind mit einem Durchsuchungsbefehl zu den Baldwins und haben ihre Gewehre beschlagnahmt. Aus keiner der Waffen wurde die tödliche Kugel auf den alten Barney gefeuert.«

»Dann haben sie sich neue Gewehre zugelegt«, erwiderte Julie. »Ich habe doch gesehen, wie Brian mit ihren eigenen Gewehren zum Highway gelaufen ist. Leider habe ich ihn aus den Augen verloren, aber ich gehe jede Wette ein, dass er sie bei Freunden versteckt hat … oder er hat sie gegen neue eingetauscht.«

»Das glauben die Trooper auch.« Erharts Miene entspannte sich. »Das erinnert mich an ›Winchester 73‹… den Western mit James Stewart. Da wanderte das berühmte Gewehr von einem zum anderen, und am Ende wusste niemand mehr, wer es eigentlich hatte. Aber die Trooper werden die Gewehre der Baldwins finden, da bin ich sicher. Zu viele Freunde werden sie nicht haben.«

»Und in der Zwischenzeit morden sie einfach weiter.«

Ranger Erhart nickte dem jungen Mechaniker zu, der seinen Geländewagen aus der Werkstatt gefahren hatte. »Ich habe alle Leute draußen. Sie fahren alle Straßen und Trails ab, die ein Geländewagen meistern kann, und einige sind sogar auf Schneeschuhen unterwegs. Ich ziehe auch gleich wieder los.«

»Wir unterstützen euch«, versprach ihm Carol. »Ich habe bereits mit dem Super gesprochen. Julie und ich suchen das Hinterland nach verdächtigen Spuren ab. Mit den Hundeschlitten kommen wir in Gegenden, die du selbst mit deinen neuen Reifen nicht erreichen würdest. Sogar einen Hubschrauber will der Super einsetzen, und die Trooper behalten die Baldwins im Auge.«

»Und trotzdem haben wir noch immer keinen der Wolfskiller auf frischer Tat gefasst. Wer weiß, wie viele Jäger außer den Baldwins noch unterwegs sind? Dieser Hass auf Wölfe weitet sich langsam zur Hysterie aus. Das erinnert mich an diesen Western, in dem ein Rancher sinnlos Bisons erschießt …«

»Wir müssen weiter, Greg«, unterbrach ihn Carol, bevor er richtig loslegte. Wenn man ihn gewähren ließ, nahm die Schwärmerei kein Ende. »Die Huskys warten sicher schon auf uns. Wir halten dich auf dem Laufenden, okay?«

Nachdem sie in ihrer Blockhütte vorbeigesehen und Thermosflaschen mit heißem Tee und frischen Proviant in ihre Vorratssäcke gepackt hatten, stapften sie durch den gefrorenen Schnee zu den Hundezwingern. Es war noch früh am Morgen, aber der Himmel war einigermaßen klar. Der blasse Dreiviertelmond und die Sterne spendeten genügend Licht. Über Nacht war es noch einmal kälter geworden, sodass man es ohne die entsprechende Kleidung nur wenige Minuten im Freien ausgehalten hätte. Eine Kälte, die Julie und Carol, da sie beide schon so lange in Alaska lebten, kaum etwas ausmachte, Besucher aus wärmeren Ländern aber oft in Schwierigkeiten brachte.

Die Huskys waren nervös und veranstalteten ein vielstimmiges Jaulkonzert, als sie ihre Witterung aufnahmen. Sie hofften natürlich, dass Julie endlich mal wieder auf große Fahrt mit ihnen gehen würde, und zogen heftig an ihren Ketten, als die beiden Frauen die Hundezwinger erreichten.

»Schon gut«, beschwichtigte Julie ihr Team und hielt wie immer das Protokoll ein, indem sie zuerst ihren Leithund begrüßte und ausgiebig hinter den Ohren kraulte. »Du hast ja recht, Chuck«, sagte sie, als er sich unter ihrer Berührung wohlig streckte. »Ich habe euch ein bisschen vernachlässigt in letzter Zeit. Ich war unterwegs, weißt du? Bei einer Versammlung in Fairbanks. Ich musste sogar zu den Leuten sprechen. Glaub mir, ich wäre lieber mit euch unterwegs gewesen, aber dann musste ich ins Krankenhaus ... ist eine lange Geschichte.« Sie gab ihm einen aufmunternden Klaps und begrüßte die anderen Hunde der Reihe nach, verweilte nur beim nervösen Curly ein wenig länger. »Aber jetzt bin ich wieder hier und wir gehen endlich auf Tour.«

Die Huskys schienen jedes Wort zu verstehen. Man sah ihnen die Begeisterung an, als ihre Musherin ihnen die Geschirre anlegte und sie an der Führungsleine festband. Den Vorratssack hatte Julie bereits unter der Haltestange angebracht. Sie überprüfte ihr Funkgerät und fuhr neben Carol, die ebenfalls schon abfahrbereit war. Rowdy schnappte nach Curly, der sich erfolgreich wehrte und ihn wütend anbellte. »Curly! Benimm dich!«, rief Julie laut.

»Die beiden lernen es wohl nie«, bemerkte Carol lachend, konzentrierte sich aber gleich wieder auf ihren Einsatz. »Lass uns die gleiche Route wie vor ein paar Tagen nehmen. Ich mache mir Sorgen um das Rock-Creek-Rudel.«

»Du westlich vom Fluss, ich auf der anderen Seite?«

Carol nickte. »Und sofort Meldung, wenn einer das Rudel sieht.«

»Aye, Carol.«

Bald darauf war Julie allein am östlichen Ufer des Rock Creek unterwegs. Sie lenkte ihre Huskys über den Jagdtrail, der inzwischen geebnet war und kaum noch Hindernisse aufwies. Nicht einmal im Wald brauchte sie ihre Stirnlampe einzuschalten, weil der verschneite Pfad genug Licht reflektierte. Auch wenn der Anlass für ihre Tour alles andere als angenehm war, freute sich Julie wieder auf den Schlittenkufen zu stehen und ihre Hunde durch die Wildnis treiben zu dürfen. Zu viel Zeit hatte sie in der Uni und im Auto zugebracht.

Chuck war in seinem Element. Jeder Muskel in seinem Körper war in Bewegung, als er seine Artgenossen durch den verharschten Schnee führte. Selbst der sonst eher bequeme Nanuk ließ sich von seiner Begeisterung anstecken und legte sich mit seiner ganzen Kraft ins Geschirr. So stark und lebhaft hatte Julie ihre Hunde lange nicht gesehen. Gerade auf einem abgelegenen Trail wie diesem zeigten sie ihre große Klasse und hatten sogar noch Spaß dabei.

Wären sie auf einem privaten Ausflug gewesen, hätte Julie wohl einfach die Fahrt und die Natur genossen, doch in Gedanken sah sie noch immer Banu über den Highway hinken. Von der Kugel so stark in seinem Bewegungsdrang eingeschränkt, blieb ihm wohl nichts anderes übrig, als die ungeliebte Stellung des Omegawolfes einzunehmen, die sonst vor allem den jungen Tieren vorbehalten war. Ein Schicksal, das glaubte Julie sicher zu wissen, das einer der Baldwins verschuldet hatte. Die Vorstellung, dass ein ehemals so stolzes und starkes Tier gezwungen war, sich vor den anderen Wölfen zu erniedrigen und beim Fressen als letzter dranzukommen, machte ihr beinahe noch mehr zu schaffen als der Gedanke an den alten Barney, der mit zerschmettertem Kiefer einen grausamen Tod gestorben war.

Das lang gezogene Heulen eines Wolfes erschreckte sie und die Hunde gleichermaßen und ließ sie am Waldrand anhalten. Rief er die anderen Mitglieder seines Rudels zusammen? Wieder dieses Heulen, das in der Einsamkeit der Wildnis wie ein unheilvolles Signal klang. Die Antwort eines anderen Wolfes tönte durch die Stille. Dann ging der Lockruf des Anführers im vielstimmigen Geheul aller Wölfe unter und kroch wie ein Echo durch das Tal, das sich vor ihr bis zu den Bergen erstreckte.

Julie griff nach dem Funkgerät und rief Carol. »Hörst du sie heulen? Das Rock-Creek-Rudel. Es muss ganz in der Nähe sein. Hört sich so an, als würden sie sich zur Jagd verabreden.« Sie gab ihre Position durch und versprach ihrer Kollegin zu warten, bis sie gekommen war. »Beeil dich, Carol. Sie sind ganz nahe.«

Sie steckte das Funkgerät weg und verankerte den Schlitten. »Keine Panik!«, beruhigte sie die Huskys, »das sind nur eure wilden Brüder.« Sie suchte die Gegend mit ihrem Feldstecher ab, konnte aber weder einen Wolf noch ein anderes

Tier entdecken und setzte ihn wieder ab. »Die haben sich versteckt.«

Nichts geschah. Dem Heulen folgte gespenstische Stille, als würde die Natur für einen Moment den Atem anhalten. Nicht einmal der Wind war zu hören. Das einzige Geräusch kam von Curly, der vor Aufregung leise winselte.

Nach ungefähr einer halben Stunde erschien Carol. Sie parkte ihren Schlitten in angemessener Entfernung, damit sich die ohnehin aufgeregten Huskys nicht in die Haare gerieten, und stellte sich neben Julie. Suchend ließ sie ihren Feldstecher über das Tal gleiten. »Meinst du wirklich, sie sind in der Nähe?«

»Nördlich von hier.« Sie deutete das Tal hinauf. »Sie müssen irgendwas entdeckt haben, sonst hätten sie nicht so laut geheult. Was meinst du?«

»Sie sind auf der Jagd.«

»Oder sie haben Angst.«

»Vor den Baldwins?«

»Grund genug dazu hätten sie ja.« Julie setzte ihren Feldstecher an, ließ ihn bis zum nördlichsten Punkt des Tales wandern und stutzte plötzlich. »Da!«, rief sie mit gedämpfter Stimme. »Ein Elch … ich glaube, da ist ein Elch …«

Carol blickte in die gleiche Richtung. »Tatsächlich … eine Elchkuh.«

»Sie ist verletzt … sie humpelt!«

Julie verfolgte die verletzte Elchkuh mit ihrem Feldstecher. Sie wusste natürlich, dass es Wölfe besonders auf kranke oder verletzte Tiere abgesehen hatten, weil die leichter zu reißen waren. Lange brauchte sie nicht zu warten.

Die Wölfe vom Rock Creek tauchten auf einem Berghang oberhalb der Elchkuh auf und hetzten in eleganten Sprüngen ins Tal hinab. Scheinbar leichtfüßig verteilten sie sich hinter ihrem Opfer, der neue Anführer vorweg, dahinter die Wölfin und erst als letzter kam Banu von den Bergen herab. Der ehemalige Anführer humpelte stark und hatte anscheinend große Mühe, mit dem Rudel mitzuhalten. Selbst auf die weite Entfernung und im düsteren Licht des späten Vormittags war Banu deutlich zu erkennen. Einer der besten und ausdauerndsten Jäger im Denali National Park, zum Krüppel gemacht von niederträchtigen Killern wie den Baldwins.

»Da sind sie!«, flüsterte Julie. »Ein Jammer, das mit Banu!«

Carol antwortete nicht, blickte ebenfalls wie gebannt durch ihren Feldstecher und verfolgte ein Schauspiel, das selbst erfahrene Park Ranger nur selten zu sehen bekamen. Ein Wolfsrudel auf der Jagd. Fünf erwachsene Wölfe, darunter der verletzte Banu, und ein Jungwolf, der inzwischen einen großen Vorsprung hatte und seinen ehemaligen Anführer mehr als alt aussehen ließ.

Jetzt sah man, was für gerissene Jäger diese Tiere waren. Sie waren zu allem fähig, konnten heimtückisch aus dem Hinterhalt angreifen und selbst ausgewachsene Elche und Hirsche so lange durch die Wildnis hetzen, bis sie vor Erschöpfung zusammenbrachen und keine Gegenwehr mehr leisteten. Bei dieser Elchkuh gingen sie auf Nummer sicher. Sie trieben ihr Opfer ins Tal hinab, bis der Tiefschnee ihre Schritte verlangsamte und sie zwang, auf der Stelle zu verharren. Der Anführer überholte die Elchkuh und baute sich angriffslustig vor ihr auf, die Wölfin blieb bei den anderen Angreifern und nahm sie in die Zange. Banu spürte wohl, dass er nicht gebraucht wurde, und verharrte mit hängendem Schweif auf der Stelle.

Doch noch war die Niederlage der Elchkuh nicht besiegelt. Als sich der Anführer ihr etwas zu selbstsicher näherte, schlug sie mit beiden Vorderläufen aus und hätte ihn beinahe am Kopf getroffen. Er zog sich rasch zurück und duckte sich in den Schnee, war sichtbar beeindruckt vom Überlebenswillen der ängstlichen Elchkuh. Mit ihren Hufen konnte sie jedem Wolf gefährlich werden. Erst wenn sie hilflos auf dem Boden lag, war sie endgültig besiegt.

Der neue Anführer war schon immer ein guter Jäger gewesen, auch unter Banu, und zeigte jetzt, dass er sich nicht so leicht unterkriegen ließ. Mit einem Satz war er wieder neben der Elchkuh und lenkte sie durch sein Fauchen ab, während die Wölfin von der anderen Seite kam und ihre scharfen Reißzähne in den rechten Vorderlauf des Opfers vergrub. Sie riss so lange daran, bis genug Sehnen durchtrennt waren, um ihre Beute in die Knie zu zwingen. In ihrer Panik versuchte die Elchkuh erneut, auszuschlagen, brachte es aber nur zu einer ungelenken Bewegung und stürzte zu Boden.

Jetzt wagten sich auch der junge Wolf und Banu näher an die Elchkuh heran. Der junge Wolf grub seine Zähne in den Hals des Opfers und ließ sich in seinem Übermut auch durch die unkontrollierten Bewegungen des sterbenden Tieres nicht abschütteln. Banu zerbiss die Sehnen des linken Vorderlaufs und legte seine ganze Wut in die Bisse hinein. Noch zuckte die Beute, aber ihre Kräfte ließen nach, bis sie von Schwäche übermannt wurde und starb. Noch einmal zuckten ihre Hufe in einem letzten Reflex, dann lag sie still.

»Nun sieh dir das an«, sagte Carol, als Banu seine Zähne in den Bauch der toten Elchkuh rammte, um möglichst schnell an die begehrten Innereien zu kommen. Sofort war der neue Anführer bei ihm, verjagte ihn mit lautem Fauchen und seiner aggressiven Drohhaltung. Banu zog den Schweif ein und hielt sich zurück. Er entfernte sich noch weiter als der Jungwolf von der Beute und blieb abwartend im Schnee stehen. »Was haben sie nur mit ihm gemacht!«

Julie hatte Tränen in den Augen. Selten hatte sie ein traurigeres Schauspiel gesehen. Ein stolzer Jäger war durch einen einzigen Schuss aus dem Rennen geworfen worden, hatte seine Stellung, seine Kraft, seine Schnelligkeit und seinen Stolz verloren. »Armer Banu«, erwiderte sie. »Dafür müssten die Baldwins jahrelang ins Gefängnis.«

Nachdem sie den Wölfen noch eine Weile beim Fressen zugesehen hatten, kehrten Julie und Carol um. Sie entfernten sich weit genug von den Wölfen, um vor ihrer Witterung sicher zu sein, und rasteten am Rande eines Wäldchens. Zum heißen Tee gab es leckere Sandwiches mit Eiersalat und Gurken. Wie zwei Vögel auf der Stange saßen sie auf Carols Schlitten und hingen minutenlang ihren trüben Gedanken nach, bevor eine von ihnen etwas sagte.

»So ist das in der Wildnis«, stellte Carol nüchtern fest, »der Schwächere bleibt auf der Strecke. Bei den Menschen war es früher genauso und irgendwie ist es sogar heute noch so, auf einer anderen Ebene natürlich. Aber wenn man sich mal ansieht, was in den Firmen los ist … da wird auch kräftig mit den Ellbogen gearbeitet. Der einzige Unterschied ist, dass es hier auf Leben und Tod geht. Wenn ihn keine Kugel erwischt, stirbt Banu irgendwann an Hunger. Mitleid kennen wilde Tiere nicht. Es heißt fressen oder gefressen werden.«

»Ich dachte, Wölfe sind sozial eingestellt und helfen einander.«

»Bis zu einem gewissen Grad«, stimmte ihr Carol zu, »aber wenn es um ihr eigenes Leben geht, kennen sie kein Pardon. In der Wildnis musst du stark sein, sonst wirst du aussortiert. So wie ein Junges, das keine Chance zu überleben hat, von vielen Tieren getötet wird, und eine Pflanze, die sich in der Wildnis nicht behaupten kann, kläglich eingeht. Wir finden das unfair und haben Mitleid mit denen, die es nicht schaffen, aber so ist es nun mal in der Natur und dagegen können wir nichts tun. Und Banu auch nicht.«

»Aber Banu kann nichts dafür. Hätte ihn einer der Baldwins nicht angeschossen, wäre er immer noch der Anführer des Rudels und der beste Jäger.«

Aus der Ferne erklang das Brummen eines Motors.

Julie und Carol sprangen gleichzeitig auf und verstauten die Reste ihrer Sandwiches und die Thermosflaschen in ihren Vorratsbeuteln. Carol zog ihren Revolver aus der Anoraktasche. »Geh in Deckung!«, rief sie Julie zu.

Julie zog sich in den Schatten der Bäume zurück und duckte sich. Aus zusammengekniffenen Augen blickte sie in das trübe Tageslicht, das inzwischen über den Bergen heraufgezogen war, und sah den Scheinwerfer eines Snowmobils näher kommen. Der Mann im Sattel war nur als dunkler

Schatten zu erkennen. Er steuerte die Maschine über die Hügel außerhalb des Waldes und bemerkte die beiden Hundeschlitten am Waldrand anscheinend gar nicht.

Erst als er bis auf ungefähr fünfzig Schritte heran war, entdeckte er sie und bremste erschrocken, als er Carol mit gezogenem Revolver aus der Dunkelheit treten sah. »Nicht schießen! Nicht schießen!«, rief er in panischer Angst. »Ich hab nichts getan! Bitte nicht schießen!« Er weinte beinahe.

Carol sah, dass es sich um einen ungefähr siebzehnjährigen Jungen handelte, und steckte den Revolver weg. Julie erkannte ebenfalls, dass keine Gefahr bestand, und verließ ihre Deckung. »Wer bist du? Was tust du hier?«, fragte Carol. »Du weißt doch, dass Snowmobile im Nationalpark verboten sind.«

»Im Nationalpark? Ich bin im Nationalpark?«

»Wusstest du das nicht?«

Der Junge machte sich beinahe in die Hosen vor Angst. »Nein … ich hatte keine Ahnung! Ich bin bei meinem Onkel in Healy zu Besuch und dachte mir, ich fahre ein bisschen mit dem Snowmobil durch die Gegend. Ich bin Roy Murray aus Anchorage. Lassen Sie mich laufen, Ranger! Ich habe nichts getan!«

Carol spürte, dass der Junge die Wahrheit sagte. »Okay, wir belassen es diesmal bei einer Verwarnung. Aber an deiner Stelle würde ich so schnell wie möglich umdrehen und den eigenen Spuren aus dem Park folgen. Ein paar Meilen nördlich von hier ist nämlich gerade ein Wolfsrudel beim Fressen.«

»Ein Wolfsrudel? Oh, Scheiße!«

Der junge Mann drehte ohne ein weiteres Wort um und raste der Parkgrenze entgegen. Unter dem Laufband seines Snowmobils stob der Schnee auf.

Carol grinste. »Der kommt so schnell nicht wieder.«

16

Am nächsten Morgen waren Julie und Carol gerade dabei, ihre Huskys zu füttern, als sie das Rattern eines Hubschraubers hörten. Er landete in Sichtweite auf dem freien Platz vor dem Verwaltungsgebäude und machte die Hunde so nervös, dass sie laut zu bellen begannen und unruhig an ihren Ketten zogen.

»Easy, Chuck!«, beruhigte Julie ihren Leithund.

Im Scheinwerferlicht duckte sich ein Mann unter den Rotoren hinweg, verschwand im Verwaltungsgebäude und kam wenige Minuten später mit Superintendent Green zu den Hundezwingern hinunter. Die Huskys empfingen sie mit lautem Gebell. Sie wurden nur ungern beim Fressen gestört.

Der Mann aus dem Hubschrauber, den Julie bisher nur schemenhaft erkannt hatte, war Dr. John Blake. Er wirkte äußerst nervös. »Wir glauben, dass Banu tot ist«, sagte er. »Er hat seinen Standort seit über sechs Stunden nicht mehr verändert, und das kann nur heißen … es sieht sehr schlecht um ihn aus.«

»Ich möchte, dass Sie beide mitfliegen«, sagte der Superintendent. Auch er schützte sich mit seinem Anorak, einer Wollmütze und Handschuhen gegen die unerbittliche Kälte. »Sie haben das Rudel mehrfach beobachtet und waren in der Nähe, als der Alphawolf angeschossen wurde. Ranger Erhart und einer seiner Ranger sind bereits mit einem anderen Hubschrauber unterwegs.«

»Banu … ist tot?«, wiederholte Julie entsetzt.

»Es sieht zumindest so aus«, sagte John. »Tut mir leid, Julie.«

Julie und Carol warteten, bis die Hunde fertig gefressen hatten, und stiegen in den Hubschrauber. Kenny Longmire, der wieder am Steuerknüppel saß, begrüßte sie mit einer Handbewegung. Sie erlebten mit gemischten Gefühlen, wie sich die Maschine in die Luft erhob und nach Nordwesten abdrehte. Am Himmel zeigten sich kaum Wolken, blasses Mondlicht fiel zu den Fenstern herein und schuf eine unheimliche Atmosphäre. Sie passte zu den trüben Gedanken, die Julie durch den Kopf gingen, als sie über die Wälder flogen.

Vor ein paar Wochen hätte sie vielleicht noch gelacht, wenn ihr jemand vorausgesagt hätte, dass sie einmal um einen Wolf weinen würde. Doch jetzt waren tatsächlich Tränen in ihren Augen und es fiel ihr schwer, gegen ihre Gefühle anzukämpfen. Zu tragisch war die Geschichte des ehemals stattlichen Anführers, den ein einziger Schuss, der ihn nicht einmal voll getroffen hatte, aus der Bahn geworfen und ihn seiner Vormachtstellung im Rudel beraubt hatte. Kaum noch fähig, bei der Jagd auf eine verletzte Elchkuh mitzuhalten, war er zum lästigen Nachzügler geworden, zum gedemütigten Omegawolf, der vielleicht nur darauf gewartet hatte, von seinen Leiden erlöst zu werden.

Carol schien ihre Trauer zu spüren und blickte sie mitfühlend an. Ihr aufmunterndes Lächeln war ein wenig Trost für

Julie, die sich an ihre Unterhaltung über die ungeschriebenen Gesetze der Wildnis erinnerte, an das Recht des Stärkeren, der überleben musste, um die Art zu erhalten und seine Artgenossen in eine sichere Zukunft zu führen. Banu hatte seine Zeit gehabt, war jahrelang an der Spitze des Rudels gelaufen und hatte durch eine Kugel seinen Rang verloren. Andere Wölfe brachen unter den Hufen eines ausschlagenden Elchs zusammen oder starben an einer unheilbaren Krankheit.

Ihr Vater würde ihr sicher erzählen, dass es mit den Menschen ähnlich war. Ein gesunder Mann, der sein Leben lang Sport getrieben hatte, starb plötzlich an einem Herzinfarkt, ein anderer, der niemals geraucht hatte, fiel Lungenkrebs zum Opfer. Frauen und sogar Kinder starben. Der Tod war niemals gerecht und kam stets ungelegen. Vielleicht sollte sie sich eine ähnlich dicke Haut wie ihr Vater, die anderen Ärzte und das Pflegepersonal im Fairbanks Memorial zulegen. Die hüteten sich davor, eine emotionale Bindung zu einem Patienten einzugehen, um sich selbst Schmerzen zu ersparen und sich weiter auf ihre Arbeit konzentrieren zu können. Auch als Rangerin musste man einen klaren Kopf behalten, um Menschen und Tieren wirkungsvoll helfen zu können, wenn sie einmal in Not gerieten.

Sie blickte aus dem Fenster und sah, dass sie dem Rock Creek nach Nordwesten folgten und dann nach Norden abbogen. Sie überflogen das Tal, in dem sie das Rudel zuletzt gesehen hatten, und gingen jenseits der Felsen in einer Senke nieder. In einiger Entfernung von dem Hubschrauber, mit dem Ranger Erhart gekommen war, landeten sie auf dem verharschten Schnee.

Julie und Carol kletterten aus der Maschine und folgten John zu den Rangern vom Law Enforcement, die bei dem toten Banu auf sie warteten. Der Wolf war in den Kopf getroffen worden und lag reglos im blutigen Schnee.

»Muss heute Nacht passiert sein«, sagte Erhart. »Leider haben wir nichts gehört. Erst als das Funkhalsband keine Bewegung mehr anzeigte, war uns klar, dass etwas passiert sein musste.« Er zeigte ihnen eine blutige Kugel. »Stammt aus dem gleichen Gewehr wie die Kugel, die Barney getötet hat. Aber das Modell hat hier in der Gegend fast jeder und ich gehe jede Wette ein, dass wir die Waffe nicht bei den Baldwins finden werden. Wird ein schweres Stück Arbeit, den Täter dingfest zu machen. Der führt uns mächtig an der Nase herum.«

Julie hörte nur mit halbem Ohr hin. Während Erhart sprach, starrte sie unentwegt auf den toten Wolf und zitterte so heftig, dass sie dankbar registrierte, wie John einen Arm um ihre Hüften legte und sie festhielt. Durch einen Tränenschleier sah sie das Einschussloch, das die tödliche Kugel in den Kopf des Wolfs gebohrt hatte. Eine Blutlache hatte sich unter seinem Körper gesammelt und war in den Schnee gesickert, wo sich das Rot schrecklich gegen all das übrige Weiß abhob. Die Spuren zeigten, dass die Kugel ihn mitten im Lauf erwischt haben musste, bei dem verzweifelten Versuch, die anderen Tiere seines Rudels einzuholen.

Sie löste sich von John und kniete neben dem Wolf nieder. Mit einer Hand strich sie über sein zottiges Fell mit den gefrorenen Blutspritzern und spürte zu ihrem Schrecken, wie starr und fest der Körper des toten Tieres schon geworden war. Seine Augen standen weit offen, doch sie widerstand der Versuchung, sie zuzudrücken und verharrte in stummer Andacht neben Banu, als wäre er ein treuer Haushund, den sie seit vielen Jahren kannte und liebte.

Sie blickte weinend zu John empor. »Warum nur? Warum?«

»So sind manche Menschen nun mal«, antwortete der Biologe. »Ihnen fehlt die Ehrfurcht vor dem Leben. Sie betrachten einen Wolf als blutgierige Bestie, die es auszulöschen gilt. Sie haben doch gehört, was sie gesagt haben.«

»Bestimmt war es einer der Baldwins!«

»Mag sein, aber das können wir leider nicht beweisen«, erwiderte Erhart. »Selbst wenn wir das Gewehr hätten, wäre noch lange nicht klar, wer damit geschossen hat.« Er seufzte enttäuscht. »Wir können es drehen und wenden, wie wir wollen … wir haben nichts gegen den Täter in der Hand. Und bei der Größe des Parks ist es zweifelhaft, ob wir ihn jemals auf frischer Tat ertappen. Sieht so aus, als wäre er uns jedes Mal einen Schritt voraus.« Er wandte sich von dem toten Wolf ab und folgte seinen eigenen Spuren zum Waldrand.

Die anderen folgten ihm, auch Julie, als John sie sanft vom Boden hochzog und ihr wieder stützend einen Arm um die Hüften legte. Sie empfand seine Berührung als angenehm und schmiegte sich in ihrem Schmerz eng an ihn. Umschlungen wie ein Liebespaar stapften sie durch den Schnee zu den anderen. Auch dort hielten sie sich weiter fest, in dieser schrecklichen Situation war es tröstend, einander so nahe zu sein.

»Hier muss er gestanden haben«, sagte Erhart und deutete auf die Spuren eines Snowmobils. »Ein erfahrener Schütze, sonst hätte er auf die Entfernung nicht so genau getroffen. Sehen Sie die Spuren? Genau wie beim letzten Mal. Bis zum Highway sind sie leicht zu verfolgen, dann vermischen sie sich mit den vielen anderen auf der Straße und nicht mal ein Indianer könnte sie noch finden. Mit anderen Worten: Wir stehen wieder am Anfang.«

»Wir hätten gestern Nacht draußen bleiben sollen«, sagte Carol, »dann hätten wir ihn vielleicht erwischt. Es war doch klar, dass er es auf Banu abgesehen hat, so schwach und krank, wie er war. Mir kommt es beinahe so vor, als wollte er das ganze Rudel am Rock Creek ausrotten.«

Erhart stimmte ihr zu. »Der Rock Creek liegt der Parkgrenze und dem Highway am nächsten. Mit dem Snowmobil ist man in ein paar Minuten im Park und genauso schnell wieder draußen, sobald man geschossen hat. Dabei hatte ich Ranger Wood ...« Er blickte auf den jungen Mann, der ihn begleitet hatte. »... und einen Kollegen direkt an der Grenze postiert. Aber was sind schon zwei Leute, wenn die Grenze einige hundert Meilen lang ist? Wir können nicht überall sein und den Motor eines Snowmobils hört man auch nicht überall. Der Schütze braucht nur weiter westlich in den Park einzudringen.«

»Wir sollten die Baldwins überwachen.«

»Geht nicht«, erwiderte Erhart, »das weißt du doch. Wir kriegen großen Ärger, wenn wir außerhalb der Parkgrenzen tätig würden. Das ist Sache der State Trooper und die haben wahrscheinlich Wichtigeres zu tun.« Er überlegte eine Weile. »Es sei denn, dieser Corwin nimmt die Überwachung auf seine Kappe. Er ist ein patenter Bursche, nicht so arrogant wie einige andere.«

Bei dem Namen »Corwin« dachte Julie sofort an Josh. Als würde sie erst jetzt merken, dass John einen Arm um sie gelegt hatte, löste sie sich von ihm und trat rasch einen Schritt beiseite. Sie vermied es, ihn anzusehen, errötete aber leicht, als sie seinen verwunderten Blick spürte. Reiß dich zusammen, rief sie sich zur Ordnung, benimm dich nicht wie ein nervöses Schulmädchen! Du bist Rangerin und irgendein Schurke, wahrscheinlich einer der Baldwins, hat vor wenigen Stunden einen Wolf erschossen. Lass den Beziehungskram und denke lieber darüber nach, wie du helfen kannst, dieser sinnlosen Schießerei ein Ende zu bereiten! Werde endlich erwachsen, verdammt!

Sie kehrten zu dem toten Wolf zurück und blieben eine Weile bei ihm stehen. Während Ranger Erhart laut darüber nachdachte, wie man den Wolfskillern am besten beikommen konnte, nahm John dem toten Wolf das Funkhalsband ab und schob es in seine Anoraktasche. Julie hatte sich einigermaßen von ihrem Schock erholt und verabschiedete sich in Gedanken von Banu. Auch wenn Wölfe kranke und schwache Tiere rissen und gnadenlos gegenüber ihren Opfern waren, zeigten sie sich doch wesentlich sanftmütiger als die Menschen, die sich als einzige Spezies gegenseitig töteten und blutige Kriege gegeneinander führten.

»Ich habe schon mit dem Super gesprochen«, sagte Erhart, bevor Julie und Carol wieder in den Hubschrauber stiegen. »Er ist auch der Meinung, dass wir die Patrouillen mit den Hundeschlitten in den nächsten Tagen fortführen sollten. Irgendwann müssen uns diese Wolfskiller doch über den Weg laufen.«

»Machen wir«, erwiderte Carol. »Wir legen Nachtschichten ein.«

»Aye, Sir«, bestätigte Julie.

Nachdem auch John eingestiegen war, ließ Kenny den Hubschrauber vom Boden abheben und flog zum Verwaltungsgebäude zurück. Julie blickte aus dem Fenster, bis der tote Wolf aus ihrem Blickfeld verschwunden war, und schloss während des restlichen Fluges die Augen. Nur ganz allmählich verging der Schmerz, den sie beim Anblick des ermordeten Tieres empfunden hatte.

Auf dem freien Platz vor dem Verwaltungsgebäude wartete Superintendent Green auf sie. Kaum waren sie gelandet, ließ er das Fenster seines Geländewagens herunter und winkte Julie, Carol und John zu sich heran. »Steigen Sie ein! Schnell! Sie müssen uns helfen, diese verrückten Tierschützer zu beruhigen! Sie stehen vor dem Murie Center und demonstrieren lautstark. Hat sich anscheinend schon herumgesprochen, dass wir wieder einen Wolfsmord haben.«

Bis zum Murie Center waren es nur ein paar Minuten und sie parkten gleich neben dem Kleinbus mit der Aufschrift »Save Our Nature«. Die Tierschützer standen mit ihren Transparenten, die sie schon auf der Veranstaltung in der Uni gezeigt hatten, vor dem Eingang und riefen laut ihre Parolen: »Rettet die Wölfe, rettet die Natur!«, »Fangt die Wolfskiller, sonst tun wir es!« und »Hängt sie auf! Hängt die Wolfskiller auf!« Der Ranger, der im Besucherzentrum

Dienst tat, versuchte vergeblich, die aufgebrachte Menge zu beruhigen.

Superintendent Green bahnte sich einen Weg durch die Tierschützer und stellte sich neben den Ranger. Julie, Carol und John taten es ihm gleich und erschraken, als sie in die aufgebrachten Gesichter blickten.

»Ruhe, meine Damen und Herren, ich bitte um Ruhe!« Der Superintendent hob beide Hände und wartete geduldig, bis die lauten Rufe verebbten. »Wenn Sie sich an die Veranstaltung an der Uni erinnern … ich bin John W. Green, der Superintendent des Denali National Parks. Lassen Sie uns doch vernünftig miteinander reden. Ich verstehe Ihre Wut. Auch wir sind sehr betrübt darüber, dass es Leute gibt, die das Gesetz missachten und in unserem Naturschutzgebiet auf Wölfe schießen. Aber bei uns sind Sie an der falschen Adresse. Mal davon abgesehen, dass Sie sich auf Regierungsland befinden und hier eigentlich gar nicht ohne Erlaubnis protestieren dürften, sind wir auch die falsche Adresse. Sie müssten sich an den Gouverneur des Staates Alaska wenden.«

»Ach ja?«, widersprach Randy Bradshaw. Er hatte seine Kapuze nach hinten geklappt, als würde ihm die Kälte nichts ausmachen, und trug neongrüne Handschuhe, die er sich wohl in Fairbanks gekauft hatte. Anscheinend wollte er um jeden Preis auffallen. »Wir haben gehört, dass heute Nacht wieder ein Wolf im Park erschossen wurde. Von einem Typ auf einem Snowmobil. Wo waren denn die Ranger, als er den Wolf abknallte? Pennt ihr hier vielleicht?«

»Randy!«, wies ihn Louise Fletcher zurecht. »So redet

man nicht mit einem Ranger und mit einem Superintendent schon gar nicht! Wenn jemand etwas für den Erhalt der Natur tut, dann die Park Ranger, das habe ich euch doch schon im Bus gesagt. Aber ihr wolltet ja unbedingt Dampf ablassen.«

»Aber Mom«, meldete sich Mike, »sie hätten ihn erwischen müssen!«

»Ja, warum haben Sie den Mistkerl nicht verhaftet?«, rief ein Mann.

»Weil der Nationalpark ein riesiges Gebiet umfasst und wir nicht überall zur gleichen Zeit sein können«, klärte ihn der Superintendent auf. »Sowohl der Schütze, der unseren alten Barney auf dem Gewissen hat, als auch der Täter von heute Nacht sind auf Schleichwegen in den Park gedrungen. Sie können mir glauben: Wir sind selbst am unglücklichsten, sie nicht auf frischer Tat ertappt zu haben.«

Julie fing einen Blick des Super auf und trat nach vorn. Das Lächeln fiel ihr schwer. »Wir haben uns ja bereits kennengelernt. Wie Sie wissen, verurteile auch ich das Vorgehen dieser Wolfskiller … eine andere Bezeichnung fällt mir für diese Verbrecher leider nicht ein. Aber Ranger Carol Schneider, meine Vorgesetzte …« Sie blickte Carol an. »… sie und ich waren während der letzten Tage ständig mit den Hundeschlitten unterwegs und haben nach den Spuren dieser Männer gesucht. Wir hatten die Hoffnung, einen der Täter auf frischer Tat zu ertappen, aber das ist uns leider nicht gelungen. Sie können aber versichert sein, dass wir nichts unversucht lassen werden, um diese gemeinen Verbrecher so bald wie möglich hinter Gitter zu bringen. Banu …

der Wolf, der heute Nacht erschossen wurde … war einer der stolzesten und edelsten Wölfe, die ich jemals gesehen habe. Darüber habe ich auch auf der Veranstaltung in Fairbanks berichtet, wenn Sie sich erinnern. Er war stolz, unbeugsam, ein geborener Anführer, der angeschossen wurde und wegen seiner Verletzung die Stellung innerhalb des Rudels verlor. Heute Nacht wurde er endgültig getötet, weil er nicht mehr mit den anderen Wölfen mithalten konnte und zur leichten Beute für den Schützen wurde. Ich mochte diesen Wolf, und sein Verlust tut mir unendlich weh.« Sie legte eine kurze Pause ein, um ihre Worte besser wirken zu lassen. »Sie können versichert sein, dass wir wirklich alles tun werden, um die Schuldigen festzunehmen.«

»Und wir werden Ihnen dabei helfen!«, rief Randy Bradshaw. »Sonst wird das nie was mit den wenigen Leuten! Wir fahren erst in drei Tagen wieder zurück nach Montana. Wie wär's, wenn wir Ihnen so lange beim Suchen helfen? Wir könnten in Zweiergruppen durch die Wildnis streifen und wenn Sie uns erlauben würden, mit Snowmobilen zu fahren, dauert es bestimmt nicht lange, bis wir die verdammten Mörder gefangen haben. Mike und ich …« Er deutete auf seinen Freund, der allerdings nicht ganz auf seiner Wellenlänge zu sein schien. »Mike und ich haben an einem Survival-Training in Montana teilgenommen. Da ging's auch ums Spurenlesen. Wir sind bereit, Ranger.«

»Kommt nicht infrage«, ergriff der Superintendent das Wort. »Das können wir nicht zulassen, schon gar nicht bei jungen Leuten wie Ihnen. Das wäre grob fahrlässig und außerdem gegen das Gesetz.« Er wandte sich an Louise

Fletcher, deren gequälte Miene verriet, wie unwohl sie sich in ihrer Haut fühlte. »Ich verlasse mich auf Sie, Mrs. Fletcher. Es wäre das Vernünftigste, sofort weiterzufahren und die Verbrecherjagd den Leuten zu überlassen, die dazu ausgebildet sind. Soweit ich gehört habe, bespricht sich Ranger Erhart, unser Polizeichef, bereits mit den State Troopern. Sie sehen, wir tun alles, um für Ordnung im Denali National Park zu sorgen. Gute Fahrt, Mrs. Fletcher.«

Louise Fletcher gelang es tatsächlich, ihre Leute in den Bus zu treiben, nur Randy Bradshaw zögerte unwillig. »Das wird doch nie was«, schimpfte er.

Dann stieg er ein, und der Bus fuhr auf die Park Road zurück.

17

Nach einer unruhigen Nacht war Julie schon früh auf den Beinen. Sie wusch sich, zog sich an und trat wie jeden Morgen vor die Tür ihrer kleinen Blockhütte, um nach dem Wetter zu sehen. Eiskalter Wind schlug ihr entgegen. Der Himmel hatte sich zugezogen und die Luft roch nach Schnee. Wenn man schon so lange in Alaska lebte, bekam man ein Gespür für einen Wetterwechsel. Leichter Nebel hing zwischen den Schwarzfichten.

»Riecht nach Schnee«, meldete sich Carol hinter ihr. Sie hatte sich in eine Wolldecke gehüllt und gähnte. »Und wenn du nicht bald die Tür zumachst, werde ich zum Eiszapfen. Wie wär's, wenn du schon mal Tee aufsetzt?«

Julie schloss die Tür und machte sich an die Arbeit. Während Carol duschte, bereitete sie ein Edel-Frühstück aus Rührei mit gewürfelten Tomaten, Toast mit Marmelade, Pfannkuchen mit Sirup und Tee. »Heute brauchen wir ordentlich was in den Magen«, sagte sie, als Carol in Thermohose und Stiefeln in der Küche erschien. »Am liebsten hätte ich noch Erdbeeren mit Schlagsahne serviert, aber die sind bei dem Wetter schlecht zu bekommen.«

Carol grinste. »Na, da hab ich ja noch mal Glück gehabt. Sonst würde ich wahrscheinlich platzen.«

Julie schenkte Tee ein und machte sich über ihr Rührei her. Sie hatte einen Riesenhunger. Als Köchin war sie gar nicht so übel, fand sie, zumindest, solange es sich nicht um kompliziertere Gerichte handelte, wie man sie im Food Channel zu sehen bekam. Sie biss in eine Scheibe Toast und kaute nachdenklich. »Dieser Radaubruder, Randy Bradshaw … er macht mir Sorgen«, sagte sie. »Der ist auf Randale aus! Für so ein rüpelhaftes Benehmen hätte ich großen Ärger mit meinen Eltern bekommen.«

»Nicht nur du«, erwiderte Carol, »er wahrscheinlich auch. Er kann froh sein, dass seine Eltern nicht dabei waren. Mrs. Fletcher hat wahrscheinlich längst bereut, ihn mitgenommen zu haben. Wenn wir so mit unserem Super reden würden, hätten wir eine Stunde später die Kündigung auf dem Tisch.«

Julie spülte einen Bissen mit Tee hinunter. »Wenn ich nicht wüsste, dass er und die anderen längst in Anchorage sind, würde es mich nicht wundern, wenn er die Wolfskiller auf eigene Faust bekämpfen würde. Wahrscheinlich hat er zu viele Actionfilme gesehen. Da gewinnen die Guten, aber hier …«

»Gewinnen auch die Guten«, versicherte ihr Carol. »Es dauert nur etwas länger. Vor zwei Jahren trieb hier ein Wilderer sein Unwesen, den erwischten Greg … Ranger Erhart und seine Leute auch. Leider erst nach dem dritten Elch, aber der Bursche kannte sich aus und führte uns an der Nase herum.«

»Wie die Baldwins.«

»Leider«, erwiderte Carol.

Nach dem Frühstück schnappten sich Julie und Carol ihre Vorratsbeutel und machten sich auf den Weg zu den

Hundezwingern. Es war noch kälter geworden und schneite leicht. Der Wind hatte noch einmal aufgefrischt.

»Picknickwetter!«, scherzte Carol.

Unterwegs kam ihnen ein Ranger entgegen. »Der Super will euch sprechen«, sagte er, nachdem er beide begrüßt hatte. »Hörte sich dringend an.«

»Vielleicht haben sie die Wolfskiller erwischt.«

»Eher nicht«, erwiderte der Ranger, »er war ziemlich nervös. Soweit ich weiß, ist ein State Trooper bei ihm. Vor dem Haus steht ein Streifenwagen.«

Es wunderte Julie nicht, dass der Superintendent schon im Büro war. Er nahm seine Arbeit sehr ernst und bemühte sich, den Rangern immer ein gutes Vorbild zu sein. Während andere Chefs noch im Bett lagen oder bei Starbucks auf ihren Caffè Latte warteten, saß er vor allen anderen am Schreibtisch. Als Superintendent eines riesigen Nationalparks wie Denali hatte er eine enorme Verantwortung zu tragen.

In dem Streifenwagen, der vor dem Verwaltungsgebäude parkte, saß Josh. Wie fast alle Autofahrer in Alaska ließ Trooper Corwin bei einem kurzen Aufenthalt in dieser Kälte den Motor laufen. Josh stieg aus und lief ihnen ein paar Schritte entgegen. Nach einem etwas schüchternen »Guten Morgen« sagte er: »Der Sergeant ist bei Superintendent Green. Ich soll Ihnen sagen, dass er Sie auch sehen will, Ranger Schneider.« Er blickte Julie an, wieder einmal unsicher, ob sie auch gut auf ihn zu sprechen war. »Dich auch«, fügte er hinzu.

Sie spürte seine Unsicherheit und ging ebenfalls einige Schritte auf ihn zu. »Alles klar, Josh?« Sie ermutigte ihn mit einem kleinen Lächeln. »Steig lieber wieder ein, sonst frierst du noch fest.«

Eigentlich wollte sie noch etwas zu ihm sagen, irgendetwas Versöhnliches, aber Carol wurde bereits ungeduldig. »Beeil dich, Julie! Der Super wartet ungern und du willst doch keinen Minuspunkt. Er kann uns durchs Fenster sehen.«

Julie wandte sich hastig von Josh ab und folgte ihrer Vorgesetzten ins Verwaltungsgebäude. Der Superintendent und der Trooper warteten bereits auf sie. Beide standen vor einer detailgenauen Wandkarte des Nationalparks.

»Sergeant Corwin hat schlechte Nachrichten«, sagte Green.

Der Trooper nickte betrübt. »Rick und Brian Baldwin sind verschwunden. Wir wollten sie gerade ein wenig genauer unter die Lupe nehmen, als uns auffiel, dass kein Licht in ihrer Hütte brannte. Ihr Pick-up und die beiden Snowmobile sind auch weg. Sie haben sich heimlich aus dem Staub gemacht.«

»Dann sind sie wieder auf der Jagd«, vermutete Carol.

»Das befürchten wir leider auch. Obwohl die Nachbarn sagen, dass die beiden nach Fairbanks gefahren wären, um dort Besorgungen zu machen. Bis jetzt haben wir ihren Pick-up in Fairbanks aber nicht ausmachen können, und die Kollegen haben vor allen Shopping Malls und Supermärkten nachgesehen.«

»Was ist mit einer Großfahndung?«

»Geht nicht«, erwiderte Corwin. »Wir haben zwar einen begründeten Verdacht, aber nicht genug Beweise. Natürlich suchen wir dennoch nach ihnen, aber nicht im großen Stil, wie es vielleicht nötig wäre. Und leider gibt es auch unter den Troopern einige, die auf der Seite der Wolfskiller stehen. Wenn ich's mir recht überlege, sind es wahrscheinlich sogar über die Hälfte. Ich kann nicht mal sagen, ob wir alle Nebenstraßen zum Park im Auge haben.«

Carol wandte sich an den Superintendent. »Aber wir können etwas unternehmen. Ein toter Wolf innerhalb der Parkgrenzen gibt uns das Recht, den gesamten Park nach Verdächtigen abzusuchen, nicht wahr? Wenn die Baldwins im Park sind, müssen wir sie erwischen, sonst tanzen sie uns ewig auf der Nase herum.« Ihre Worte klangen belehrend, störten Green aber nicht.

»Sie haben recht, Ranger Schneider, aber auch uns sind in gewisser Weise die Hände gebunden. Haben Sie heute Morgen schon mal zum Himmel gesehen? Es riecht nach Schnee, vielleicht gibt es sogar noch einen Blizzard. Wenn wir Pech haben, müssen die Hubschrauber bald auf dem Boden bleiben. Mal davon abgesehen, dass Hubschraubereinsätze viel Geld kosten und mir langsam keine Ausreden mehr einfallen, um diese ständigen Einsätze zu legitimieren. Das Wolf Monitoring Program ist manchen Leuten des National Park Service ein Dorn im Auge. Ähnlich ist es mit Hundeschlitten. Selbst wenn sich einige Musher bereiterklären würden, uns unentgeltlich zu helfen, könnte ich sie nicht verpflichten. Nicht zuletzt die Versicherung würde uns einen Riegel vorschieben. Und dass es beinahe unmöglich wäre, eine Erlaubnis für Snowmobil-Patrouillen zu bekommen, brauche ich Ihnen nicht zu sagen.«

Er drehte sich zu der Karte um und deutete auf mehrere Punkte, darunter auch das Gebiet am Rock Creek. »Wir haben Captain Erhart und seine Leute heute Morgen zu allen strategisch günstigen Punkten nahe der Parkgrenzen gebracht. Zwei Hubschrauber stehen bereit, werden aber nur im Notfall eingesetzt. Erhart und seine Männer sind auf Schneeschuhen unterwegs und ausreichend bewaffnet. Falls Rick und Brian Baldwin heute Nacht tatsächlich in den Park eingedrungen sind, vermuten wir sie hier und hier.« Er deutete auf zwei weitere markierte Punkte auf der Karte. »Das Rock-Creek- und das Riley-Creek-Rudel sind der Parkgrenze am nächsten. Sergeant Corwin wird die Highways abfahren und dort nach den Baldwins suchen. Wenn sie tatsächlich noch in der Gegend sind, müssen sie doch irgendwo ihren Pick-up versteckt haben. Sie …« Er drehte sich zu Julie und Carol um. »Sie werden mit Ihren Hundeschlitten nach Süden fahren.« Er deutete auf den Riley Creek, der in den östlichen Ausläufern des Fang Mountain entsprang und sich unweit der Parkgrenze nach Norden schlängelte. »Sobald Sie etwas Verdächtiges bemerken, informieren Sie Ranger Erhart per Funk. Er hält sich in einer Hütte in unmittelbarer Nähe des Riley-Creek-Rudels auf. Könnte durchaus sein, dass es die Baldwins, wenn sie im Park sind, auf diese Wölfe abgesehen haben könnten.«

»Aye, Sir«, sagte Carol.

»Na, dann viel Glück!« Der Superintendent wandte sich von der Karte ab und ging zu seinem Schreibtisch. Er hatte sich noch nicht gesetzt, als sie durchs Fenster beobachteten, wie ein Kleinwagen in einer Schneewolke auf den Parkplatz schlitterte und dicht neben dem Streifenwagen zum Stehen kam. Louise Fletcher stieg aus und rannte zum Verwaltungsgebäude.

Ohne zu klopfen kam sie ins Büro gestürmt. »Superintendent!«, rief sie atemlos, den Drehknopf in einer Hand. »Mike und Randy sind verschwunden! Mike, mein Sohn, und sein Freund Randy! Sie sind mit Snowmobilen unterwegs! Sie haben eine Pistole mitgenommen. Sie müssen mir helfen, Sir!«

»Eine Pistole?«, fragte Corwin verwundert.

»Beruhigen Sie sich«, redete Green auf die Tierschützerin ein. »Was ist genau passiert? Sie sind gestern Abend weitergefahren ... und was war dann?«

»Dann sind wir in der Elkins Lodge eingekehrt.«

»Bei Stella und Steve ... ungefähr zwanzig Meilen südlich von hier?«

Louise atmete heftig. »Wir haben noch zwei Tage Urlaub und wollten noch ein wenig die Natur genießen.« Sie sah den zweifelnden Blick des Superintendent und senkte den Blick. »Okay, wir wollten auch sehen, was Sie wegen der Wolfskiller unternehmen. Aber von gewaltsamen Aktionen war nicht die Rede, wir wollten nicht mal demonstrieren. Wir wollten nur in der Nähe sein, wenn Sie diese gemeinen Mörder endlich festnehmen. Und daran halten sich auch alle. Die meisten gehen auf eine Schneeschuhwanderung.«

»Und Mike und Randy?«, hakte Green nach.

»Sie haben sich zwei Snowmobile gemietet und wollten ein bisschen in der Gegend herumrasen. Nicht im Nationalpark, auf der anderen Seite. Auf dem Nenana River und auf dem Trail am Denali Highway. Sie sind heute in aller Herrgottsfrühe los und ich hätte mir gar keine Sorgen gemacht, wenn nicht eine halbe Stunde später der Snowmobil-Verleiher gekommen wäre und mir von der verschwundenen Pistole erzählt hätte. Sie hätte unter dem Tresen gelegen, wegen der seltsamen Typen, die hier manchmal auftauchen, und es kämen nur Mike …« Sie schluchzte leise bei der Nennung seines Namens. »… nur Mike und Randy als Diebe infrage. Er fuhr ihnen sofort nach, konnte sie aber nicht mehr erwischen. Ich befürchte … sie sind im Nationalpark und wollen auf Verbrecherjagd gehen.« In ihren Augen stand Verzweiflung. »Mike ist ein braver Junge, Sir, aber sein Freund … Randy sieht das alles als großes Spiel.«

»Haben Sie die State Trooper alarmiert, Mrs. …«

»Fletcher«, ergänzte sie. »Nein, ich habe den Verleiher gebeten, erst einmal stillzuhalten. Ich würde … würde erst mit dem Superintendent sprechen.«

»Okay«, versuchte auch der Trooper, die nervöse Frau zu beruhigen. »Dann kümmern wir uns jetzt darum. Die Ranger suchen im Nationalpark nach den Jungen und ich fahre mit Ihnen zu dem Snowmobil-Verleiher.«

»Ich habe Angst, Sir. Ich habe solche Angst.«

»Wir werden uns alle Mühe geben, die Jungen zu finden«, sagte der Trooper. »Weit können die beiden noch nicht sein. Und wenn sie in den Nationalpark gefahren sind, gehen sie den Rangern bald ins Netz.« Er wusste natürlich, dass der Ausflug von Mike und Randy auch tragisch enden konnte, ließ sich aber nichts anmerken. »Wir bleiben in Verbindung«, sagte er zu Green.

»Dann wissen Sie ja, was Sie zu tun haben«, sagte der Superintendent, nachdem Corwin und Louise Fletcher sein Büro verlassen hatten. »Suchen Sie nach den Jungen.« Er setzte sich kopfschüttelnd. »Als ob wir mit diesen Wolfskillern nicht schon Ärger genug hätten! Passen Sie gut auf sich auf!«

Julie und Carol gingen nach draußen und sahen gerade noch, wie Louise und der Trooper vom Parkplatz fuhren. Josh winkte ihnen durch das leicht beschlagene Seitenfenster zu. Er hätte wahrscheinlich gern noch einige Worte mit Julie gewechselt, aber dazu war jetzt keine Zeit. Der Superintendent würde den ganzen Park in Alarmbereitschaft versetzen und selbst die Ranger, die ihren freien Tag hatten und vielleicht weggefahren waren, nach Denali zurückholen. Erst später würde Julie erfahren, dass vor einigen Jahren ein leichtsinniger Junge auf einem Snowmobil unerlaubt in den Park gedrungen und von einem wütenden Elch so stark verletzt worden war, dass er bald darauf starb.

Die Huskys ahnten bereits, dass sie wieder laufen durften, wollten aber zuerst ihr Fressen haben, das Julie und Carol aus dem beheizten Vorratshaus holten. Am liebsten wären die beiden sofort losgefahren, um die vermissten Jungen möglichst schnell zu finden und sich an der Suche nach den Wolfskillern beteiligen zu können. Aber kein Musher ging mit hungrigen Huskys auf Tour und ließ es darauf ankommen, ihre Unzufriedenheit zu spüren zu bekommen.

Dennoch trieben sie die Hunde zur Eile an.

»Wir haben nicht viel Zeit, Chuck«, sagte Julie, während sie ihren Leithund zwischen den Ohren kraulte. »Mike und

Randy … der leichtsinnige Randy, der mir unbedingt zeigen wollte, was für ein guter Musher er ist … die beiden sind irgendwo mit ihren Snowmobilen im Park. Und die Baldwins wahrscheinlich auch. Schlimmer geht's nicht, was? Aber keine Angst, die anderen Ranger sind auch alle unterwegs. Wir sind nicht allein da draußen.« Sie ging zu den anderen Hunden. »Habt ihr gehört? Wir haben heute eine wichtige Tour vor uns. Also fresst euch noch mal satt und dann lasst uns aufbrechen.«

Wenige Minuten später waren sie unterwegs. Im Gänsemarsch ging es nach Süden, über einen Trail, den sie schon öfter auf ihren Patrouillenfahrten benutzt hatten. Er führte über das feste Eis der Triple Lakes, wand sich am westlichen Ufer des Riley Creek entlang und den Ausläufern des fernen Fang Mountain entgegen. Obwohl inzwischen die Sonne aufgegangen sein musste, sah man nichts von ihr, nicht mal einen sachten Schimmer. Eine dichte Wolkendecke hing über dem zerfurchten Land. Wegen des leichten Schnees, der mit dem böigen Wind über das feste Eis strich, hatten sie ihre Schutzbrillen aufgesetzt.

Die Berggipfel lagen im frostigen Dunst verborgen, der mächtige Mount McKinley ohnehin, aber auch der zweitausend Meter hohe Fang Mountain. Lediglich die schneebedeckten Felshänge waren zu sehen. Die Gegend erschien Julie wie das geheimnisvolle Szenario eines Fantasyfilms, nur aufregender und von einer Wucht, wie sie eine auf dem Computer generierte Traumkulisse niemals erreichen würde. Die Huskys waren in ihrem Element, schienen über den Trail zu fliegen, während Julie auf den Kufen stand und nur darauf achten musste, bei einer Bodenwelle nicht den Halt zu verlieren. Das Geräusch der scharrenden Kufen hallte weit über den Trail.

Sie fuhren meilenweit, ohne ein anderes Lebewesen zu Gesicht zu bekommen. Das Land lag wie ausgestorben vor ihnen. Nachdem sie die Seen überquert hatten, wurde es hügeliger und zerklüfteter, und sie mussten die Hunde jetzt öfter bremsen, um nicht vom Trail abzukommen. Zum Glück kannten sie sich aus. Selbst in dem schwachen Licht, das vom Schnee reflektiert wurde, behielten sie ihre Richtung bei und konnten es sich sogar leisten, die Stirnlampen aus zu lassen. Das Licht hätte sie den Jungen oder den Wolfskillern nur verraten. Unbeirrt fuhren sie den Ausläufern der Berge entgegen.

Von einem Waldrand aus sahen sie die tanzenden Lichter zum ersten Mal. Zwei Snowmobile, die ungefähr eine Meile von ihnen entfernt auf einem Hügelkamm auftauchten und gleich darauf wieder in der Dunkelheit verschwanden. Nur das Motorengeräusch war noch leise zu hören. Es entfernte sich immer weiter, kam dann wieder näher, und plötzlich tauchten auch die Lichtkegel der Scheinwerfer wieder auf. Wie Irrlichter tanzten sie durch den dunklen Morgen.

Julie und Carol hatten längst angehalten und blickten durch ihre Feldstecher. Aber sosehr sie sich auch anstrengten, die Gestalten auf den Snowmobilen konnten sie nicht erkennen. Rick und Brian Baldwin? Mike Fletcher und Randy Bradshaw? Beides war möglich. Weil sich die Fahrer kaum von den dunklen Fichten abhoben, die hinter ihnen aus dem Schnee wuchsen, konnte man nicht sehen, ob einer oder beide der Männer Gewehre bei sich hatten. Dann hätten Julie und Carol zumindest gewusst, mit wem sie es zu tun hatten. Nur die Baldwins besaßen Gewehre, die Jungen hatten bloß die geklaute Pistole dabei.

Die Lichter bewegten sich wieder und tanzten über den Hügelkamm nach Westen. Sie folgten keinem Trail, zogen den steilen Hängen der Berge entgegen und geisterten über eine Schneewand, die sich bedrohlich über ihnen erhob. Eine gefährliche Stelle, die erfahrene Ranger möglichst mieden, weil dort schon zahlreiche Lawinen abgegangen waren und ihre Opfer unter sich begraben hatten. Zwei Wanderer waren dort im letzten Winter gestorben.

Julie und Carol setzten die Feldstecher ab und blickten entsetzt nach Norden. Die Fahrer hoben sich jetzt deutlich gegen die Schneewand ab und die Rangerinnen erkannten, dass es sich nur um die Jungen handeln konnte. Sie hatten keine Gewehre dabei, zumindest waren keine zu erkennen. Von dem unbedingten Willen getrieben, sich als ganze Männer zu beweisen und die Wolfskiller im Alleingang zu erledigen, trieben sie ihre Maschinen über den festen Schnee.

Die Gefahr, die dabei von der Schneewand ausging, erkannten die Jungen nicht. Mit einem Hundeschlitten und auch auf Schneeschuhen wäre man vielleicht unbeschadet an ihr vorbeigekommen, aber der dröhnende Motor eines Snowmobils, das nicht umsonst innerhalb der Parkgrenzen verboten war, konnte den Schnee erschüttern und eine riesige Lawine auslösen.

»Mike! Randy! Kommt zurück!«, rief Carol so laut sie konnte. Das Echo ihrer Stimme wehte über die Hügel und schreckte die Jungen auf, ließ sie kurz zögern und dann noch schneller weiterfahren. »Kommt zurück, sonst löst ihr eine Lawine aus! Das ist zu gefährlich! Mike! Randy! Zurück! Zurück!«

Ein dumpfes Grollen zeigte an, dass ihre Warnung zu spät kam.

18

Wie auf einem Giebeldach, das unter dem Lärm eines vorbeifahrenden Zuges oder Trucks erzittert, rutschten die Schneemassen von der Wand. Zuerst nur in Schauern oder kleinen Brocken, dann in immer größeren Ladungen und einer staubenden Woge, die wie eine Flutwelle auf die Jungen niederging. Das Donnern, das die schäumende Lawine dabei verursachte, war so laut, dass es sogar die aufheulenden Motoren der beiden Snowmobile übertönte.

Wie versteinert beobachteten Julie und Carol das schreckliche Schauspiel, unfähig, sich zu bewegen, als wären sie am Boden festgefroren. Sie sahen, wie es der vordere Fahrer gerade noch schaffte, der Lawine zu entkommen und zwischen einige Felsen zu fliehen. Als der zweite Fahrer von der Lawine erfasst wurde und in den tobenden Schneemassen untertauchte, schrien Julie und Carol entsetzt auf. Das Snowmobil des Jungen flog wie ein riesiges Geschoss durch die Luft und verschwand dann ebenfalls, ging in den herabstürzenden Schneemassen unter.

Carol löste sich als Erste aus ihrer Erstarrung. Mit einem heiseren Schrei feuerte sie ihre Huskys an und trieb sie der Unglücksstelle entgegen. Julie folgte ihr, sprang zeitweise von den Kufen, um den Hunden abseits der Trails weiterzuhelfen, und erreichte die Schneewand dicht hinter ihrer Vorgesetzten. Obwohl nur ein Teil der weißen Massen abgerutscht war, häufte sich der Schnee vor ihnen. Es wirkte wie ein erstarrtes aufgewühltes Meer, in dessen Tiefe alles begraben lag, was sich ihm in den Weg gestellt hatte. Das Donnern war nur noch als fernes Echo zu hören, das in den Bergen verklang.

»Das kann er nicht überlebt haben«, sagte Carol leise.

»Und wenn doch?« Julie war bereits von den Kufen gesprungen und hatte ihren Klappspaten aus dem Vorratsbeutel gezogen. Von der Hoffnung getrieben, den Jungen noch retten zu können, kämpfte sie sich zu der Stelle vor, an der sie ihn zuletzt gesehen hatte. »Wir müssen es wenigstens versuchen!«

Sie begann bereits zu graben, schaufelte wahllos den Schnee zur Seite, nur um wieder auf neuen Schnee zu stoßen. In dem Wissen, dass der verschüttete Junge nur wenige Minuten durchhalten würde, wenn er nicht das Glück hatte, in einer Luftblase zu stecken, stapfte sie von einer Stelle zur nächsten, schaufelte wie besessen und kam doch nicht ans Ziel. »Mike! Randy!«, rief sie beide Namen, weil sie nicht wusste, wer unter dem Schnee lag. »Wo bist du?«

Auch Carol grub jetzt, suchte verzweifelt nach einer Spur des Jungen. Aus Erfahrung wusste sie, dass man es eigentlich nur mit Suchhunden und entsprechender Ausrüstung schaffte, einen Verschütteten aus einer Lawine herauszuziehen. Und doch schaufelte sie weiter, denn was hätte sie sonst tun können? Den Jungen im Stich lassen? Seinen Tod in Kauf nehmen, ohne versucht zu haben, ihn unter den Schneemassen zu finden?

»Carol!« Julie starrte ungläubig auf einen hellen Schimmer im Schnee. »Siehst du das? Da brennt eine Lampe!« Sie stapfte durch den angehäuften Schnee und deutete aufgeregt nach vorn. »Der Scheinwerfer des Snowmobils ... das gibt's doch nicht!« Sie schaufelte den Schnee zur Seite und stieß schon nach wenigen Sekunden auf das Snowmobil, das wie durch ein Wunder unversehrt geblieben war und mit dem Vorderrad aus dem Schnee ragte. Wie ein mahnender Finger stieß die Lichtsäule des Scheinwerfers in den Himmel.

Carol war bereits neben ihr und zusammen suchten sie nach dem Jungen. Vorsichtig schaufelten sie den Schnee zur Seite, um ihn nicht zu verletzen, und fanden ihn tatsächlich. »Das ist Mike«, sagte Carol, »der Sohn von Louise.«

Mike war bewusstlos und sehr blass, atmete aber regelmäßig. Anscheinend hatte er genügend Luft bekommen. Nachdem sie seinen Körper ausgegraben hatten, legten sie ihn vorsichtig auf den Rücken und tasteten ihn behutsam nach Verletzungen ab. Alle Ranger verfügten über medizinisches Grundwissen, auch Julie, die beim Erste-Hilfe-Kurs sogar eine der Besten gewesen war. Als Tochter eines Chefarztes hatte sie genug über Verletzungen mitbekommen.

»Das grenzt an ein Wunder«, staunte Carol, »außer ein paar Verstauchungen und Prellungen hat er anscheinend kaum etwas abbekommen. Aber wir gehen besser kein Risiko ein. Könnte sein, dass er unter einem Schädel-Hirn-Trauma oder inneren Verletzungen leidet, und dann muss er möglichst bald in ein Krankenhaus.« Sie hatte bereits ihr Funkgerät aus dem Anorak gezogen.

»Hier Carol«, sagte sie noch einmal, als die Verbindung

nicht gleich zustande kam. »Kannst du mich hören, Greg? Wir haben einen Verletzten. Mike Fletcher, einer der beiden Jungen.« Sie berichtete von der Lawine, wiederholte, was sie zu Julie gesagt hatte, und gab ihre Position durch. »Hier kann man schlecht landen. Am besten lässt du den Chopper in das lang gestreckte Tal des Riley Creek kommen. Ich bringe den Verletzten mit dem Schlitten hin.«

Erhart war einverstanden. »Was ist mit dem anderen Jungen?«

»Randy Bradshaw? Der hat wohl vor Schreck Reißaus genommen. Wir schnappen ihn uns später.«

Sie kappte die Verbindung und steckte ihr Funkgerät weg. Zusammen trugen sie den Verletzten zu Carols Schlitten, eine schweißtreibende Arbeit, weil sie ihre Schneeschuhe nicht angeschnallt hatten und bei jedem Schritt bis zu den Knien im Schnee versanken. Sie wickelten Mike in mehrere Wolldecken und schnallten ihn auf der Ladefläche fest. Er war immer noch bewusstlos, stöhnte aber leise, als Julie aus Versehen gegen seinen linken Arm stieß. Vielleicht kam es ihr auch nur so vor. In der plötzlichen Stille war selbst der kleinste Laut zu hören, das Scharren ihrer Schritte, das Hecheln der Hunde.

»Fahr Randy nach!«, sagte Carol. »Aber komm ihm nicht zu nahe und unternimm auf keinen Fall etwas auf eigene Faust. Er hat eine Pistole und bei dem Schock, den er gerade bekommen hat, weiß man nie.

Der bringt es fertig und schießt vor lauter Angst und Panik wild um sich. Ich komme nach, okay?«

»Geht klar, Carol.«

Sie blickte ihrer Vorgesetzten nach, die auch in einer dramatischen Situation wie dieser die Nerven behielt und so sicher fuhr, als hätte sie keinen Verletzten, sondern nur einen Stapel Decken auf der Ladefläche liegen. Julie schüttelte den Kopf. Sie konnte noch immer nicht fassen, dass Mike die Lawine überlebt hatte. »Habt ihr so was schon mal gesehen?«, fragte sie ihre Hunde. »Wenn der Scheinwerfer nicht gebrannt hätte, wäre Mike schon tot.«

Sie klopfte sich den Schnee von der Kleidung und verstaute den Spaten in ihrem Vorratsbeutel. Mit gemischten Gefühlen fuhr sie weiter. Sie blieb zunächst auf den Hügelkämmen, die kaum etwas von der Lawine abbekommen hatten, um besseren Halt zu haben. Dann schnallte sie die Schneeschuhe an, bevor sie sich mit den Hunden durch den Tiefschnee kämpfte, der sie zu weiteren Hügelkämmen jenseits der teilweise eingebrochenen Schneewand führte. Dort stieß sie auf einen verschneiten Wanderweg in den Ausläufern des Fang Mountain.

Die Ranger benutzten den Trail auf ihren Patrouillenfahrten nur selten, deshalb waren die Spuren des Snowmobils selbst in dem düsteren Tageslicht leicht zu erkennen. Sie scheute sich noch immer, ihre Stirnlampe einzuschalten, hatte Angst, dass sich der Junge in seiner Panik irgendwo versteckte und auf alles schoss, was sich bewegte. »Nicht so schnell!«, bremste sie ihre Hunde. »Ohne Carol können wir sowieso nichts unternehmen. Weit kommt Randy nicht. Der Trail führt in die Berge, da bleibt er mit seiner Maschine stecken.«

Das Land wurde immer unwegsamer. Wie riesige Kathedralen ragten die Felsmassive aus dem zerfurchten Gelände, umweht von düsteren Nebelschwaden, die ihnen ein geheimnisvolles, teilweise unheimliches Aussehen gaben. Der Trail wand sich durch ein schmales Tal, zog sich durch einen lichten Mischwald und führte über einen steilen Hang auf ein weites Plateau hinauf. Wirbelnde Flocken begleiteten sie auf ihrer einsamen Fahrt, noch nicht stark genug, um die Hubschrauber auf dem Boden zu halten, aber gefährlich für einen Jungen, der sich im Park nicht auskannte und von Panik getrieben wurde.

Am Waldrand hielt sie ihren Schlitten an und lauschte. Der Motor des Snowmobils war nicht zu hören. Hatte er bereits einen so großen Vorsprung herausgefahren, dass er außer Hörweite war? Eigentlich kaum möglich, dachte sie beim Anblick des schmalen Trails, der in zahlreichen Serpentinen über den Hang auf das Plateau führte. Sein Vorsprung war nicht so groß, dass er schon auf der anderen Seite sein könnte. Aber einen anderen Weg gab es nicht aus diesem Tal. Julie war erst ein Mal auf diesem Trail unterwegs gewesen, wusste aber, dass nur dieser Weg über das Plateau und auf der anderen Seite in ein weiteres Tal hinabführte, in das wegen des zerfurchten Bodens kein Ranger gerne fuhr. Selbst bei einer dichten Schneedecke lief man Gefahr, sich zu verletzen, zu rau und uneben war der Boden unterhalb des gewaltigen Plateaus.

Sie zog ihr Funkgerät heraus und rief Carol. Statt einer Antwort drang ein unregelmäßiges Knistern aus dem Lautsprecher. Die Verbindung in diesem Teil des Nationalparks war sehr schlecht. Sie fuhr ein paar Schritte und versuchte es noch einmal. Diesmal kam eine Antwort: »Julie … bist du das?«

»Hier Julie«, bestätigte sie. »Ich bin in dem schmalen Tal vor dem Felsmassiv. Kein Motorengeräusch. Ich mache mir langsam Sorgen um den Jungen.« Im Lautsprecher knisterte es erneut und es dauerte eine Weile, bis die Verbindung wieder stimmte. »Wie geht es Mike? Alles okay mit ihm?«

»Alles okay«, bestätigte Carol. »Er ist schon ins Krankenhaus unterwegs.« Wie zur Bestätigung erklang plötzlich ein lautes Dröhnen und der Hubschrauber flog mit gesenktem Bug über sie hinweg. Schon nach wenigen Augenblicken war er nur noch als heller Punkt in der Ferne zu erkennen und das Motorengeräusch war nicht mehr zu hören. »Bleib, wo du bist, Julie! Ich bin in einer halben Stunde bei dir.«

»Aye, Carol«

Julie steckte das Funkgerät weg und fuhr zum Waldrand zurück. Einige Zeit hörte sie nur dem Wind und dem Rauschen der Bäume zu, doch die Unruhe, die sie beim Anblick des gewundenen Pfades ergriffen hatte, ließ sie nicht mehr los. Selbst wenn sie für die Bergung des verletzten Mike eine Stunde gebraucht hatten, konnte Randy noch nicht auf dem Plateau sein. Zu beschwerlich war der lange Anstieg über den steilen und kurvenreichen Trail.

Nervös griff sie nach ihrem Feldstecher und suchte den Hang nach irgendeinem Hinweis ab, der ihr etwas über den Verbleib des Jungen verraten könnte. Sie folgte seinen Spuren mit dem Feldstecher, bis sie vor ihren Augen verschwammen. Dann blickte sie weiter den Pfad hinauf, um festzustellen, ob der Motor des Snowmobils abgestorben war und Randy irgendwo im Schnee feststeckte. Doch der Pfad lag verlassen unter dem verhangenen Himmel. War er doch schon auf der anderen Seite? War er ein so guter Fahrer, dass er die Steigung erklommen hatte? Oder hatte er den Motor abgeschaltet und versteckte sich im Dunkeln?

Sie suchte erneut den Pfad ab und entdeckte plötzlich eine Stelle, wo die Spuren vom Trail abwichen und in den Tiefschnee führten. Sie ahnte, was passiert war, und fluchte leise. Julie ließ den Feldstecher über den aufgeworfenen Schnee direkt neben dem Trail gleiten und hatte gleich darauf Gewissheit: Randy war vom Weg abgekommen und den Hang hinabgestürzt!

Das Snowmobil entdeckte sie zuerst. Es steckte auf halber Höhe im Schnee, der Lenker war stark verbogen, weder der Scheinwerfer noch das Rücklicht brannten. Randy lag weiter unten, nur wenige Schritte vom Talboden entfernt, und war offensichtlich bewusstlos. Selbst aus der Ferne erkannte sie, dass sein linker Arm in einem seltsamen Winkel vom Körper abstand. Anscheinend war er gebrochen. Der Sturz, den der Junge hinter sich hatte, entsprach einem Fall aus dem zweiten Stock. Nur wenn der Schnee seinen Aufprall gedämpft hatte, konnte er noch am Leben sein.

Hastig sprang sie auf ihren Schlitten und jagte ihre Huskys zu der Unglücksstelle. Sie konnte mit dem Schlitten nicht bis zu dem Verletzten gelangen, darum hielt sie direkt am Fuß des Hangs und kletterte zu Randy hinauf. Als sie ihn erreichte, öffnete er die Augen und stöhnte vor Schmerz. Julie atmete erleichtert auf. Gott sei Dank, er lebte!

Sein linker Arm war tatsächlich gebrochen, auch sein linker Fuß stand unnatürlich vom Körper ab. Aus seiner Nase und mehreren Schürfwunden rann Blut. Julie erkannte, dass er wesentlich schlimmer verletzt als Mike Fletcher und bestimmt nicht transportfähig war.

Sie beugte sich zu ihm hinunter und traute sich nicht mal, ihn auf die Seite zu legen. »Ich bin's ... Ranger Wilson«, sagte sie. »Nicht bewegen! Du bist schwer verletzt! Hab keine Angst, ich rufe einen Hubschrauber. Der ist in ein paar Minuten hier und bringt dich ins Krankenhaus. Halte durch, Randy!«

Sie stand auf und griff nach ihrem Funkgerät. Als Erhart sich meldete, atmete sie erleichtert auf. In knappen Worten schilderte sie, was mit dem Jungen passiert war. »Wir brauchen dringend einen Hubschrauber mit Rettungsgondel«, fuhr sie fort. »Landen kann man hier nicht und der Transport mit dem Schlitten wäre viel zu gefährlich! Er hat sicher innere Verletzungen.«

»Roger«, antwortete Erhart. »Bleiben Sie bei dem Verletzten!«

Julie verstaute das Funkgerät im Anorak und holte zwei Decken vom Schlitten. Eine schob sie vorsichtig unter den Kopf des Jungen, mit der anderen deckte sie ihn zu. Randy war jetzt bei vollem Bewusstsein, machte aber einen verstörten Eindruck und schien nicht zu wissen, wo er sich befand. Den Schmerz würde er erst spüren, wenn kein Adrenalin mehr im Körper war.

»Wo bin ich? Was ist passiert?«, fragte er benommen.

»Du bist gestürzt«, antwortete Julie. Sie berichtete ihm, was geschehen war, hütete sich aber, ihm Vorwürfe zu machen. Mit seinen schweren Verletzungen war er schon genug gestraft. »Du bist mit dem Snowmobil vom Weg abgekommen. Der Trail ist hier ziemlich steil. Selbst wir Ranger gehen hier nur ungern auf Patrouille. Wir sind in den Ausläufern des Fang Mountain.«

Er schien einige Zeit zu brauchen, um die Informationen aufzunehmen. Das Adrenalin ließ bereits nach, und eine Welle des Schmerzes überkam ihn. »Verdammt, tut das weh!« Er verzog das Gesicht und kämpfte verzweifelt gegen die Tränen an. »Mein Arm … mein Fuß … mir tut alles weh …« Tränen rannen ihm über die Wangen. »Sie … du musst mir helfen! Tu irgendwas!«

»Der Hubschrauber muss gleich hier sein, Randy!«

»Es tut …« Er presste die Lippen aufeinander. »Es tut scheißweh!«

»Ein paar Minuten«, tröstete ihn Julie, »in ein paar Minuten kommt der Hubschrauber! Der Doc gibt dir eine Spritze, dann spürst du nichts mehr!«

»Bist du sicher?«

»Mein Dad ist Arzt. Ich kenne mich aus.« Sie berührte ihn sanft an der Schulter und versuchte ihm aufmunternd zuzulächeln, obwohl sie eigentlich lieber laut geflucht hätte. Immerhin war Randy selbst schuld an seinem bedauernswerten Zustand. Und sobald er gesund war, würden noch Anzeigen wegen des unerlaubten Fahrens mit dem Snowmobil und wegen des Diebstahls der Pistole auf ihn warten. Wenn er Pech hatte und nicht ausreichend versichert war, würde man ihm oder seinen Eltern sogar den Hubschraubereinsatz berechnen. Und der war alles andere als billig. Sie versuchte die Gedanken zu verdrängen. »Heute braucht niemand mehr Schmerzen zu haben, sagt mein Dad.« Sie zwang sich wieder zu lächeln. »Du wirst es ja sehen.«

Randy stöhnte nur. Seine Schmerzen wurden immer stärker.

»Wo ist die Pistole, Randy? Die Pistole, die du genommen hast.«

»Die … Pistole? Im … im Anorak …«

Sie tastete die Anoraktaschen des Jungen ab und fand lediglich ein Handy, eine halbe Tafel Schokolade und allerlei Krimskrams. »Da ist sie nicht.« Sie schaltete ihre Stirnlampe ein, leuchtete die nähere Umgebung ab und sah sie im Schnee liegen. Julie nahm die Waffe an sich, überprüfte sie und steckte sie ein. Sie war tatsächlich geladen … das würde ihn teuer zu stehen kommen.

Hinter ihr erklang ein Geräusch und Carol tauchte mit ihrem Schlitten am Waldrand auf. Sie erfasste die Szene mit einem Blick. »Schwer verletzt?«

Julie schilderte ihr, was passiert war. »Der Chopper kommt gleich.«

»Das hast du gut gemacht.« Carol stieg vom Schlitten, untersuchte den Jungen und kam zum selben Ergebnis wie Julie. »Beiß die Zähne zusammen, mein Junge!« Auch sie verzichtete darauf, dem Verletzten Vorwürfe zu machen.

Einige Minuten später, als Randy es vor Schmerzen kaum noch aushielt, kam endlich der Hubschrauber. Er blieb über dem Verunglückten in der Luft stehen und der Pilot ließ die Rettungsgondel herab. »Na, siehst du«, übertönte Julie das Rattern des Hubschraubers mit ihrer Stimme, »jetzt hast du es gleich geschafft! Wir sagen Louise Fletcher, wo du bist, und sie ruft sicher deine Eltern an. Gute Besserung, Randy! Du wirst sehen, es ist halb so schlimm.«

Doch als er außer Reichweite war, konnte sie nicht mehr an sich halten. »So ein Idiot!«, schimpfte sie.

19

Das lang gezogene Heulen eines Wolfs drang durch die Dunkelheit. Es klang so nahe und unheilvoll, dass selbst ein erfahrener Leithund wie Chuck für einen Augenblick zögerte und nur mit halber Kraft weiterrannte. Es war kein Mond zu sehen, den der Wolf anheulen konnte, er lag hinter einer dichten Wolkendecke verborgen. Also rief das Tier wahrscheinlich seine Artgenossen oder sammelte sein Rudel zur Jagd. Ein halbes Dutzend Wölfe stimmte in das Geheul mit ein und sogar Chuck fühlte sich bemüßigt, ihnen mit einem leisen Heulen zu antworten.

»Das Riley-Creek-Rudel«, sagte Carol, als sie unter einigen Bäumen hielten. »Ich schätze, sie sind an der Biegung des Flusses, ungefähr fünf Meilen von hier. Dort habe ich sie das letzte Mal auch aufgespürt. Ein perfekter Platz für die Jagd, vor allem im Sommer, wenn die Elche zum Fluss kommen.« Sie blickte Julie an. »Könnte sein, dass die Baldwins das auch wissen. Ein guter Jäger ist immer dann am besten, wenn er seine Opfer vorher genau studiert.«

»Und du meinst, die Baldwins sind gute Jäger?«

»Sie sind erstklassige Jäger«, bestätigte Carol. »Dass sie außerhalb der Saison und im Nationalpark auf die Pirsch gehen, bedeutet nur, dass sie skrupellose Verbrecher sind und sich nicht um Vorschriften und Gesetze scheren. Und dass sie sinnlos Wölfe abknallen, zeigt doch, was für ein falsches

Bild sie von diesen Tieren haben. Gute Jäger sind sie dennoch. Wer so nahe an Wölfe rankommt, der muss gut sein.«

Julie seufzte. »Dann erwischen wir sie vielleicht nie.«

»Die Ranger sind in der Überzahl«, erwiderte Carol, »und die meisten sind erfahrener als die Baldwins. Dazu kommt, dass sich die beiden anscheinend für unbesiegbar halten. Sie haben die Trooper und uns reingelegt und glauben jetzt wahrscheinlich, sie könnten sich alles erlauben. Sonst wären sie so kurze Zeit nach den Protesten in Fairbanks nicht in den Nationalpark gekommen. Und dann noch mit Snowmobilen, die man meilenweit hören kann, wenn der Wind richtig steht.«

Sie lenkten ihre Schlitten nach Südwesten. Carol übernahm die Spitze, Julie fuhr in ihrem Windschatten. Obwohl der Trail in der felsigen Umgebung nur schwer zu erkennen war, ließen sie die Stirnlampen ausgeschaltet, um kein leichtes Angriffsziel zu bieten. Es schneite noch heftiger als am Nachmittag und auch der Wind fuhr jetzt in heftigen Böen über die Hügelkämme, ein deutliches Zeichen dafür, dass sie eine unruhige Nacht vor sich hatten. Bis Mitternacht wollten sie draußen bleiben, im Notfall sogar länger. Sie waren mit den Huskys vertraut und konnten am besten mit ihnen umgehen. Der Superintendent hatte erlaubt, dass sie nach der Rettung der beiden Jungen noch mal rausfuhren. Eine Ausnahme, wie er betonte.

Die Huskys waren unruhig. Einmal drehte sich Chuck sogar nach ihr um, als wollte er sagen: Bist du sicher, dass wir auf dem richtigen Trail sind? Curly war nervöser als sonst und versuchte, zur Seite auszubrechen, so dass Julie ihn mit einem scharfen Kommando zur Ordnung rufen musste. Nanuk wollte langsamer laufen, obwohl sie ohnehin schon das Tempo gedrosselt hatten. »Easy, meine Lieben!«, rief sie den Hunden zu, »uns passiert schon nichts.« Sie glaubte nicht, dass sich die Huskys vor den Wölfen fürchteten. Den wilden Artgenossen begegneten sie zwar mit Respekt, aber in den meisten Fällen hatten sie von ihnen nichts zu befürchten. Ihr Instinkt warnte sie wohl eher vor Wolfskillern wie den Baldwins, die auch nicht davor zurückschrecken würden, auf sie zu schießen.

Die Flussbiegung, von der Carol gesprochen hatte, lag in den Ausläufern des Fang Mountain, nahe genug an der Parkgrenze, um für die Baldwins leicht erreichbar zu sein. Eine knappe halbe Meile, bevor sie den dichten Bestand von Schwarzfichten verließen, der zwischen ihnen und ihrem Ziel lag, hielten sie an und lauschten angestrengt. Weder die Motoren zweier Snowmobile noch das Heulen von Wölfen waren zu hören. Was nicht hieß, dass sie allein waren. Die Wölfe mussten in der Nähe sein, wenn sie ihr Heulen richtig gedeutet hatten. Und die Baldwins hatten ihre Maschinen sicher unter den Bäumen versteckt, um ungestört an das Wolfsrudel heranschleichen zu können.

Carol kannte die Gegend besser als Julie und trieb ihre Hunde noch einmal an. Erst eine Viertelmeile vor der Flussbiegung und noch immer im Schutz des Waldes, lenkte sie ihren Schlitten zwischen die Bäume und verankerte ihn im Schnee. Auf ein Zeichen der Rangerin hielt Julie neben ihr. Flüsternd redete sie auf ihre Huskys ein: »Schön brav sein! Es könnte sein, dass die Wolfskiller in der Nähe sind. Sie dürfen euch nicht entdecken, hört ihr?« Sie kraulte ihren Leithund zwischen den Ohren und beruhigte Curly, der vor Aufregung versuchte, aus seinem Geschirr zu kommen. »Easy, Curly! Ganz ruhig!«

Zwischen den Bäumen schlichen sie zum Waldrand. Im Schutz der weit ausladenden Schwarzfichten kamen sie auch ohne Schneeschuhe zügig voran. Ein bisschen mulmig war Julie schon zumute. Sie war nicht zu den Rangern gegangen, um Verbrecher zu jagen. Sie wollte aktiv dazu beitragen, die Natur zu schützen, und besaß auch nicht die nötige Ausbildung für eine Aktion wie diese. Wie die angehenden State Trooper mussten die Männer und Frauen, die in der Abteilung Law Enforcement arbeiten wollten, eine Ausbildung auf der Academy absolvieren.

Carol war derselben Meinung. »Wir mischen uns nur ein, wenn sie gerade auf die Wölfe anlegen und es gar nicht anders geht«, flüsterte sie Julie zu. »Ansonsten informieren wir Erhart oder die Zentrale. Keine Alleingänge!«

»Schon klar«, erwiderte Julie.

Sie tasteten sich bis zum Waldrand vor und blieben geduckt im Unterholz stehen. Böiger Wind trieb ihnen die wirbelnden Flocken entgegen und schlug ihnen die Äste eines Gestrüpps gegen die Anoraks. Wie eine Dunstglocke hing der Schnee über dem zugefrorenen Fluss, der an dieser Biegung keine dreißig Schritte breit war und von Bäumen begrenzt wurde. Der Wind heulte und jagte flatternde Schneeschleier und Nebelfetzen über das Eis.

Die Wolfskiller waren nicht zu sehen. Julie und Carol suchten beide Ufer und die umliegenden Hügel ab, versuchten mit ihren Feldstechern den wirbelnden Schnee zu durchdringen, konnten sie aber nirgendwo entdecken.

»Die sind bestimmt wieder umgekehrt bei dem Wetter«, sagte Julie.

Carol schüttelte den Kopf. »Nicht die Baldwins. Fanatiker wie Rick und Brian Baldwin lassen sich nicht einmal durch einen Blizzard aufhalten. Wenn die sich vorgenommen haben, einen Wolf zu erschießen, dann tun sie das auch.«

Ein dunkler Punkt tauchte am nördlichen Ufer auf, dann noch einer und noch einer. Durch ihren Feldstecher sah Julie, dass es sich um ein Wolfsrudel handelte. Zehn ausgewachsene Wölfe, die im losen Gänsemarsch zum Fluss hinabstiegen und über das harte Eis nach Westen liefen. Nur schemenhaft hoben sie sich gegen den blassen Schnee ab, wie Geisterwölfe aus einer indianischen Legende, die zu einem geheimen Treffpunkt unterwegs waren. Die Wölfe vom Riley Creek, noch widerstandsfähiger als das Rudel vom Rock Creek, weil sie in einem Gebiet lebten, das teilweise sehr unzugänglich war und ihnen alles abverlangte. Die Baldwins hatten diese Tiere bisher in Ruhe gelassen.

Julie und Carol standen gegen den Wind, wie es auch erfahrene Jäger getan hätten, und blieben unentdeckt. Sie warteten geduldig, bis die Wölfe hinter der nächsten Biegung verschwanden, und blieben stehen, bis sie sicher sein konnten, dass die Baldwins nicht in der Nähe waren.

»Sie sind nicht hier«, sagte Julie. Es klang beinahe enttäuscht. »Sieht fast so aus, als würden sie sich noch mal die Wölfe vom Rock Creek vornehmen.«

Carol schüttelte den Kopf. »Zu gefährlich. Wenn sie im

Norden die Parkgrenze überqueren, laufen sie den Kollegen doch gleich in die Arme. Zumindest denken sie das bestimmt. Hier unten, so hoffen sie, vermutet sie niemand. Unzugängliches Terrain, für Snowmobile eher ungeeignet, und das Rudel ist wesentlich größer als das vom Rock Creek. Wenn sie uns beweisen wollen, dass wir alle Dummköpfe sind und sie die Weisheit mit Löffeln gefressen haben, sind sie hier. Im Süden ist der Highway nicht so übersichtlich wie in Healy und sie kommen leichter in den Park. Nein, die sind hier ... bestimmt.«

Sie zog ihr Funkgerät aus der Tasche und rief Erhart. Nachdem sie ihre Position durchgegeben hatte, sagte sie: »Wir haben das Riley-Creek-Rudel gesehen, an der Flussbiegung. Keine Spur von den Baldwins, obwohl ich glaube, dass sie ganz in der Nähe sind. Weibliche Intuition, meinetwegen, aber ...« Sie wiederholte, was sie Julie gesagt hatte. »Ich gehe jede Wette ein, dass sie noch vor Mitternacht zuschlagen. Wir bleiben in der Nähe, okay?«

»Aber passt auf euch auf«, erwiderte Erhart. »Ein Blizzard ist im Anmarsch, ein ziemlich heftiger sogar. Ich hab keine Lust, euch morgen früh aus dem Tiefschnee graben zu müssen. Meldet euch beim kleinsten Verdacht!«

»Geht klar, Greg.«

Wenige Minuten später waren Julie und Carol wieder unterwegs. Sie blieben zwischen den Bäumen am Flussufer und folgten einem Wanderweg, der vom Riley Creek Campground bis in die Ausläufer der Berge führte, und hielten respektvollen Abstand zu den Wölfen, die irgendwo vor ihnen waren.

Das leise Brummen von Motoren ließ sie aufhorchen und sofort anhalten. Da waren Snowmobile, nördlich von ihnen, keine halbe Meile entfernt. Die Baldwins schienen keine Angst zu haben, entdeckt zu werden, und folgten den Wölfen des Riley-Creek-Rudels über den zugefrorenen Fluss. Das Geräusch entfernte sich rasch, zog an ihnen vorbei und wurde vom heulenden Wind geschluckt.

Carol wollte gerade nach dem Funkgerät greifen, als der Blizzard begann. Von einer Sekunde auf die andere blies der Wind mit solcher Kraft, dass sie selbst im Schutz des Waldes kaum noch Halt fanden und sich am nächsten Baum festklammern mussten. Wütend fuhr der Sturm durch das Unterholz, trieb entwurzeltes Gestrüpp vor sich her und zerrte an den schneebedeckten Ästen der Schwarzfichten. Aus dem Heulen war ein ohrenbetäubendes Dröhnen geworden, das Julie an einen vorbeifahrenden Güterzug erinnerte. Schneeflocken wirbelten durch den Wald und von den Baumkronen wehten eisige Schleier herab. Ein Blizzard, wie er im Winter alle paar Wochen über das Land fegte und Mensch und Tier gleichermaßen zu schaffen machte.

Julie rammte den Anker ihres Schlittens tief in den Schnee und hielt ihr Gespann zusätzlich an der Führungsleine fest. Sie konnten von Glück sagen, dass sie im Wald geblieben waren und den Blizzard nicht mit voller Kraft zu spüren bekamen. Der Wind fegte durch das Unterholz und wirbelte den Schnee tief in den Wald hinein. Doch die dichten Baumkronen nahmen ihm seine Wucht und bremsten ihn ab, wenn er besonders heftig blies.

Den Huskys machte so ein Schneesturm wenig aus. Sie

hätten den Blizzard auch auf dem Fluss überstanden, sich dort vielleicht sogar noch wohler gefühlt. Ihr dichtes Fell schützte sie gegen Wind und Wetter. Sie hatten sich in den Schnee gerollt und lauschten dem Tosen des Sturms beinahe gleichgültig. Nur einmal fingen sie zu bellen an, als ein abgebrochener Ast dicht über ihre Köpfe flog und sie nur knapp verfehlte. Der nasse Schnee, der von den Bäumen fiel, konnte sie aber nicht aus der Ruhe bringen.

So schnell, wie er gekommen war, hörte der Blizzard auch wieder auf. Scheinbar von einer Sekunde auf die andere verebbte das Tosen, und der Wind rauschte nur noch in den Baumkronen. Wegen der Wucht, mit welcher die Windböen durch den Wald gefegt waren, wirbelte noch Schnee durch die Luft und von den Bäumen herab, doch als sie wieder auf den Schlitten standen und ihre Huskys durch den Wald trieben, hörte man nur noch das Scharren der Kufen. Ansonsten war es still, beinahe zu still. Dünne Nebelschwaden waberten zwischen den Bäumen hindurch und verzauberten den lichten Wald.

Am Waldrand hielten sie erneut an und stellten staunend fest, wie sehr sich das Land nach dem Blizzard verändert hatte. Unmengen von Schnee hatte der Sturm über den Fluss getrieben. Wie gewaltige Dünen ragten dichte Schneewehen zwischen den Hügeln empor. Durch den Neuschnee wirkte die Natur ungewohnt rein, als hätten weder Menschen noch Tiere dieses Land jemals betreten. Die Stille schien man greifen zu können. Nicht die geringste Spur verunreinigte den Schnee. Die Wolken waren aufgerissen, der Mond und die Sterne leuchteten schwach auf die Erde herab.

Julie ließ die andächtige Stille auf sich wirken und vergaß für einen Augenblick, dass sie gefährlichen Verbrechern auf der Spur waren. Selbst die Huskys verhielten sich still. Sie genoss einen dieser seltenen Augenblicke, in welchem die Natur im Reinen mit sich war und nichts ihr Gleichgewicht zu stören schien. So musste es hier gleich nach der Schöpfung ausgesehen haben.

Doch das Bild täuschte, denn sie wollten gerade weiterfahren, als wildes Knurren und Fauchen die Stille zerriss und ein beinahe unmenschlicher Schrei über den Fluss klang. Carol riss das Funkgerät aus dem Anorak. »Greg, hier Carol!«, rief sie aufgeregt. »Ich glaube, wir haben sie! Wölfe … ganz in der Nähe!« Sie gab ihre Position durch. »Wir haben jemanden schreien gehört, wahrscheinlich einen der Baldwins! Brauchen dringend Hilfe!«

»Schon unterwegs! Seid vorsichtig!«

Carol zog ihren Revolver aus der Anoraktasche, überprüfte ihn und steckte ihn zurück. »Vorwärts!«, feuerte sie ihre Huskys an. »Go … go!« Wie von Furien gehetzt trieb sie das Gespann auf den Fluss, dicht gefolgt von Julie, deren Herz vor Aufregung bis zum Hals schlug und sie kaum noch klar denken ließ. Beruhige dich, hämmerte sie sich ein, du musst jetzt cool bleiben! Nimm dir ein Beispiel an Carol, die lässt sich durch nichts aus der Ruhe bringen! Wenn du als Rangerin arbeiten willst, darfst du niemals die Nerven verlieren! Bleib ruhig. Die Wölfe lassen dich in Ruhe und die Baldwins haben genug mit sich selbst zu tun, um dir gefährlich werden zu können. Bleib ruhig, verdammt!

Hintereinander rasten sie flussaufwärts. Sie nahmen keine Rücksicht auf das aufgeworfene Eis, gingen ständig in die Knie und verlagerten ihren Schwerpunkt, um nicht das Gleichgewicht zu verlieren. Oft blieben sie mit ihren Schlitten sekundenlang in der Luft, wenn sie über ein Hindernis bretterten. Nach einer halben Meile verließen sie den Fluss und fuhren in den Wald hinein.

Das Knurren und Fauchen wurde immer lauter, dazwischen mischten sich menschliche Schreie und Hilferufe. Die Baldwins … jetzt waren ihre Stimmen deutlich zu erkennen. »Verdammt, er hat mich erwischt!«, jammerte Rick. »Wo ist mein Gewehr? Wo ist die verdammte Knarre?« Sein Sohn klang noch ängstlicher, seine Stimme überschlug sich vor Panik. »Sie liegen da drüben, Dad … da drüben im Schnee … verflucht, ich komm nicht hin!« Wieder lautes Knurren und ein schmerzerfüllter Schrei. »Sie haben mich am Arm erwischt, Dad! Hau ab, du Biest! Verdammt, gib mir einer die elende Knarre!« Noch ein Schrei, diesmal noch verzweifelter. »Er hat mich erwischt, Dad!«

Julie und Carol konnten es nicht riskieren, auf die versprochene Hilfe zu warten. Sie brausten auf die Lichtung, wo sich Ihnen ein erschreckendes Bild bot: Die Wölfe hatten die beiden Männer eingekreist und wagten sich immer näher an die Baldwins heran.

Carol zog ihren Revolver aus der Tasche und feuerte mehrmals in die Luft. »Verschwindet!«, rief sie den Wölfen zu. »Lasst sie in Ruhe, verdammt!«

Die Wölfe gehorchten tatsächlich, erkannten instinktiv, dass ihnen die Zweibeiner jetzt überlegen waren und gaben missgelaunt auf. Mit eingezogenen Ruten verschwanden sie im nahen Wald. Lediglich ihr Anführer drehte sich noch mal um und knurrte, dann lief auch er von der Lichtung.

Julie und Carol rannten zu den Baldwins und leisteten Erste Hilfe. Die beiden Männer hatten mehrere Bisswunden an Armen und Beinen, waren aber nicht lebensgefährlich verletzt. Die Todesangst war ihnen noch immer ins Gesicht geschrieben. Blass vor Schock und Schmerz ließen sie sich notdürftig verbinden.

»Das kommt davon, wenn man nachts durch den Nationalpark schleicht und auf Wölfe feuert«, sagte Carol. »Irgendwann schlagen sie zurück!« Sie blickte auf die Gewehre, die Rick und Brian in ihrer Panik bei dem Kampf verloren oder in den Schnee hatten fallen lassen. »Besonders, wenn man's mit der Angst zu tun bekommt und sein Gewehr wegwirft.« Sie stand auf und blickte auf die beiden Wolfskiller. »Am liebsten würde ich Sie hier draußen liegen lassen!«

Brian heulte vor Aufregung und Angst. »Wir hätten sie alle erschießen sollen!«, fluchte er in einer Mischung aus Angst und Wut. Nicht nur den Alten und den Krüppel. Eine verdammte Bombe hätten wir abwerfen sollen!«

»Dann geben Sie zu, dass Sie zwei Wölfe innerhalb der Parkgrenzen erschossen haben und sich auch heute Nacht wieder auf die Jagd machen wollten?«

»Nein, verdammt!«, erwiderte Rick.

»Ja, verdammt!«, rief Brian. Er blickte seinen Vater an und heulte wie ein kleiner Junge. »Ich hab genug, Dad! Ich hab genug von dem Scheißspiel! Soll sich doch die Regierung um die blöden Wölfe kümmern! Ich hab die Nase voll! Und wenn sie mich ins Gefängnis sperren … ich will das nicht mehr!«

»Er lügt!«, schrie Rick.

»Überprüfen sie unsere Gewehre! Dad hatte sie bei einem Kumpel versteckt … einem Fallensteller, er wohnt neben der Tankstelle … Aber gestern Abend haben wir sie wiedergeholt. Scheiße, Dad! So was wie heute will ich nie wieder erleben, da lass ich mich lieber einsperren!«

Ein Hubschrauber näherte sich, derselbe, mit dem sie den verletzten Mike abgeholt hatten. Die Maschine wirbelte den gerade gefallenen Neuschnee in Massen auf und landete auf der Lichtung. Zwei Sanitäter sprangen mit Tragen heraus und luden die Baldwins ein.

Auch Superintendent Green war an Bord.

»Das haben Sie gut gemacht«, sagte er, nachdem Carol ihm Bericht erstattet hatte. Dabei blickte er auch Julie an. »Ich glaube, Sie beide haben sich zwei freie Tage verdient.« Er kletterte hinter den Sanitätern in den Hubschrauber und winkte ihnen noch einmal zu. Mit ratternden Rotoren hob die Maschine ab.

Kaum war der Hubschrauber verschwunden, knisterte Julies Funkgerät. Sie zog es erstaunt aus der Tasche. »Ranger Julie Wilson. Bitte kommen!«

»Hallo, Julie«, antwortete eine vertraute Stimme. »Hier Josh …«

Sehnsucht, Liebe, große Abenteuer

Packende Husky-Romane des Erfolgsautors Christopher Ross

Mein Freund, der Husky
240 Seiten, Hardcover
ISBN 978-3-8000-5708-5

Jennifer verliebt sich in den Fallensteller Hendrik und ist von seinen Huskys begeistert – besonders Balto hat es ihr angetan. Als eine Diphtherie-Epidemie in Nome ausbricht, kann das lebensrettende Serum nur per Hundeschlitten in den kleinen Ort gebracht werden. Ein Wettlauf mit der Zeit beginnt, bei dem Husky Balto seine Stärke beweisen muss.

Die Rückkehr der weißen Wölfe
240 Seiten, Hardcover
ISBN 978-3-8000-5707-8

Geheimnisvolle Wölfe warnen Jessica vor einer großen Gefahr. Am nächsten Tag ist Doug, der Verlobte ihrer Mutter Emily, verschwunden. Zusammen folgen sie seinen Spuren bis in den Norden Kanadas. Dabei kreuzen sie die Wege der Wölfe – und eines gefährlichen Killers ...

Die Gefährtin des Wolfs
240 Seiten, Hardcover
ISBN 978-3-8000-5706-1

Lara beginnt ihr Studium in Grand Forks und lernt dort den indianischen Kommilitonen Paul kennen. Als eisige Stürme über das Land fegen und Wölfe auftauchen, bricht Panik aus. Aufgebrachte Bürger machen Paul, der den kältesten Winter aller Zeiten vorausgesagt hat, dafür verantwortlich. Lara rettet ihn vor dem Mob und flieht mit ihm in die Berge ...

www.ueberreuter.de
www.facebook.de/ueberreuter

0 10 20 km
Lake Minchumina
Kantishna
McKinley River
Wonder Lake
Cottonwood Hills
DENALI NATIONAL PARK
Slow Fork Hills
Mt. Foraker
5304 Meter
4442 Meter
ALASKA
DENALI NATIONAL PARK